I0751928

DARK

TOME 2 : ASCENSION

AUTUMN

UN THRILLER
SUR FOND DE DARK ROMANCE

ELLA NABI

ÉDITION ELLA NABI

Édition réalisée par ELLA NABI ET AMAZON KDP

Ce livre est une fiction.

Par conséquent, les noms, les caractères des personnages, les lieux et événements, les professions des individus ou incidents sont fictifs, et donc utilisés de manière fictive.

Toute ressemblance avec des personnages réels, morts ou vifs, serait totalement fortuite.

Imprimé à la demande par Amazon KDP

ISBN : 9782959921735

Prix : 20,00 € TTC

Dépôt légal : mars 2026

Couverture et mise en page : @StudioBlueNorth

Correction : July PONTANI @pagina_.blanca

Ce roman est le deuxième tome.

Thriller sur fond de Dark Romance – Interdit aux moins de 18 ans

DÉDICACE

À ceux qui ont aimé au point de s'y perdre, jusqu'à ne plus savoir où ils s'arrêtaient eux-mêmes et où l'autre commençait ; à ceux qui ont tout donné sans retenue ni calcul, persuadés que l'amour, à lui seul, pouvait réparer les failles, effacer les blessures et suffire à tout sauver.

Lorsque l'amour s'éteint, il ne disparaît jamais vraiment. Il laisse derrière lui des braises, d'abord tièdes, presque inoffensives. Puis le vent du souvenir les ranime, la rancune les attise, et bientôt ce n'est plus un simple vestige du passé, mais un brasier.

Certaines âmes passent leur vie à souffler sur ces flammes, cherchant dans la vengeance une raison de tenir debout. Elles pensent survivre grâce au feu, finissant par s'y consumer lentement, sans jamais s'en apercevoir.

Il n'existe rien de plus dangereux qu'un cœur brisé qui a goûté à la colère. Dans la lumière vacillante des flammes, l'amour perdu mute, s'altère, pour devenir autre chose : une présence inquiétante, terriblement vivante.

Et, toi, lecteur, avant de tourner la page, souviens-toi de ceci : tu n'entres pas dans une histoire d'amour, mais dans ce qu'il en reste lorsque tout s'est effondré. Tu avances sur des cendres, parmi les murmures et les ombres, là où la douleur devient une promesse et la passion, une malédiction.

Respire une dernière fois la lumière. Après ces lignes, il ne restera que la nuit.

Bienvenue dans les ténèbres.

TRIGGER WARNING

Te voilà au seuil du tome deux.

Tu as franchi la première page du premier sans te retourner, et ce choix, en apparence anodin, en dit déjà long sur ta manière d'aborder ce qui dérange, sur ta capacité à avancer sans sécurité ni garantie dans un territoire auquel rien n'est acquis et où l'engagement se paie toujours d'une perte. Il s'agit peut-être de bravoure, ou d'une décision que tu regretteras plus tard, et ici, ces deux notions ont toujours coexisté sans jamais se laisser clairement distinguer.

Cependant, avant d'aller plus loin, il est toutefois nécessaire que je te confie quelque chose d'important. Tu as traversé une histoire d'amour sombre, oui, tu l'as compris. Mais elle ne s'est pas contentée de susciter une émotion passagère ou une implication distante ; elle t'a demandé bien plus que ce que tu pensais pouvoir céder sans conséquence, en t'arrachant des attachements que tu croyais maîtriser et en t'imposant une perte que tu n'avais ni prévue ni consentie.

Tu m'as accusée de cruauté, en me qualifiant d'auteure sadique. Tu as réclamé avec insistance le retour de ton protagoniste préféré, comme si l'attachement pouvait constituer un droit, comme si l'investissement émotionnel ouvrait la voie à une réparation, dans une histoire qui ne s'est jamais construite pour être équitable.

Permets-moi donc d'être parfaitement honnête : *rien n'était accidentel.*

Chaque émotion a été provoquée de manière intentionnelle, sans solliciter ton accord ni rechercher ton confort. La simplicité n'a jamais été envisagée ici. Ce récit n'a pas été écrit pour rassurer ni adoucir. En revanche, pour exposer, déplacer et troubler, afin d'installer un malaise progressif qui continuera d'agir même lorsque la page sera tournée et que la lecture te semblera terminée.

Alors, voici ce dans quoi ce tome t'entraînera : une construction psychologique plus dense, plus exigeante, et surtout instable, jusqu'au point où tu douteras de ce que tu lis, de ta propre manière de réagir, de ce que cela déclenchera en toi et de ce que tu accepteras sans même en avoir pleinement conscience. Tu te demanderas si quelque chose vacille en toi ou si j'ai franchi une limite, et il est possible que ces deux hypothèses coexistent.

À partir de maintenant, tu avanceras dans un espace avec lequel les règles se déplaceront, les certitudes s'éroderont, les repères perdront leur stabilité, et chaque détail, même discret, remplira une fonction. Rien ne s'apaisera et ne se livrera immédiatement. Tout est pensé pour s'inscrire dans la durée, afin d'éprouver ton attention, ta patience, ton seuil de tolérance et ta capacité à accepter l'ambiguïté sans réponse immédiate.

Je te recommande donc de prendre des notes, non par plaisir ni par habitude, mais parce que cela deviendra nécessaire. Ce livre n'est pas un refuge. Il n'atténuera rien, n'expliquera pas pour rassurer, et ne détournera jamais le regard lorsque la violence s'imposera. Il traversera des zones auxquelles le pouvoir écrase, où les corps deviennent des territoires appropriés, et l'esprit cède bien avant la chair.

Tu y rencontreras des abus sans marques visibles, une domination exercée dans le silence, des violences physiques et psychologiques dont les effets persistent. Il sera question d'agressions sexuelles, d'enfermement, de trafic humain, de dépendances qui s'installent lentement, de drogues et d'alcool utilisés comme anesthésie ou comme instrument de contrôle.

Les corps seront exposés, parfois ouverts, et d'autres réduits à l'état d'objets. Le sang ne sera pas suggéré, il sera décrit. La mort ne sera pas idéalisée ; elle apparaîtra dans sa réalité la plus brute. Les armes circuleront, les mises à mort existeront, et les cadavres ne seront jamais traités avec pudeur.

La sexualité sera explicite, fréquemment liée à la violence, à la domination et à la perte de consentement. Le langage sera direct, sans filtre, parce que l'histoire l'exige, et le deuil, la dépression ainsi que les troubles psychiques ne seront pas secondaires, mais des forces actives qui façonneront les personnages en participant occasionnellement à leur destruction. Il sera également question d'un consentement troublant, accordé à un acte impliquant un objet.

Oui, tu as bien compris, rien ne sera édulcoré, puisque je suis responsable de mes écrits, mais pas de ce que tu acceptes de lire.

De ce fait, j'ai envie de te le dire : *sortiras-tu indemne ? Où pourrais-je t'envoyer en asile ?*

En attendant, j'ai hâte que tu continues à me détester autant que tu m'aimes, parce que c'est dans ce tiraillement entre rejet et attirance que cette histoire trouve sa véritable raison d'être.

LISTE DES TW

Abus de position dominante, acte chirurgical, agression physique, aiguilles, alcoolodépendance, arme à feu, deuil, drogue, gore extrême, trafic de stupéfiants, sexe, trafic d'être humain, enlèvement, séquestration, langage grossier, description de cadavre, description de mise à mort, mention de viol, dépression, pression psychologique, destruction mentale, maladie mentale, relation toxique, abandon, harcèlement scolaire, description d'attouchement sexuel, menace, violence explicite, vengeance, rapport sexuel avec arme consenti.

PLAYLIST

Scan le QR code afin de plonger intégralement dans l'histoire :

PROLOGUE

HAROLD STUART

♪ ***Playlist Mowg – Jooyeon's Theme***

28 SEPTEMBRE 2024
Boston – 201 Maple Street Chelsea – États-Unis
Fief FBI
08 h 54

Les néons bourdonnent au-dessus de moi, un bruit continu, sournois, qui finit par me rentrer dans le crâne et épaissir chaque pensée. L'air est saturé de désinfectant : *cette odeur dégueulasse, presque indécente dans cette propreté et qui pourtant, ne parvient pas à faire disparaître celle du sang.* Elle est là, plus discrète mais tenace, incrustée quelque part, au-delà de ce que les surfaces peuvent absorber.

Sur la table repose un corps, ou plutôt ce qu'il en reste : *une silhouette humaine réduite à une forme grossière, quasiment informe, vidée de tout ce qui pourrait encore la rendre identifiable.* Le feu a mené son œuvre jusqu'à son terme : *le torse est entièrement consumé, la peau noircie et fissurée, devenue illisible, comme si l'identité avait été effacée avec.* Mon estomac se noue l'espace d'un instant. Mon visage reste impassible, fermé, maintenu par cette dureté que je traîne en moi depuis trop longtemps pour lui permettre de céder maintenant.

Je cligne lentement des yeux, une seule fois puis j'inspire par le nez, un peu plus profondément qu'il ne faudrait, juste assez pour reprendre le contrôle et empêcher mon corps de révéler ce que mon esprit a déjà compris. Les brûlures, malgré leur violence, ne retiennent pas mon attention et mon regard les dépasse sans s'y attarder, tenu à distance par cette habitude que j'ai apprise, au fil du temps, à ne plus réagir à l'horreur immédiatement et à ce qu'elle est censée provoquer. *Ce qui m'arrête, ce sont les mains ou du moins ce qu'il en reste.* Elles ont été détruites, juste pour faire disparaître les empreintes et empêcher toute identification.

Ma mâchoire se tend sans que je m'en aperçoive, tandis que l'évidence s'impose lentement : *quelqu'un a pris le temps.* Je garde les bras croisés et respire doucement. À l'intérieur de moi, une tension s'installe sans que personne puisse l'observer.

À mes côtés, Olivia et Miguel Alvarez. *Les fameux parents.*

La mère s'accroche, les doigts crispés comme si lâcher revenait à tomber avec lui, tandis qu'en face il demeure droit comme un piquet, le regard accroché au sac mortuaire entrouvert, et ses yeux restant captifs.

— Dites-moi que ce n'est pas elle… murmure Olivia. Sa voix est rauque, enrouée et prête à se briser. Dites-moi que ce n'est pas ma fille…

Je ne dis rien. *Pas immédiatement.*

Je les regarde et note : *l'absence de larmes et de gestes trop contrôlés.* Rien qui ne ressemble à un deuil, mais plutôt à un comportement qu'on installe quand on n'a plus le droit à l'erreur.

— Elle a eu une cicatrice au visage, glisse Miguel, comme s'il récitait un fait. Juste sous l'œil gauche qui lui a causé la perte de celui-ci. C'est arrivé… le soir de l'attaque.

Je hoche la tête et montre :

— Elle est là.

Olivia s'effondre d'un coup mais Miguel reste debout.

Cela fait vingt-neuf jours que je cherche leur fille. Vingt-neuf jours depuis la mort de *Duncan Black*, dans cette chambre d'hôpital. Et dans la nuit qui a suivi, Ella s'est volatilisée. Elle a arraché sa perfusion, forcé une issue de secours et s'est jetée dans le néant. *Depuis, plus de trace et aucun mouvement bancaire.*

Aujourd'hui, on retrouve ce corps carbonisé et abandonné. Et, eux… *ses parents, sont un peu trop calmes.*

— Ella a fui l'hôpital la nuit où Duncan est mort, commençai-je doucement. Depuis, elle était recherchée par tous les moyens possibles.

Je les observe.

Toujours aucune véritable réaction. Oui, rien qui laisse penser à des parents désespérés : *juste cette attente étrange, comme s'ils savaient que tout finirait ainsi.*

— Depuis vingt-neuf jours, on la cherche

Je marque volontairement une pause.

— Vous n'avez rien trouvé… d'incohérent ?

Olivia déglutit.

Ses doigts se crispent l'un contre l'autre, blanchissant sous la pression.

— Elle… elle avait besoin de temps. Elle voulait… couper, en quittant le domicile, tente-t-elle, la voix trop rapide et enrayée.

Je penche légèrement la tête, sans la quitter des yeux.

— Couper ?

J'ai envie de rire mais je me retiens.

Miguel serre la mâchoire en laissant percevoir un tic nerveux qui agite sa tempe.

— Elle était majeure, finit-il par lâcher. Et… elle avait des phases étranges.

Je l'interromps aussitôt.

— Des phases ?

Cette fois, le silence est plus lourd.

Il détourne le regard une fraction de seconde. Assez pour me confirmer qu'il a déjà trop parlé. *Il le sait.* Je le vois dans la tension de ses épaules, dans cette façon lente qu'il a de respirer par le nez. *Il se contient.*

Je poursuis, sans hausser la voix.

— Et maintenant qu'un corps apparaît, vous l'identifiez sans hésiter. Vous évoquez une cicatrice faite quelques heures avant sa fuite.

Je me penche légèrement en avant.

— Et malgré tout ça… vous restez trop calme.

Olivia ferme brièvement les yeux, tout en soupirant.

Le silence se referme sur nous comme une chape de plomb, seulement troublé par le grésillement des néons.

— Si c'est votre fille, repris-je, plus lentement, alors je veux comprendre pourquoi elle a été tuée avec une telle violence.

Ma voix ne tremble pas mais je sens quelque chose se tendre dans ma poitrine.

Je me redresse.

— Et si ce n'est pas elle… dans ce cas, expliquez-moi pourquoi j'ai l'impression que vous savez très bien où elle est.

Olivia baisse la tête.

Ses épaules s'affaissent lentement, comme si le poids devenait enfin trop lourd à porter, tandis que Miguel, lui, ne détourne pas le regard, le soutenant comme celui d'un homme qui ne cède pas et qui protège quelque chose, *quoi qu'il en coûte.*

Je n'ajoute rien. Tout est déjà là, devant moi, posé sans mise en scène et continuer à parler ne ferait que brouiller les pistes : *des regards trop maîtrisés pour être naturels et des réactions absentes là où l'émotion devrait déborder.*

— Nous avons terminé.

Puis je me détourne et quitte la pièce sans me retourner.

Je laisse derrière moi ce doute qui s'installe avec cet air chargé d'une odeur qui n'appartient pas qu'au lieu et à la mort. Non, mais à un *complot.*

Derrière la vitre, Serena me regarde. Je n'ai pas besoin de croiser son regard longtemps pour le savoir : *elle a compris.*

Ce n'est que le début.

Et, si Ella Alvarez était encore en vie…

Alors, je la retrouverai.

L'ombre de sa quête.

PARTIE 1

À L'OMBRE DE NOS DOUTES

« Le deuil n'efface jamais l'amour.
Il le durcit et le rend plus dangereux.
Les voix se taisent, mais les échos restent.
On croit que le temps apaise, mais il creuse les cicatrices.
L'amour ne meurt pas.
Il attend qu'on rouvre la porte.. »

CHAPITRE 1

HAROLD STUART

♪ *Playlist Soohyun's Theme Ver.2*

28 SEPTEMBRE 2024
Boston – 201 Maple Street Chelsea – États-Unis
Fief FBI
17 h 24

Billy Atwood se tient près de la table en inox, s'activant sans un mot. Enfin, pas encore, puisque son attention est entièrement tournée vers le corps et cette concentration qui lui est propre. Il observe, analyse et retarde volontairement le moment de parler, comme s'il retenait une conclusion qu'il n'assume pas encore.

Mais je le connais trop bien, *« l'Ours »*, pour me laisser tromper par cette façade. Un détail infime me frappe : *ce léger tic au coin de sa mâchoire, à peine perceptible, qu'il n'a que dans de rares situations. Celles où quelque chose ne colle pas.* Billy doute. Et quand il hésite, ce n'est jamais anodin. Cela signifie que ce qu'il a sous les yeux dépasse les cas habituels. *Et cette certitude me confirme ce que je pense.*

À ma droite, Serena Jackson ne bouge pas. Les bras croisés, le dos droit, elle fixe le corps calciné sans ciller, comme si détourner les yeux risquait de faire céder quelque chose. Elle tient la posture qui m'emmerde venant d'elle, mais la tension finit par percer. Elle se lit dans la raideur de ses épaules, dans ce souffle trop régulier pour être naturel, tout en gardant sa contenance. *Je le sens.* Cette nana a ses limites.

Billy commence à parler :

— Sujet féminin, annonce-t-il d'une voix trop plate pour ne pas être calculée.

Il s'approche de la table et, avec une lenteur inhabituelle, tire doucement la housse blanche opaque. Le tissu glisse sans bruit, révélant progressivement ce que personne, dans cette pièce, n'a réellement envie d'affronter. Mon estomac se contracte malgré moi, tandis que la réalité s'impose :

— Âge estimé : entre dix-neuf et vingt-quatre ans, de taille moyenne, environ un mètre soixante-cinq. Le poids avant la calcination est très difficile à dire… Je dirais cinquante-cinq kilos, peut-être soixante.

Je note sans vraiment regarder mon carnet.

Devant nous, il ne reste plus grand-chose. Un corps réduit à l'essentiel : *la forme d'une jeune femme, consumée jusqu'à la trame.*

Billy poursuit

— Les extrémités sont carbonisées. Aucune empreinte digitale n'est exploitable puisque les tissus des doigts ont été détruits à l'acide et que ses mains ont été broyées.

Il marque une courte pause.

— Le feu a été entretenu. On a utilisé un accélérant, donc de l'essence ou du méthanol. Ce n'est pas un accident, Harold.

Il hésite à dire ce qu'il pense.

Puis, il affirme ce que je redoutais :

— Quelqu'un a voulu effacer cette femme.

Je hoche lentement la tête.

Billy dégage un peu de suie sur le visage.

Sous la lumière, un détail apparaît. Une plaie rougeâtre, irrégulière et encore fraîche malgré la carbonisation.

— Il y a une cicatrice récente, dit-il. Elle a moins d'un mois. La plaie est profonde sur la joue gauche, qui remonte au front.

Il se tourne vers moi.

— D'après le rapport que vous m'avez transmis, Ella Alvarez a été blessée au visage lors de l'attaque le 31 août dernier. C'est la même zone et la même direction.

Je sens mon cœur se contracter.

Je la revois à l'hôpital : *son visage marqué, son regard vibrant de colère et de peur.* Oui, elle avait été blessée. Mais ce corps là… *Non. Quelque chose ne va pas.*

— Vous pensez que c'est elle ? demande Serena, brisant le silence.

Billy hoche lentement la tête.

— Tout porte à le croire. L'âge, la morphologie, la cicatrice. Et… la coïncidence est trop précise pour être fortuite.

Je m'approche à mon tour.

L'odeur de brûlé est encore là, tenace, accrochée à la peau. Elle me prend à la gorge une fraction de seconde, puis je me penche, observe la structure osseuse, les bras, la cage thoracique. Mes yeux suivent des lignes précises, mais à l'intérieur quelque chose résiste.

Je me redresse lentement.

— Ce n'est pas elle, dis-je simplement.

Ma voix est calme, peut-être trop, puis mes doigts se crispent légèrement avant que je les relâche.

Billy relève la tête, surpris.

— Harold… regarde-la. Tout correspond.

Je secoue la tête, sans détourner le regard du corps.

— Non ! Rien ne correspond.

Je m'approche de nouveau et désigne le poignet gauche, à demi carbonisé.

Mon index hésita une seconde avant de s'arrêter.

— Regarde ça. Fracture ancienne, mal ressoudée. Ella n'a jamais eu ça. Et ses épaules étaient plus étroites. Ici, la cage thoracique est plus large… presque masculine.

Ma voix se casse à peine sur le dernier mot en achevant ma phrase.

Mon regard remonte vers le visage, ou ce qu'il en reste, puis un malaise me traverse.

— Et il manque un détail. Oui, un seul. Ella avait une tache de naissance à l'intérieur du poignet droit. Là… il n'y a rien.

Billy ne répond pas immédiatement.

Il reste immobile, les yeux fixés sur le corps, comme s'il cherchait encore à forcer la réalité à rentrer dans le cadre.

Puis il souffle, presque à contrecœur :

— Tu veux dire qu'on nous a mis un autre corps pour nous faire croire qu'elle était morte ?

Je serre légèrement la mâchoire avant de répondre.

— Exactement. En nous donnant un message.

Serena s'avance.

Son ton reste ferme et professionnel, mais je vois la tension dans ses yeux.

— Tu crois qu'Ella est encore en vie ?

Je la regarde quelques secondes.

Puis, lui réponds:

— Je ne suppose pas, Serena. J'en suis sûr.

Au même moment, Billy commence à ranger ses instruments.

— Je lancerai avec mon équipe les analyses ADN, dit-il doucement. Ce sera la seule façon d'en avoir le cœur net.

Je souffle et lui ordonne :

— Faites vite, et comparez tout : ADN, relevés dentaires, tout ce que vous pouvez.

Il hoche la tête sans me regarder.

Je le connais assez pour comprendre : *le doute s'est installé. Et il ne le lâchera plus.*

Tout en restant seul un instant face au corps, je vois Serena s'éloigner pour remplir le rapport d'autopsie préliminaire. La lumière crue du néon accroche les bords métalliques de la table et me fatigue les yeux, je ferme mon carnet d'un geste un peu trop sec.

Ce n'est pas Ella.

Et, si quelqu'un a pris la peine de reproduire sa blessure récente, d'effacer ses empreintes, de la brûler jusqu'à l'os… ce n'est pas pour dissimuler. *Mais pour être vu et que je regarde en croyant à sa mort.*

Je lève les yeux vers Billy, puis vers Serena tout en revenant vers le corps. Un frisson me traverse, et les pièces s'alignent dans ma tête. Une à une, sans bruit. P*uis, soudain, je comprends qu'il est trop tard pour faire marche arrière.*

Cette autopsie ne clôt rien, mais a ouvert une information.

Ainsi, cette fois, j'en ai la certitude : *ce que je viens de voir n'est pas le corps d'une victime.*

C'est le point de départ d'une chasse.

Et, Ella Alvarez en est la clé.

L'ombre de sa raison.

CHAPITRE 2

LUCY SHEFFIELD

♪ *Playlist Måneskin – THE LONELIEST*

11 OCTOBRE 2024
Boston – Quartier Hyde Park – États-Unis
15 h 36

Le ciel est d'un gris uniforme, lourd, oppressant, et il pèse sur tout ce qui se tient dessous, comme si même respirer demandait un effort, tandis que la pluie reste suspendue quelque part au-dessus de nous sans encore tomber, l'air demeure saturé, trop dense et trop humide pour être supportable.

Autour de la tombe, les parapluies se ferment les uns après les autres, puis les gens baissent instinctivement la tête, en rentrant les épaules, tout en évitant les regards, comme si chacun craignait que le ciel ne s'effondre sur eux à la moindre seconde d'inattention.

Tous des hypocrites, putain !

Je reste immobile, les mains crispées autour du bouquet que je serre trop fort.

Les tiges écrasées tremblent entre mes doigts et mon regard se perd sur la pierre encore fraîche, puis sur la terre noire qui colle aux bottes et sur les fleurs qui se faneront avant la fin de la semaine. J'ai le cœur en morceaux. Pas seulement de chagrin ni de tristesse. *C'est une douleur qui m'arrache les entrailles, une plaie ouverte qu'aucun mot ne peut refermer.*

Andrew se tient à mes côtés, le visage fermé et les yeux rougis.

Il ne dit rien et ne bouge pas. Sa main tremblante et hésitante frôle la mienne. Je tourne légèrement la tête vers lui et nos regards se croisent un instant. *Il y a tant de choses qu'on voudrait se dire, mais les mots se bloquent dans nos gorges.* Alors on reste là, à respirer la même peine, en partageant le même vide.

Le cercueil descend lentement, puis la terre se referme sur elle, comme si le monde avalait la seule personne qui rendait ce monde un peu plus supportable : *Ella.* Ma meilleure amie. *Ma sœur d'âme.*

Puis, je n'arrive plus à respirer.

Les sons autour de moi deviennent flous et distants, comme filtrés sous l'eau. Je vois les lèvres bouger, les mains se tendre, les gens murmurer des mots de réconfort, mais rien n'atteint mes oreilles. *Tout se dissout.* Il ne reste que le vent. *Et, cette douleur qui pulse dans ma poitrine.*

À côté de moi, Andrew serre les mâchoires. Il ne reste rien dans son regard. Juste ce vide qui ressemble au mien. Il regarde le sol sans un mot. Oui, sa sœur Ruby est morte comme les autres victimes, et dans notre vie, il a deux funérailles en sept jours. *Nos souffrances se frôlent sans jamais se toucher.* Quelle merde !

Je ferme les yeux, un instant.

Et, tout s'efface :

On a douze ans et nous courons dans le jardin derrière la maison d'Ella. Le soleil tape fort, nos baskets s'enfoncent dans la terre sèche.

Elle rit aux éclats, les cheveux en bataille et les joues rosies.

— Si tu me rattrapes, tu gardes Teddy pour la nuit !

Je ris à mon tour, haletante.

— T'es folle, je sais que tu ne vas pas dormir sans lui !

Elle s'arrête, tire la langue dans ma direction, puis s'effondre dans l'herbe.

Nos rires montent et se perdent entre les branches des arbres. À cet instant-là, la vie ne nous devait rien. Elle était simple, belle et pleine de vie.

Quand je rouvre les yeux, la cérémonie touche à sa fin. Les gens commencent à s'éloigner, lentement, comme des fantômes. Leur silence me pèse et leurs regards remplis de pitié me transpercent. *Je n'en peux plus de leurs gestes et de leurs mots inutiles. Ils ne me la rendront pas.*

Olivia reste immobile près de la tombe. Elle porte le manteau noir d'Ella : celui qu'elle ne quittait jamais quand le froid arrivait et ses doigts s'accrochent au tissu.

Quelqu'un l'entoure d'un bras. Puis, progressivement, tout le monde se dirige vers la maison.

Je suis le mouvement sans réfléchir. *Juste pour ne pas rester seule avec la terre encore ouverte.*

La maison est pleine à en devenir étouffante, envahie par des silhouettes qui vont et viennent sans vraiment savoir où se placer, et les chaussures encore humides dessinent des traces sombres sur le carrelage blanc, que personne ne prend la peine d'essuyer. L'odeur du café brûlé flotte dans l'air, mêlée à celle des lys déposés un peu partout. Les voix restent basses, presque prudentes, et les conversations se limitent à des banalités, comme si parler de tout et de rien permettait d'éviter ce qui s'impose pourtant à tous.

Je laisse mon regard glisser sur les visages que je reconnais sans vraiment les voir : des voisins, des amis d'école, des collègues de sa mère, tous réunis ici avec cette même expression maladroite, faite de gêne, de tristesse et d'une incapacité évidente à trouver leur position. *Personne n'a réellement sa place ici.*

Andrew s'est calé dans un coin du salon. Il fixe un cadre photo posé sur la cheminée : *une image d'Ella en robe blanche, les cheveux au vent, un rire immense figé dans le temps.*

Je m'approche de lui et l'informe :

— Elle détestait cette photo, dis-je à voix basse.

Il tourne à peine la tête vers moi.

— Elle disait qu'elle ressemblait à un fantôme.

Il esquisse un sourire triste.

— Ironique.

Je hoche la tête, incapable de répondre.

Autour de nous, les gens murmurent. Certains boivent, d'autres mangent. Mais moi, je me sens étrangère dans cette maison. Tout ici respire Ella. *Et en même temps, plus rien n'a son odeur.*

Tout en frottant le bras de mon copain, je m'éloigne de lui. En traversant le couloir qui mène à l'étage, je croise des regards. Les voix s'éteignent à mesure que je monte. Chaque marche grince. *C'est un craquement qui me donne l'impression de violer quelque chose de sacré.*

Au fond du couloir, la porte de sa chambre est entrouverte, j'avance vers elle et la pousse doucement. La lumière filtre à travers les rideaux. Le lit est fait. Enfin… presque. Le drap du dessous dépasse un peu, comme si elle s'était levée en retard ce matin-là. Sur la commode, des bougies à moitié fondues ainsi que des livres sont encore empilés et un carnet ouvert avec un stylo dessus est bien en évidence. Je détourne mon regard et sur le lit… *ses peluches.*

Je m'avance. Elles sont là, comme toujours. Puis, *Teddy,* l'ours à la patte cousue, trône au milieu. Je m'assois au bord du matelas. L'odeur d'Ella est encore là, avec sa senteur de framboise…

Je ferme les yeux et respire profondément, puis, tout me revient : *les soirées passées à se confier dans cette chambre, les crises de fous rires suivies des pleurs, les secrets murmurés dans le noir, tout cela revient d'un bloc, bien trop douloureux.*

Je serre Teddy contre moi et, d'un seul coup, tout cède, la maîtrise se dissout et les larmes débordent. Je pleure sans retenue, sans pudeur, le visage défait, la respiration brisée. Un cri m'échappe, rauque et incontrôlable, la gorge nouée jusqu'à la douleur, les poings refermés autour de lui comme si le lâcher devait me briser. Je m'effondre, secouée de sanglots, incapable de m'arrêter, jusqu'à ce que mes mains s'engourdissent et que mes doigts ne répondent plus.

Puis, j'entends des pas monter l'escalier, je sursaute et la porte s'ouvre lentement.

C'est Olivia.

Elle reste un instant sur le seuil, me regarde sans rien dire. Puis elle avance, s'assoit à côté de moi.

Ses mains sont froides et tremblantes.

— Elle t'aimait tellement, Lucy

Je hoche la tête, incapable de parler.

— Vous étiez inséparables, dit-elle doucement.

— Oui. On l'était.

Elle sourit tristement.

— Parfois, j'avais l'impression d'avoir deux filles.

Le silence s'installe.

Je sens son regard sur moi.

Puis je demande, la voix engourdie :

— Vous tenez le coup ?

Elle soupire.

— Je ne crois pas. Je dors peu et mange à peine. Tout me rappelle elle.

Je baisse la tête.

— Moi aussi.

Elle se lève, fait quelques pas dans la chambre.

Ses doigts frôlent le cadre d'une photo posée sur le bureau : *Ella et moi, dix-sept ans, nos visages collés avec ce sourire insolent.*

— Elle voulait partir, tu sais, dit Olivia sans se retourner.

Un peu confuse, clignant des yeux, je lui demande :

— Partir ?

Elle s'approche de moi sans me regarder.

— Elle était en pleine crise et ne voulait plus vivre ici. Je sens une larme rouler sur ma joue.

— Et vous ?

— J'ai dit non. Je voulais vendre cette maison et la sauver de ce qu'il se passe en ce moment à Boston.

Elle se tourne enfin vers moi.

Son visage est ravagé, mais sa voix se fait étrangement ferme.

— Lucy… Nous allons définitivement vendre cette maison et quitter le pays. Plus rien ne nous retient ici.

Les mots tombent comme une gifle.

— Quoi ?

Puis, elle me répond :

— Je ne peux plus rester ici. Chaque recoin me rappelle ma fille.

Je me lève violemment, puis sans comprendre, je balance :

— Mais… c'est la maison d'Ella.

Un peu confuse, elle m'annonce :

— Justement. Et je ne veux pas la voir se transformer en mausolée.

Je reste muette.

Je serre Teddy contre ma poitrine, comme si je pouvais retenir quelque chose.

Olivia s'approche, pose une main sur mon épaule.

— Tu es toujours la bienvenue ici… jusqu'à la vente. Puis elle s'en va.

La porte se referme doucement. Je reste seule, dans cette chambre qui me tue à petit feu. Je regarde autour de moi : *les murs, les livres et ce carnet sur la table.* Tout semble intact. Comme si Ella allait revenir d'un instant à l'autre. Mais, elle ne reviendra pas. Et, dans le silence, je comprends soudain la chose la plus cruelle : *ce monde continue sans elle.*

Je repose Teddy sur l'oreiller et quitte la chambre. Le parquet gémit sous mes pas, comme un dernier adieu.

Dehors, Andrew est sous la pluie. Je le rejoins sans réfléchir. Il est trempé, les cheveux plaqués et les yeux perdus dans le vide. Je m'avance, pose une main sur son torse, et il m'attire aussitôt contre lui. Je sens son cœur battre.

Nos souffrances se reconnaissent.

— Tu t'es réfugiée là-haut, murmure-t-il.

— Je voulais juste la sentir encore un peu.

— Je sais.

Il me serre fort.

La pluie ruisselle sur nos visages.

Tout en s'approchant de moi, nos lèvres se cherchent. Et, quand elles se trouvent, le monde s'arrête.

C'est un baiser rempli de larmes, de désespoir et de tout ce qu'on ignore.

Quand on se détache, je murmure :

— Olivia veut vendre la maison.

Il ferme les yeux et soupire.

— Peut-être qu'elle a raison.

Un peu choqué, je lui réponds :

— Non. Ce serait comme effacer Ella.

Il frotte son front et me dit :

— Rien ne peut l'effacer, Lucy. Pas même la mort.

Je baisse la tête, mords l'intérieur de ma joue pour ne pas pleurer davantage.

Le vent se lève et les arbres frémissent.

Et là, juste un instant… j'entends un bruit.

Un murmure, voire presque une voix :

Lucy…

Je me fige.

Andrew relève les yeux.

— Qu'est-ce qu'il y a ?

Je secoue la tête.

— Rien… juste le vent.

Mais non, ce n'était pas le vent. *Je le sais.* C'était sa voix, faible, lointaine, presque perdue, retenue quelque part hors de portée.

Je serre la main d'Andrew, sans rien dire.

Et, dans le froid, sous la pluie battante, une seule certitude me transperce : *Ella n'est peut-être pas réellement partie.*

L'ombre de ses doutes

PEDRO RODRIGUEZ

♪ *Playlist Cho Young-Wuk – It's Alive*

12 OCTOBRE 2024
Boston – Quartier Dorchester Nord – États-Unis
Entrepôt désaffecté
02 h 12

L'entrepôt me reconnaît avant même que j'entre. C'est idiot, mais j'ai toujours eu cette impression. Les tôles vibrent sous les variations de température et laissent échapper des grincements tandis que l'air s'infiltre dans mes poumons avec une odeur persistante de poussière mêlée à celle du sang séché. Le froid s'accroche à ma peau en ralentissant mes gestes, et chaque pas que je fais résonne trop fort dans cet espace, amplifiant le silence qui refuse de se dissiper. Au-dessus de moi, les néons diffusent une lumière blanche et instable qui écrase l'atmosphère et souligne les aspérités tout en rendant l'ensemble encore plus dur à regarder.

La valise ouverte repose sur la table, parfaitement visible, sans rien qui la distingue vraiment d'un objet ordinaire, et pourtant mon corps réagit avant même que je m'en approche. Une tension se loge dans mon ventre et m'oblige à m'arrêter, incapable d'aller plus loin ou de détourner les yeux. Je reste immobile, figé face à ce qu'elle représente, puisque fermer les paupières n'y changerait rien. Elle rassemble tout ce que je préférerais voir disparaître, tout ce que je ne peux ni nier ni corriger, et cette simple vision suffit à me rappeler que rien ici n'a été laissé au hasard.

Je ferme les yeux. Amanda revient aussitôt.

Quand je rentrais de force chez elle pour lui faire du mal. Parce que j'ignore comment être bienveillant. Je devais la prendre avec force pour assouvir mes pulsions. Tout ceci me revient brutalement. Entre ce que j'ai fait et ce que j'ai voulu sauver, elle reste bloquée quelque part, et moi avec elle.

Ma tête est un chaos permanent. Les souvenirs s'enchaînent sans ordre et les images se mélangent. Je revois ensuite les ordres qu'on m'a donnés, les choix que j'ai fait sans réfléchir, persuadé que je n'avais pas le droit d'hésiter avant que je la rencontre. À l'époque, je pensais que c'était la seule façon de survivre. *Mais la survie a un prix.* Et, plus le temps passe, plus je me dis que j'ai tout perdu le jour où j'ai accepté d'obéir.

Le silence est horrible. Il y a cette voix dans ma tête, comme un souffle qui refuse de s'arrêter. Je me demande parfois si tout ça finira par me rendre fou. Amanda est morte, mais elle ne m'a jamais quitté. Elle est là, dans chaque objet et recoin de ce foutu entrepôt. *Et, je crois que, quelque part, je la cherche encore.*

Je déplace les draps d'un geste violent. Ces mouvements sont une prière à laquelle je ne pense plus. Les souvenirs me coupent la respiration et ça me ronge jusqu'à l'os. L'amour que je lui portais est une brûlure qui ne se referme pas. *J'ai obéi.* La Sentinelle a donné l'ordre, puis Connor a hoché la tête et attendu que j'exécute. Refuser aurait signifié devoir mourir. J'ai choisi la survie et ça m'a rendu fou, *encore plus fou.*

Cameron entre sans frapper, comme s'il s'était habitué au rythme de mes crises. Son pas est sûr, presque arrogant, et son sourire semble calibré pour mesurer la peur que je provoque.

Il s'arrête, contemple la valise et me jauge :

— Alors, lance-t-il. Depuis Amanda, tu as changé. Mais, tu savais que c'était programmé.

Ses mots glissent. Il se croit maître du récit et se trompe.

Je relève la tête. Mes yeux sont froids.

— Programmé, oui, dis-je lentement. Mais exécuter, parce que dans notre monde on planifie des sacrifices tout en aimant quelqu'un et en la perdant sur ordre, ce n'est pas une donnée. C'est une déchirure.

Il ricane, comme si l'affection était une blague.

— Tu nous joues le romantique maintenant ? On a des obligations, Pedro. La Sentinelle décide, Connor applique, et nous, on suit. Les sentiments ne comptent pas, tu le sais très bien.

Sa condescendance m'humilie et m'enrage.

Je deviens tendu, incapable de réfléchir correctement, chaque geste me demande un effort. La colère monte avec cette douleur qui me colle à la peau. Mes pensées se brouillent rapidement, puis tout est désordonné. Je m'accroche à des bribes sans réussir à les organiser. Soudain, une idée domine tout le reste : *retrouver Ella.*

Je ne crois pas à sa mort. *Pour moi, on me ment.* Depuis l'enfance, les paroles et les gestes ont détruit mes nuits, habillé ma confiance et laissé des blessures qui ne cicatrisent pas. Ces années ont provoqué une colère meurtrière. Je veux la retrouver pour lui demander des comptes et pour qu'elle entende enfin ce que j'ai subi. Ce n'est pas une pulsion passagère, c'est un plan qui occupe toutes mes pensées : *retracer ses pas, confronter ceux qui savent et briser les silences qui protègent son mensonge.* Je veux qu'elle comprenne l'ampleur du mal qu'elle a causée et qu'elle mesure chaque blessure qu'elle a infligée. Tant que je serai dénué de réponses, rien autour de moi ne retrouvera sa place.

— Tu crois vraiment que j'ai eu le choix ?

Je le fixe en crachant.

Puis j'enchaine :

— Tu penses que j'ai pu poser mon cœur sur la table et le regarder sans trembler ? Je l'aimais, bordel. Tu veux qu'on parle d'amour dans une histoire de sang ? Je l'ai perdue parce que la Sentinelle a tranché. Parce que Connor m'a menacé d'une fin que tu n'oserais même pas imaginer. Il frappe vite et sans bavure. Tu veux être son exemple ?

Il ouvre la bouche pour répondre, mais je l'arrête.

La voix qui sort en moi n'est plus seulement de la colère. C'est la folie qui prend froidement la parole.

— Écoute-moi bien, Cameron, dis-je. Tu tiens à ta gueule ? Tu tiens à tes nuits ? À ta famille ? Alors entends bien ce que je vais dire. Termine ce que je devais faire. Prends la fille. Enterre-la hors de tout chemin, assez loin pour que les fouilles prennent du temps. Ne dis rien. Sinon… sinon je m'arrangerai pour que tu connaisses la sensation que Harry a connue.

Il me regarde comme on contemple une bête blessée sur le point de se relever.

Tout le monde connaît l'histoire de Harry, le silence scellé et là où il est enterré. Ce mec est une leçon apprise.

Son sourire se fige puis recule d'un pas, et de deux. Sa mâchoire travaille, il n'a pas l'air fier.

— Tu menaces tout le monde maintenant ? s'étrangle-t-il, pour la première fois. Tu crois que ça va régler quelque chose et qu'une traînée de morts te fera ramener ta jolie blonde ensuite, cette nana que tu as longtemps épiée ?

Je rétorque sans sillage :

— Ce n'est pas une question de ramener qui que ce soit. C'est une question de survie. Si ta bouche te trahit, je fermerai ta tombe moi-même.

Il se précipite vers la porte, poussé par la peur.

— Je ne jouerai pas à ton jeu. Tu es allé trop loin et deviens dangereux, pour nous tous.

La démence m'envahit.

C'est une marée qui renverse les digues. Ce n'est pas seulement de la rage, mais la certitude que je dois être entendu. Je m'approche, trop près, jusqu'à ce que l'espace entre nous devienne trop étroit.

— Tu veux jouer au moralisateur ?

Je souffle dans son oreille en l'attrapant par la gorge.

— Tu veux poser tes limites ? Alors, écoute-moi bien : si tu me trahis, j'agirai pour que ta famille cherche en vain. Je rendrai ta disparition belle et propre pour que personne ne sache jamais où pleurer en s'enfonçant dans l'oubli. Tu veux risquer ça ? Que Connor sache que tu nous gênes et avoir une putain de croix sur ton nom ?

Ses yeux se remplissent de peur.

Il ouvre la bouche comme pour protester, mais retient le son et referme les lèvres avec violence. Son regard cherche une issue, fixé un instant sur les marques que Harry a laissées, sur ce qu'il a déjà vu. Je le relâche et il recule d'un pas, les mains levées de façon hésitante. Puis, sans attendre davantage, il se détourne et prend la fuite, se précipite dans le couloir et claque la porte derrière lui.

Le bruit du battant retombe. Je reste seul avec la valise et le nœud dans la poitrine qui ne se défait pas. La démence s'installe, m'appuie contre le mur. Elle me cajole et m'exhorte. Cette chose me murmure que ce n'est pas assez. *Elle dit que Connor n'a pas réussi à m'achever et que je dois maintenant devenir la lame.*

Je ferme la valise avec soin. Puis je sors de cet endroit qui pue le cadavre. Dehors, je la charge dans le coffre. Je monte dans la voiture et mets la clé dans le contact. Le moteur démarre et l'adrénaline me teinte les veines. Je prends la route vers la ville, la tête cartographiée d'obsessions. Ella, encore Ella, comme seule ligne d'horizon. Elle est la clé autour de laquelle je rebâtis un monde fissuré.

À un feu, une silhouette passe. *Une femme à laquelle le geste de repousser une mèche à l'arrière de l'oreille…* et pour un instant, tout se fissure. Amanda semble surgir de la lumière. Mon cœur se serre et la déraison me souffle des choses que la raison refuse. Je freine sans bruit. Les phares effleurent la passante, et mes pulsions, longtemps contenues, se réveillent comme des bêtes enchaînées.

L'instinct de violence se mêle à un désir de la posséder. Tout se confond : *blesser pour protéger, prendre pour sauver.* C'est un vertige dans lequel je ne sais plus si je tente de la kidnapper pour la détruire. Puis, la foule l'engloutit et elle disparaît. Mes mains blanchissent autour du volant.

La folie vient enrichir la haine et la transformer en stratégie. Je suis dangereux parce que je ne sais plus me modérer et parce que je crois pouvoir tout effacer, si je frappe assez fort, en faisant taire le monde assez violemment pour reprendre ce qu'il m'a pris. Sous les réverbères qui déroulent leurs traits jaunes, la voix de *la Sentinelle* résonne encore dans mon crâne. Mais la seule qui compte maintenant est la mienne. *Elle m'ordonne d'avancer.*

Je démarre. La ville se déroule comme une proie, entre haine et tendresse, entre mission et folie.

Je suis prêt à tout pour retrouver Ella, ou pour disparaître en l'essayant.

L'ombre de son passé.

INTERLUDE

HAROLD STUART

♪ Playlist Daniel Licht – Wink

3 OCTOBRE 2024
Boston – 201 Maple Street Chelsea – États-Unis
Fief FBI
15 h 44

— Tu avais les preuves sous les yeux : c'était bien l'analyse ADN d'Ella Alvarez, et pourtant tu persistais à croire qu'elle était encore en vie.

Serena m'avait regardé avec cet air stupéfait qui voulait tout dire : *pour elle, j'avais définitivement perdu la raison.*

Je l'avais fixée droit dans les yeux. Elle tenait les résultats de l'ADN d'Ella Alvarez entre ses mains, et malgré tout, elle me prenait pour un fou.

— Je ne suis pas dupe, Serena. C'est falsifié.

Elle avait poussé un long soupir, posé une main sur son front comme pour se reprendre, puis avait répondu d'un ton las :

— Arrête de te battre contre des ombres depuis la mort de ta femme et de ton enfant. Tu n'es plus lucide et as besoin de vacances.

Elle avait saisi la poignée et claqué la porte derrière elle.

Le bruit avait résonné dans la pièce avant de retomber dans un silence.

J'étais resté debout, immobile quelques secondes, puis je m'étais approché du panneau où étaient affichées les photos des victimes. Les visages d'Ella, de Duncan et d'Amanda me fixaient. J'avais tracé du doigt une ligne entre leurs portraits. Rien n'expliquait ce que je devais comprendre.

Je m'étais frotté les cheveux *« que je n'avais pas coupés depuis trois mois »*, puis j'avais ouvert mon carnet. J'y avais noté l'heure, les faits et les détails qui m'avaient paru suspects. Lors de l'interrogatoire d'Ella, après l'arrestation de Duncan, elle avait prononcé un nom : *Pedro*. Je n'avais jamais fait le lien entre lui et Duncan. *Et, si c'était cet homme, depuis le début ? Si on nous avait menés en bateau ?*

Je m'étais précipité vers le tableau et avais inscrit le nom de Pedro entre Ella et Duncan. Les rapports s'empilaient sur le bureau. L'autopsie du jeune homme y figurait, officiellement signée. Pourtant, quelque chose clochait. *Les pièces ne s'emboîtaient pas.*

C'est alors que mon ordinateur avait grésillé. L'écran était devenu blanc, puis une fenêtre de conversation était apparue.

— Cessez donc de vous faire un ulcère, cher Harold Stuart.

Je m'étais assis, stupéfait, incapable de détourner le regard de ces lettres qui semblaient me connaître mieux que moi-même. *Qui avait accès à mes dossiers ? Qui fouillait derrière moi ?*

La fenêtre avait clignoté à nouveau :

— Vous voulez savoir qui vous parle ? Nous sommes le Sanctuaire et avons la même mission que vous : *retrouver les coupables.*

Mon cœur s'était mis à cogner dans ma poitrine.

Pour la première fois depuis dix ans, une réponse paraissait m'arriver.

J'avais tapé, sans réfléchir :

— Comment puis-je vous faire confiance ?

Quelques secondes plus tard, une nouvelle phrase était apparue, me glaçant le sang :

— Vous voulez connaître la personne qui a tué votre femme enceinte, il y a dix ans ?

Mes mains s'étaient mises à trembler. Dix ans. *Et, la douleur était revenue intacte et tellement brutale.*

J'avais répondu aussitôt, sans la moindre hésitation :

— Je veux qu'ils paient.

La fenêtre était restée muette un instant avant d'afficher :

— Nous savons qui ils sont, Harold. Devenez notre allié. Et, ne cherchez plus Ella. Elle est morte.

Puis l'écran s'était éteint.

Je m'étais levé brusquement et avais fait les cent pas dans le bureau. J'avais envie de tout briser. La colère avait remplacé la fatigue, me consumant de l'intérieur. Pourtant, un doute s'était glissé dans mon esprit : *était-ce un piège ? Quelqu'un cherchait-il à exploiter ma douleur pour mieux me manipuler ?*

J'avais observé les photos, les noms, les rapports étalés devant moi. Ma quête de justice m'avait guidé pendant dix ans. Et, voilà que quelqu'un m'offrait une voie toute tracée, sans preuve et surtout sans garantie. *Devais-je accepter cette alliance ? Devais-je renoncer à croire qu'Ella était encore vivante ?*

La décision s'était imposée lentement, avec une dureté qui transcende ma moralité. *La colère me poussait, cependant la prudence me retenait.*

J'avais choisi d'avancer, mais pas aveuglément. Si la vengeance était le seul moyen d'obtenir des réponses, je suivrais cette piste. Je resterai lucide, pour ne pas perdre davantage que ce que j'avais déjà perdu. *Et, si je devais y laisser mon âme pour comprendre, alors qu'il en soit ainsi.*

Le lendemain, j'annonçai officiellement dans un communiqué de presse qu'Ella Alvarez était bel et bien décédée.

L'ombre de son alliance.

CHAPITRE 4

ELLA ALVAREZ

♪ *Playlist Dark Country Boy – Angels Back to Heaven*

13 OCTOBRE 2024
Boston – Quartier Roxbury – États-Unis
06 h 23

Ploc.

Ploc.

Ploc.

Le bruit revient, toujours le même, à intervalles réguliers. Il me rappelle où je suis, sans jamais me laisser l'oublier. L'eau sale tombe du plafond, glisse le long du mur et finit par se mêler à la poussière et à la crasse au sol. Elle s'accumule en une flaque brunâtre qui s'étend un peu plus chaque jour. Je l'ai observée assez longtemps pour savoir exactement comment elle progresse. Ici, c'est l'une des rares choses prévisibles et qui restent stables.

Mes pieds sont engourdis. La peau de mes orteils s'est fendillée à force d'humidité, de froid et de chocs répétés contre le béton. Chaque mouvement provoque une nouvelle douleur, comme si la chair n'avait plus la force de tenir en place. Je garde les jambes repliées contre moi pour éviter d'avoir trop de poids sur mes fractures, mais même cette position finit par m'écorcher les côtes.

Vingt-trois jours.

Vingt-trois traits sur le mur.

Vingt-trois moments où j'ai utilisé mon propre sang pour marquer le temps.

Mon doigt laisse aujourd'hui une trace irrégulière. Le sang n'a plus la fluidité nécessaire : *il est épais, presque sec avant même d'avoir touché la pierre.* Je ne sais même plus si c'est à cause de la fatigue, de la déshydratation ou de la quantité ridicule de liquide qui circule encore dans mes veines.

Mon visage me lance. La peau autour de ma lèvre supérieure est tellement gonflée que je peine à l'ouvrir correctement. Une croûte sombre s'est collée autour de ma narine droite, à la suite d'un coup reçu il y a plusieurs jours. À chaque respiration, un sifflement remonte depuis ma cage thoracique. Je reconnais la gêne d'une côte abîmée : *chaque inspiration demande un effort que je ne devrais pas avoir à faire.*

Les bleus s'étendent du haut de mes bras jusqu'à mes cuisses. Certains sont devenus jaunes, d'autres violets et d'autres quasiment noirs. Les morsures laissent encore des marques irrégulières, entourées de rougeurs. Les griffures se sont rouvertes plusieurs fois. Parfois, une plaie saigne un peu, puis s'arrête d'elle-même.

Ils arrivent chaque jour avec leurs insultes.

« Tu n'es qu'une merde. »

« Bouffe ça. »

« Tu vas crever ici. »

Rien n'est dit par colère. Ils le font parce que ça fait partie de la procédure. En se suivant, puis en se remplaçant, tout en parlant de la même manière, donnant les mêmes ordres et répétant les mêmes gestes.

Ils me jettent de la nourriture pour chien. Le premier jour, j'ai refusé. Le deuxième aussi. Le troisième, ils ont décidé que mon refus était une provocation. Ils m'ont attrapée ensemble. Je n'avais aucune chance de résister. L'un me tenait les jambes, l'autre les bras, un autre encore ma mâchoire. Ils ont pressé la bouffe contre mes dents, puis dans ma gorge. J'ai senti les ongles gratter ma langue, ma gorge, mon palais. Quand j'ai vomi, ils ont recommencé. Ils ont attendu que je n'aie plus la force de respirer pour arrêter.

Depuis, ma gorge me brûle constamment. Ma voix est devenue presque inaudible, faible et cassée. L'odeur du pot de chambre renversé sur moi hier reste incrustée dans mes cheveux et dans ma peau. Je ne distingue même plus la frontière entre mon odeur et celle qu'ils m'ont imposée.

La haine est la seule chose qui ne faiblit pas.

Soudain, la serrure claque et je sursaute. Mon dos cogne le mur, et une douleur vive me traverse le flanc droit. Je m'attends déjà au bruit des pas lourds, mais ce n'est pas ce que j'entends. La porte s'ouvre lentement, sans brutalité. *C'est une manière de créer la peur sans effort.*

Un homme entre. Grand, droit et silencieux. Son masque est toujours le même : *un tissu noir qui recouvre tout son visage.* Pas d'ouverture pour les yeux, pas de coutures apparentes. Son visage n'existe pas. *C'est un bloc uniforme.*

Pourtant, je le reconnais immédiatement. Pas par son apparence, ni par son odeur, mais par son silence. Les autres font du bruit sans le vouloir. Leurs bottes, leurs gants, leur respiration étouffée et surtout leurs gestes brusques. Lui, c'est différent. On ne perçoit presque rien, sauf un léger froissement du tissu quand il bouge les bras.

Ce détail seul suffit à le distinguer des tortionnaires habituels.

Aujourd'hui, il transporte un plateau. Il s'accroupit devant moi. Sa main tremble légèrement lorsqu'il pose le matériel au sol. *Ce tremblement n'existait pas les autres jours.*

— Donne-moi ta main droite, ordonne-t-il calmement.

Je recule volontairement, juste pour voir comment il réagit.

Ses épaules restent immobiles. Sa tête s'incline légèrement sur le côté. On dirait qu'il analyse ma réaction, pas qu'il veut me punir.

— Tu ne devrais pas provoquer ceux qui entrent ici, dit-il. Ils n'attendent que ça.

— Et toi ?

Ma voix est plus rauque que d'habitude.

— Tu attends quoi ? Que je te demande pardon ?

Je ne vois pas ses yeux, mais j'ai la sensation qu'il me regarde tout en observant chaque détail. *Qu'il comprend ce que je fais.*

Il s'approche lentement. Il tend une main vers moi, puis s'arrête à quelques centimètres et attend quelque chose, peut-être un signe que je n'ai pas l'intention de me débattre. Il se retient de me toucher directement, comme s'il devait contrôler un réflexe.

Je commence à comprendre qu'il ne ressemble pas aux autres. Ce n'est pas un bourreau. Cependant, il n'est pas un amateur non plus. *Ses gestes ont quelque chose de précis, comme s'il avait appris à soigner.*

— Pourquoi tu portes ce masque ?

Je fais signe en désignant son visage.

Il met quelques secondes avant de répondre.

Son torse se soulève légèrement, preuve qu'il réfléchit à ce qu'il va dire.

— Ce n'était pas mon choix.

Il ne réalise pas que chaque mot qu'il prononce me donne une information précieuse. Ce n'est pas volontaire et encore moins libre. *Il n'est pas ici pour les mêmes raisons que les autres.*

Puis, je demande :

— Ils te forcent ?

Il ne répond pas, mais ses doigts se crispent autour du bandage qu'il tient.

— Arrête de penser, Ella, dit-il.

Ma mâchoire se contracte.

Il ne devrait pas connaître mon nom, comment je réfléchis et surtout comment anticiper ma manière d'analyser.

Je garde le regard fixé sur ses mains. Il approche mes doigts, les examine, évalue les dégâts. Il manipule ma main avec une précision que personne ici ne possède. Il appuie au bon endroit, replace l'articulation d'un geste ferme et un bruit résonne. Je ne crie pas, mais mes dents se serrent.

Son masque se retrouve à quelques centimètres de ma peau. Je sens son souffle stable, calme et presque régulier.

Je souffle :

— Pourquoi tu t'occupes de moi ?

Il reste immobile une seconde.

Puis il murmure :

— Parce que tu ne mérites pas ce qu'ils te font.

Je ne trouve pas de réponse.

Il continue, plus bas encore :

— Et parce que si tu meurs trop vite… ce sera pire, pour moi et pour les autres.

Cette phrase contient trop d'informations pour être anodine.

Une fois ma main bandée, il reste accroupi. Il ne parle pas et sa respiration change légèrement, devenant plus irrégulière. Je comprends qu'il retient quelque chose. Peut-être de la colère.

— Tu n'es pas comme eux, dis-je. Je le vois.

Il serre les poings.

Ses gants se froissent sous la pression. Il détourne la tête comme s'il voulait mettre fin à cette conversation sans le dire.

Il finit par se relever.

Sa voix reprend un ton neutre.

— Quelqu'un va t'apporter à manger.

Il se dirige vers la porte.

Sa main se pose sur la poignée. Puis, il s'arrête, pendant trois longues secondes, sans bouger.

Il m'annonce sans se retourner :

— Ne trace plus de marques sur le mur. Ils l'ont remarqué.

Sa voix n'est plus neutre. Elle porte une inquiétude que je n'ai jamais entendue ici.

Il ouvre la porte et sort.

La pièce retombe dans l'obscurité.

Et, ce bruit revient immédiatement.

Ploc.

Ploc.

Ploc.

L'ombre de sa destruction mentale.

INTERLUDE

PEDRO RODRIGUEZ

♪ Playlist Millonario & W. Corona,
Cartel de Santa – Extasis

13 NOVEMBRE 2003
21 ans auparavant
Mexico City – Tepito – Mexique
Cartel Rodriguez
21 h 03

Je me souvenais de la peur avant même d'en connaître le mot.

— Non, s'il vous plaît… ne me tuez pas…

L'homme suppliait dans la cuisine. Sa voix tremblait comme une vieille porte prête à céder. J'étais assis par terre, mes billes dans la main, mais mes yeux restaient fixés sur les ombres qui bougeaient sous la lumière.

Je savais déjà que la scène finirait mal. Avec mon père, ça finissait *toujours* ainsi.

Il riait. Ce son grave qui vibrait dans les murs et me retournait l'estomac.

Depuis que j'étais né, ce timbre avait été mon quotidien. *Ma berceuse à l'envers.*

— La marchandise n'était pas complète, sombre merde. Tu veux que les *El Diablos* viennent me faire la peau ?

L'homme reniflait, paniqué.

— Connor, je ne comprends pas… je vous jure que…

Son hurlement avait tout coupé.

Un cri déchiré et bref, comme si on lui arrachait un morceau de lui-même. Je ne voyais pas tout, mais j'entendais. Le bruit était reconnaissable : *un couteau qui tranche de la chair.* Pas comme dans les films. *Non.* Là, c'était humide et ce bruit de viande vivante qu'on découpe. Le morceau était tombé sur le sol dans un hurlement déchaîné, et un coup de feu avait retenti juste après. Le corps s'était effondré, laissant une puanteur envahir la pièce. *Je connaissais déjà l'odeur du sang avant même de savoir attacher mes lacets.*

Mon père avait essuyé la lame sur le pantalon du mort puis était sorti de la pièce. Quand il m'avait vu, il n'avait pas eu l'air surpris. Juste… *agacé.*

— Fais pas ta mauviette. Bientôt, je t'apprendrai à faire ça sans trembler.

Je n'avais pas répondu. *Je n'avais que cinq ans.*

Je m'étais contenté de serrer mes billes jusqu'à ce qu'elles marquent ma paume.

Puis il avait crié :

— ABBY ! DANS LA CHAMBRE !

Ma mère avait sursauté. *Elle tremblait tout le temps.*

Elle avait renversé un verre qui s'était brisé au sol et m'avait regardé comme si elle tentait de me sauver une dernière fois.

— Reste ici, comme d'habitude, mon trésor.

Sa voix était douce, mais ses yeux disaient autre chose : *Ne monte pas. Ne regarde pas. Et, surtout, ne viens pas.*

Mais, j'y étais allé quand même. J'ignore pourquoi. *Peut-être que je voulais comprendre pourquoi maman pleurait autant ? Où est-ce que je voulais comprendre ce que papa lui faisait ?*

Je m'étais approché de leur porte. Le premier bruit avait été un claquement. *Une gifle.* Puis un petit cri étranglé.

Ensuite, sa voix :

— Mets-toi à quatre pattes sur le lit.

Ma mère n'avait pas répondu.

Quand j'avais poussé la porte d'un millimètre, j'avais vu son visage. Ses yeux étaient ouverts, mais vides. Elle respirait, mais elle n'était plus vraiment là. Mon père, lui, gémissait comme un animal. Ses mains agrippaient ses hanches et le lit bougeait. Il y avait du sang sur le drap. *J'ignorais d'où il venait.* Je ne voulais pas savoir.

C'est là que j'avais couru jusqu'à la cave en manquant de vomir. J'avais frappé le sac de riz avec mes petits poings, encore et encore. La poussière blanche volait autour de moi, collant à mon visage. Je voulais que la douleur dans mes mains étouffe celle dans mon ventre.

J'avais fini par m'endormir contre le sac, les phalanges rouges et les joues humides.

Au matin, il m'attendait déjà.

— Ta mère est partie, avait-il dit en tirant sur sa cigarette.

Puis, il m'avait balancé :

—Les femmes sont toutes des salopes.

Tout en crachant sur le sol, en frottant son menton, il m'avait observé, comme s'il évaluait une marchandise.

— Toi, en revanche… je vais te former et ferai bientôt de toi un monstre.

Et j'avais compris.

Ce jour-là, dans la cave, j'avais cessé d'être un enfant. Et, des années plus tard, j'étais devenu exactement ce qu'il voulait : pas seulement un monstre. *J'étais devenu le diable qu'il avait fabriqué de ses propres mains.*

L'ombre de son passé.

PEDRO RODRIGUEZ

♪ ***Playlist Rammstein – Du hast***

15 OCTOBRE 2024
De nos jours
Boston – Quartier Dorchester Nord – États-Unis
Demeure de Connor Rodriguez
16 h 26

Le cuir arraché du canapé colle à ma peau, et le whisky que je bois descend dans ma gorge, me brûle, réveillant la haine qui remonte lentement sous ma cicatrice, celle que mon père m'a laissée quand j'avais dix ans.

Puis, je fixe Cameron.

Ses mains tremblent, ses épaules convulsent légèrement, et sa peur me donne envie de lui sectionner la langue juste pour que j'aie le silence.

— J'ai fouillé les quatre quartiers, Pedro… Katarina reste introuvable, balbutie-t-il.

Je resserre ma prise sur le verre jusqu'à sentir la tension du cristal. Cette fille pense pouvoir se volatiliser. *Comme si elle pouvait sortir du réseau et m'échapper.*

Je crache sur le sol, puis calmement, d'une voix qui ne laisse aucun doute :

— Si t'as pas une piste avant ce soir… je t'enterre près d'Harry. Et, je te garantis que tu resteras conscient quand je t'enfouirai sous la terre.

Il pâlit.

C'est le moment que je préfère : *l'instant où ils comprennent que je ne menace jamais en vain.*

La porte claque. Et Connor entre. Mon cher géniteur, celui qui m'a formé à la violence dès l'enfance. Il traîne un jeune type à peine adulte par les cheveux. Sa joue gonflée, et l'œil complètement éclaté ne présagent rien de bon.

Il le pousse violemment et son corps glisse sur le tapis, laissant une trace rouge sur le tapis dégueulasse.

— Au lieu de courir après cette gamine, sûrement partie comme ta mère, tu vas t'occuper de ce déchet, grogne-t-il en lui envoyant un coup de pied.

Le type tente de reprendre son souffle.

Ses doigts tremblent et sa respiration se brise.

Presque en pleurant, il dit :

— Quand je suis entré dans votre réseau… c'était pour vendre de la came… pas pour enlever des filles… pas pour… ça…

Connor sourit.

Un rictus glacé que je connais depuis toujours. Il se penche, crache au visage du gars, puis sort une cigarette. Le bruit du briquet résonne dans la pièce. Il aspire lentement deux fois, comme s'il savourait le calme avant la douleur.

La terreur du gamin remplit la pièce.

Connor le saisit brutalement au col.

— Tu crois qu'on t'offre une alternative et que tu as ton mot à dire ?

Il n'attend aucune réponse en écrasant la cigarette dans son œil déjà explosé.

Un hurlement envahit la pièce et je reste immobile. Connor agrippe le type par les cheveux tout en lui explosant le visage contre le mur. Un craquement d'os, *certainement le nez,* puis un autre, et à ce moment-là, il est presque sonné. Le sang éclabousse la peinture écaillée.

Quand il libère la tête, il ne reste qu'un amas de sang, de larmes et de panique.

Connor me regarde avec la même neutralité que s'il me donnait une liste de courses.

— Descends-le à la cave. Tu le fais parler en le faisant regretter. Et, tu l'achèves.

Le gamin réalise enfin.

Il hurle, frappe contre la porte et supplie en se pissant dessus.

— NON ! Pitié ! Je ne veux pas descendre ! Je vous en supplie !

Personne ne bouge.

Je finis mon verre d'un trait. L'alcool me brule davantage et me recentre. Puis, je le jette contre le mur, explosant des éclats sur le sol.

Je me lève calmement, comme le parfait prédateur que je suis. Le type tente d'ouvrir la porte, mais ses mains sont bien trop tremblantes. Je le saisis par le col et il pousse un cri désespéré.

Puis j'ordonne à l'autre abruti :

— Cameron, prépare la salle.

Il s'exécute aussitôt, sans discuter, le pas pressé, comme s'il craignait de perdre une seconde de trop.

Connor me fixe, ses yeux noirs plantés dans les miens, cherchant à y lire ce que je ne dis pas.

— Quand ce sera fini… on doit parler.

Je sais exactement de quoi il est question.

De la famille Alvarez et d'Ella. *De ce qui les attend.*

Je me contente d'un léger signe de tête, sans offrir la moindre réponse.

Je tire le type au sol. Il s'accroche à tout ce qu'il peut, en agrippant ses ongles sur le parquet. Le bruit qui cède résonne entre nous. Plus il supplie, plus la colère monte en moi. Cette haine que Connor a implantée dans mon esprit depuis mes cinq ans et qui se porte pour Ella et ma mère.

Il ne le sait pas encore, mais il va manger plus que tous les autres. Parce que ce soir, je ne suis pas seulement le monstre que mon père a construit. *Je règle une dette.*

Le couloir vers la cave sent l'humidité, la rouille et la moisissure. Le gars hurle, se débat, mais son corps cède progressivement. Le sang coule de son orbite et trace des lignes sur sa nuque.

J'ouvre la porte et la lumière est déjà allumée.

Cameron a tout préparé. La table est nettoyée, les sangles ajustées et les outils alignés : scies, pinces, tournevis, câbles, bassine d'eau, marteau, couteaux de tailles variées, chalumeau portatif et perceuse.

L'homme s'effondre à genoux et sanglote.

— Je ne veux pas mourir comme ça… laissez-moi une chance… je ferai ce que vous voulez…

Je referme la porte derrière nous tout en crachant au sol.

Puis, j'ordonne :

— Monte sur la table.

Il recule tout en secouant la tête, puis sa respiration s'emballe.

— Non… pitié…

Je l'attrape par les cheveux et lui écrase la tête contre le bois de la table, son nez se brisant davantage.

J'attache ses poignets, chevilles et son torse. Son corps se tord déjà sous la panique.

— Pourquoi vous faites ça… ?

Je ne réponds pas tout en prenant un cutter. Le cliquetis de la lame le fait suffoquer.

Je commence par le flanc et la peau se fend sous la pression. Le sang coule sur le bois laissant apparaître la chair.

Il hurle.

— ARRÊTE ! ARRÊTE ! Je vais parler !

Je trace parallèlement une seconde. À chaque respiration, son ventre se soulève et agrandit les plaies. Les tissus internes palpitent sous la lumière.

— Tu parleras après.

Je repose le cutter et attrape une pince.

Je l'enfonce dans l'une des ouvertures.

Il tremble tellement que les sangles vibrent.

— Non… je vous en supplie…

Je saisis un morceau de chair et je tire. Elle résiste, puis se détache dans un bruit humide. Son hurlement se transforme en un cri d'animal à l'agonie. Je lui maintiens la tête pour l'empêcher de s'étouffer avec sa salive.

Je le force à regarder son flanc à vif.

— Ce n'est que le début. Alors, réfléchis bien.

— Katarina… je… je ne sais pas où elle est ! Je te le jure ! On m'a dit qu'elle avait payé quelqu'un pour disparaître ! Je ne sais pas qui ! Je ne sais pas où !

Je lui enfonce un coup de poing dans le ventre. L'air sort en un râle.

— Continue.

Ses larmes se mêlent au sang. Je change d'outil : *la perceuse.* La mèche tourne lentement, puis il hurle avant même que je ne commence.

— NON NON-PITIÉ.

J'enfonce la mèche dans son tibia, doucement, pour qu'il sente chaque vibration. Elle perce la peau, la chair, puis touche l'os. Le bruit devient aigu. Il hurle, se raidit et se souille de peur.

Je retire la perceuse et un éclat d'os tombe sur la table.

Sa voix lâche ne sortant plus que des sons rauques.

Je me penche.

— Un nom. Donne-moi un nom.

Il tremble, secoue la tête, incapable de formuler quoi que ce soit.

Je prends la pince et l'insère dans sa bouche, tirant sur une dent. Elle résiste, d'abord, mais avec force, j'arrive à l'arracher avec son nerf.

Les pleurs se transforment en gémissements.

Enfin, il articule dans un souffle minuscule :

— Un type… du port… il s'appelle Lucas…

Je souris.

— Voilà, ce n'était pas compliqué.

Je prends le chalumeau.

Il comprend directement et implore encore.

— J'ai parlé… je vous en supplie…

— Tu comprends mal les règles.

Je brûle son flanc.

La chair se resserre sous la chaleur et l'odeur devient épaisse, presque écœurante.

Il convulse et vomit en tremblant jusqu'aux doigts.

— Achève-moi…

Je prends un long couteau, puis lui plante rapidement la lame dans sa gorge. Un simple gargouillis étouffé et le sang jaillit jusqu'au sol, puis plus rien. *Son regard se fige.*

Je reste une seconde immobile.

Enfin, je me redresse, essuie mes mains sur son t-shirt.

Je murmure :

— Merci pour Lucas.

Je quitte la pièce et remonte les marches.

Mes pas laissent des traces rouges, mon t-shirt colle à ma peau, imbibé de sang et de sueur.

En haut, tout est silencieux.

Connor est assis, penché sur une carte. Il me dévisage brièvement. Ses yeux repèrent le sang, mais son expression reste neutre.

— T'as pris ton temps.

Je m'approche. Cameron disparaît dans un couloir.

Je retire mes gants et les lance dans la poubelle.
— Il a parlé.
— Évidemment. Ils finissent toujours par parler.
Je m'assieds.
— Alors ?
— Lucas, du port.
Connor hausse un sourcil.
— Un petit joueur. Tu vas devoir creuser plus loin si tu veux retrouver la gamine.
Je serre la mâchoire.
Il le voit et ça l'amuse.
— T'es obsédé, Pedro. Et, ça commence à se voir.
Je garde le silence.
— Tu ne cherches pas Katarina pour le réseau. Tu la cherches pour toi.
Je fixe la table tout en refusant de lui donner raison.
Il poursuit :
— T'avais pas ce regard-là pour les autres.
Il s'avance, son regard durcit.
— Elle te rappelle quelqu'un.
Je ne réponds pas.
— Depuis elle… tu n'es plus le même.
Je relève la tête.
— Ta mère.
Je ferme les poings.
Le souvenir me revient : Ella en larmes, dans la ruelle à côté du collège. Sa manière de serrer les dents. Les traits de son visage. *Exactement comme la mère Alvarez.*
Connor le sait. Il l'a vu.
— Tu veux entendre la vérité ?
Je reste immobile.
— Elle n'est pas morte.
Je baisse les yeux.
Je le savais déjà. Depuis que j'ai vu Ella et que j'ai reconnu ces traits.

Connor me regarde par-dessus son épaule.

— Mais tu ne connais pas la raison. Et, ça te ronge.

Il s'avance encore.

— T'as reconnu ta mère. Je le sais.

Je serre les dents.

— Ne parle pas d'elle.

Il ricane.

— Elle t'a abandonné. Ça, tu te le rappelles ?

Je lui saisis le poignet jusqu'à blanchir mes phalanges.

Il ne réagit pas.

— Ne répète plus jamais que c'est ma mère.

Son regard devient sombre.

— Tu peux faire hurler n'importe quoi… mais moi, Pedro ? Je te connais parfaitement puisque je t'ai façonné.

Je desserre et il recule légèrement.

— Retrouve Lucas. Mais ouvre les yeux. Y'a des vérités que tu refuses de regarder en face. Sur elle et sur toi. Sur ce qui s'est réellement passé.

Il tourne le dos, puis ajoute d'une voix plus basse :

— Et quand tu comprendras… tu regretteras de ne pas l'avoir tuée lorsque t'en avais l'occasion.

Je reste immobile et un frisson me traverse.

Connor se retourne une dernière fois.

— Alors Pedro… t'es vraiment prêt à découvrir qui elle est ?

Je ne réponds pas.

Parce que je connais déjà la réponse.

Et, la vérité qui arrive me fera plus de dégâts que tout ce que j'ai fait subir dans cette cave.

L'ombre de la vérité.

CHAPITRE 6

ELLA ALVAREZ

♪ Playlist Slipknot – Duality

17 OCTOBRE 2024
Boston – Quartier Roxbury – États-Unis
04 h 03

— Plus vite !

La voix éclate derrière moi. Elle me fige une fraction de seconde avant de m'inciter à accélérer encore. Mes jambes tremblent, manquent de céder, mes pieds glissent dans la terre détrempée de l'arrière-cour. Cependant, je continue, coûte que coûte, en avalant l'air comme s'il pouvait me manquer d'un instant à l'autre. Je sais ce qui m'attend si je ralentis, si je chute, si je leur laisse la moindre ouverture : *les coups, la violence et l'écrasement jusqu'à ce qu'il ne reste plus rien à relever.* Tandis que je cours, malgré la peur qui brûle dans mes muscles et la fatigue qui monte, je refuse de leur donner cette satisfaction ainsi que cette victoire qu'ils attendent déjà.

Cela fait plus d'une heure qu'ils me font tourner en rond dans cette cour qui pue la mort. Ils gardent leurs masques, mais leurs voix, je les reconnais maintenant. Je connais leur façon de respirer, de marcher et de contenir un rire. Pour eux, je ne suis plus une personne : *juste un corps à inciter jusqu'à la limite.*

Federico croit que je suis aveugle et que la douleur m'empêche de comprendre. *Il se trompe.* Depuis le jour où j'ai vu son visage, alors que je pensais qu'il m'aiderait, ma haine n'a cessé de croître. Elle me maintient debout depuis vingt-sept jours. Elle… *et ma vengeance pour Duncan.* Cependant, je vacille, car ma respiration se coupe et mes poumons se contractent.

Je suis à deux doigts de m'effondrer quand une voix plus grave que les autres ordonne :

— Ça suffit. Ramenez-la.

L'homme le plus imposant qui prend soin de moi s'approche et fixe les chaînes à mes poignets.

Ses gestes sont rapides, mais jamais brutaux. Il me touche comme si chaque contact le dérangeait autant qu'il le trouble.

— Allez. Viens, dit-il d'une voix basse et fatiguée.

Cette voix me traverse.

Elle réveille un souvenir que j'avais enfoui.

Je le sens, c'est lui.

— Derek ?

Il s'arrête.

Ses doigts se crispent sur la chaîne. Pendant un instant, il ne bouge plus.

— Ne pose pas de questions, lâche-t-il. Avance !

Il est nerveux et tendu. Comme si le simple fait que je l'aie reconnu fissurait tout ce qu'il tente de maintenir en place.

Nous descendons les escaliers vers le sous-sol. L'air devient plus froid à chaque marche. Le silence du manoir me pèse sur la nuque. Lui, derrière moi, reste trop près, *trop présent.*

Depuis la soirée au *Repaire,* il me troublait déjà. Cette nuit-là, Duncan m'avait présentée aux siens. J'avais senti son regard sur moi avant même de le croiser. Il m'avait parlé à peine cette nuit-là. Pourtant, il m'observait, comme s'il essayait de comprendre pourquoi ma présence le dérangeait autant.

Je n'ai jamais admis l'attirance que j'avais ressentie pour lui ce soir-là. *Je ne pouvais pas.* Duncan prenait toute la place. *Derek, lui, vivait dans la douleur que lui avait laissée Ruby.*

Néanmoins… il m'avait marquée plus que je ne voulais le reconnaître.

Il me pousse dans la cellule et je tombe au sol. Il referme le cadenas et reste immobile quelques secondes.

— Je n'ai jamais voulu ça pour toi, dit-il d'un ton plus bas. Mais, ils ont décidé de t'entraîner différemment.

Ses mots me coupent un instant. Pas parce qu'ils sont rassurants, mais parce qu'ils sonnent véritablement.

Je repense à Duncan, puis à Ruby et à ce qui reste de nous.

Puis, je demande en déglutissant :

— Qui ça, « ils », à part Federico ?

Et là, Il enlève son masque.

Ses yeux verts m'atteignent de plein fouet. Leur intensité me transperce comme la première fois. *Je sens quelque chose céder au fond de moi.*

Il a maintenant un piercing à la lèvre. Un détail insignifiant, et pourtant qui attire mon regard.

— Arrête de parler, répond-il. Encaisse et tu comprendras bientôt.

Il recule d'un pas sec, comme s'il venait de franchir une limite qu'il se refuse à dépasser.

Puis il quitte la cellule sans se retourner. La porte claque et le silence se referme sur moi.

Je reste assise contre le mur, tout en soufflant rapidement. Une sensation étrange glisse sous ma peau.

« Ils ont décidé de t'entraîner. »

Je repense aux vingt-sept jours : *les courses forcées, les épreuves, la douleur et les questions de Federico. Ce n'était pas du hasard.* C'était structuré, répété et parfaitement ajusté.

C'est un entraînement, voire une punition pour ma façon d'être insolente.

Je touche la chaîne et découvre que le métal est récent. *Pourquoi la changer si je suis censée finir brisée ou morte ?*

La vérité tombe d'un coup : *ils ne veulent pas ma mort. Ils veulent mon ascension.*

Ils me préparent à quoi ? Je l'ignore encore. Par contre Derek sait ce que Federico mijote. *Et je suis au centre avec lui de ce qu'ils prévoient.*

Ma colère se transforme : *elle devient précise et surtout plus froide.*

Puis je murmure :

— Très bien.

S'ils pensent me façonner, ils se trompent. Je vais apprendre leurs règles. Et, quand ce sera leur tour, je n'hésiterai pas.

Je me redresse. Me voilà enfin stable, lucide et plus déterminée que jamais.

Ils pensent me contrôler ? Ils sont loin du compte.

L'ombre de son ascension.

CHAPITRE 7

ELLA ALVAREZ

♪ ***Playlist Micolai – Outlast***

20 OCTOBRE 2024
Boston – Quartier Roxbury – États-Unis
04 h 03

Trois jours se sont écoulés depuis la dernière fois où Derek a franchi le seuil de cette cellule. Trois jours durant lesquels le silence s'est agrippé à mes entrailles comme un parasite. Et, malgré les heures qui se traînent, malgré la nausée qui me ronge, je refuse de croire qu'il est mort. Il est impossible qu'on l'ait exécuté juste après qu'il ait retiré son masque devant moi. Je sais, avec une certitude, qu'ils ont vu son geste grâce aux caméras que j'ai repérées dans les coins de cette prison sordide. Ce qui signifie qu'ils savent exactement ce qu'il a fait, ce qu'il a risqué. Alors, en disparaissant soudainement, ils ne cherchent rien d'autre qu'à travailler ma psychologie, m'user, me vider, me faire croire que j'ai perdu le seul allié potentiel que j'avais dans ce cauchemar.

Je pense à Graziella, à tout ce qu'elle savait, à Derek, à Ruby, à Duncan, à cette vengeance que nous portions sans jamais la formuler. Et, j'en viens à la conclusion qu'ils exploitent cette faille depuis le début.

Je tourne encore ces idées dans ma tête lorsque la porte s'ouvre brutalement. Une lumière crue m'agresse les yeux. Trois silhouettes entrent, avançant vers moi comme si elles venaient réclamer leur dû, prêtes à se défouler encore une fois sur ma carcasse en lambeaux.

Mais, cette fois-ci, je refuse d'être leur victime.

Dans un mouvement auquel je n'ai même pas eu le temps de réfléchir, je me projette en avant, attrape la chaîne fixée au mur et commence à tourner autour d'eux avec une hargne désespérée. Le métal glisse entre mes doigts tandis que j'enroule leurs jambes, jusqu'à sentir leur équilibre vaciller. Ils tombent lourdement, surpris et paniqués.

L'un d'eux hurle :

— Federico !

Mais, je n'ai aucune intention de m'arrêter.

Je grimpe sur la femme, prête à lui écraser le visage contre le sol, quand elle lâche soudain, haletante :

— Federico, c'est bon. Elle est prête.

Mon geste se suspend, brutalement arraché à ma rage.

Je relâche la pression et me redresse lentement.

Prête pour quoi ?

Je n'ai pas le temps de formuler la question. La porte s'ouvre de nouveau. Federico entre, suivi de Marlon, Sandra, Perly…

Je regarde ensuite la femme que j'écrase. C'est Graziella, qui enlève doucement son masque.

— Il t'en a fallu du temps pour comprendre que tout cela n'était que la première étape de ton entraînement, déclare Federico d'une voix mielleuse, en applaudissant comme si j'étais une gamine qui venait de réussir un exercice.

Ma gorge se serre. La colère me brûle les côtes.

Je lance, la voix éraillée :

— C'est quoi ce cirque ?!

Il sourit.

Et, ceci me donne envie de lui arracher les dents à mains nues.

— Nous devions t'enfermer dans une pièce sombre, sans repère, comme un chien qu'on teste pour savoir combien de temps il mettra avant de mordre. Tu as mis exactement trente jours à te rebeller. Maintenant, suis-nous. Tu te laveras après la réunion.

Je serre les dents, mais j'obéis. À cet instant, il n'y a que deux options : *survivre ou mourir comme une idiote. Ainsi, je n'ai aucune intention de leur offrir ma mort.*

Nous montons un escalier interminable qui débouche sur une pièce obscure où trône un tableau recouvert d'un drap blanc. Plusieurs chaises l'entourent et, dès que j'entre, mes yeux se posent sur Derek, assis, immobile, la mâchoire crispée.

Un tremblement me traverse : *colère, soulagement, et envie de le frapper pour m'avoir laissée trois jours sans lui.*

— Asseyez-vous, ordonne Federico.

Je m'exécute, fixant Derek sans ciller.

Je crache :

— Alors quoi ? Trente jours de tortures pour finir assise devant un tableau ? C'est ça, votre grand plan ?

Federico claque la langue, agacé.

— Ferme-la et écoute. J'ai réuni tout le monde pour vous exposer le résultat de mes recherches. Grâce à mon réseau, j'ai retrouvé les responsables de votre attaque.

Mon cœur ralentit.

Il retire le drap.

— Le sniper qui a abattu Duncan… c'est lui. Ashton Bennet. Un tireur d'élite, engagé pour des missions impossibles.

Je reconnais immédiatement la paire de chaussures noires.

Celles que j'ai vues ce soir-là et qui ont marché sur le sang de Duncan.

— Lui, c'est Caleb Miller. Là, Victoria Morone, maîtresse d'un réseau de drogue. Et… Graziella, désolé, mais ton frère a bien rejoint le réseau pour Dolorès.

Elle ne bouge pas. Ses yeux brillent un instant avant de se glacer.

— Et pour finir, le dernier morceau du puzzle.

Il retire un second drap.

Mon sang se fige.

Pedro.

Derrière lui… deux silhouettes que je reconnais plus vite que je ne le voudrais : *Cameron et Harry.*

La rage me remonte le long de la colonne vertébrale.

— Pedro Rodriguez, fils de Connor Rodriguez, trafiquant d'organes et chef de la Sentinelle. Ces deux idiots, vous les connaissez déjà.

J'avale difficilement ma salive.

J'aurais dû fouiller davantage. Mais jamais je n'aurais imaginé ça.

Federico reprend :

— Maintenant que les visages sont au clair, nous allons reprendre l'entraînement. Graziella t'enseignera les serpents. Derek, son art martial. Ezra la boxe et Marlon les armes à feu.

Puis il plante son regard dans le mien.

— Ella, tu dois mourir.

Je le fixe, incrédule.

— Nous avons capturé une fille. Nous l'avons fait passer pour toi. ADN modifié et son dossier falsifié. Ton corps a été officiellement identifié.

Un sourire étire ses lèvres.

— Ella Alvarez est morte, définitivement.

Un rire nerveux m'échappe.

Je murmure :

— Je suis morte le jour où Duncan est tombé.

Il sourit et claque des mains :

— Parfait, alors tu renaîtras en tant qu'Eva White.

White ? L'antithèse de Black. Une ironie à gerber.

Puis, je dit sèchement :

— Eva White ? Très bien. Pourquoi pas.

Puis, il annonce :

— C'est terminé.

Je me lève, encore sonnée.

Federico s'approche.

— Maintenant, va te laver. Tu pues.

Je le fixe froidement.

— Et à qui la faute, tu crois ?

Il rit.

Puis son visage se ferme.

— Tu étais trop faible pour le sanctuaire. Il fallait te forger.

Le mot *sanctuaire* résonne.

Je le garde avec une haine.

Il ordonne :

— Derek, emmène-la.

Il pose sa main sur mon bras et une tension violente me traverse et je le suis malgré moi.

La porte suivante s'ouvre… Et, ce que je découvre change tout. Le couloir s'étire, éclairé par des lampes encastrées. Chaque pas de Derek résonne dans ma cage thoracique. Sa main serre mon bras. Je sens la rage monter, m'inciter à bout. Je n'ai plus qu'une envie : *le frapper, hurler et déchirer son calme.*

La porte de la *« chambre »* se referme.

Je lui arrache mon bras.

— Tu pensais vraiment que j'allais te suivre comme un chien sans rien dire ?!

— Ella… commence-t-il d'une voix basse qui me fait encore plus bouillir.

— Non. Trois jours. Trois putains de jours sans un mot. Sans explication. Trois jours où je me suis demandé si tu étais mort ou si tu m'avais abandonnée. Et, tu reviens comme si de rien n'était ?

Il ferme les yeux, comme s'il encaissait un coup.

— Ce n'était pas censé se passer ainsi. Je ne voulais pas ça.

Je ris nerveusement.

— Tu voulais quoi ? Que je t'attende et te pardonne ? J'ai passé trente jours dans ma merde et à bouffer de la nourriture pour chien. Trente jours à me demander si j'étais vendue !

Il relève les yeux.

— C'était le protocole et le sanctuaire ne permettait aucune intervention, aucun contact et aucune émotion. Si j'étais resté trop longtemps… tu serais morte. Et, moi aussi.

Sa phrase me gifle.

— Ne me sors pas tes excuses. Le protocole ? Ça justifie tout, hein ? Ça efface ce que j'ai vécu ?

Il secoue la tête.

— Je sais. Tu ne comprendras jamais combien ça m'a coûté.

Je le fixe.

— Alors tu as regardé ? Tu as vu ?

— Non. On m'a interdit l'accès aux images.

— Et tu t'es laissé faire ?

— Je n'avais pas le choix.

Je m'avance. Nos visages se frôlent presque.

— Vous êtes tous pareils. Vous obéissez comme des chiens. Tu te rends compte que j'aurais pu mourir ? Et toi ? Tu étais où ? Dans ta petite chambre douillette ?

Il explose.

— Arrête. Tu veux savoir où j'étais ? Ce que je faisais ?

— Vas-y. Justifie-toi.

Il passe une main sur son visage.

— J'ai suivi une autre formation du protocole. Celle qu'on réserve à ceux qu'ils veulent transformer en armes. C'était pire que ce que tu as vécu et tout ce que tu imagines.

Je me fige.

Je veux le détruire, mais ses mots injustes me frappent.

— Ils m'ont privé de sommeil, plongé dans des bains glacés et enfermé dans une salle noire avec des haut-parleurs qui hurlaient mon prénom. Forcé à me battre les yeux bandés contre des hommes armés. J'ai vu des hommes perdre leurs doigts, leurs yeux, et leur langue. Mais, j'ai survécu.

Il approche d'un pas.

— Pas par choix, mais par instinct.

Je reste immobile, non pas par compassion, mais parce qu'il ne tremble pas.

Je lui crache donc à la figure :

— Et tu crois que ça te donne le droit de me laisser seule ?

Il souffle et me répond :

— Non.

Je me mets à rire et lui demande :

— Alors pourquoi ?

— Parce que si j'étais intervenu, ils t'auraient mise dans *ma* formation. Et, tu serais morte le soir même.

Il respire profondément.

— J'ai fait ce que je devais faire pour te protéger. Même si tu me hais.

Je murmure :

— Je ne te hais pas, Derek.

Il relève les yeux.

— Je te déteste encore plus que ça.

Je le vois vaciller. Rien qu'un peu.

— Tu étais mon seul point d'ancrage. Et, tu m'as laissée sombrer.

Il baisse la tête. *Un geste d'abandon et de culpabilité.*

— Je ne veux pas te perdre, murmure-t-il.

— Tu m'as déjà perdue.

Un silence tombe.

Puis il souffle, presque brisé :

— Alors laisse-moi au moins te montrer ce qu'est le sanctuaire. Et, deviens ma partenaire dans cette vengeance.

Il me tend sa main, puis je le fixe.

Et, soudain, je comprends. Il n'a jamais été mon ennemi. Tout ce temps, je me suis trompée de cible. Parce que cet homme, celui que j'ai tant redouté, finira par devenir mon allié le plus précieux.

L'ombre de son alliance.

INTERLUDE

DEREK UNDERWOOD

♪ Playlist Muse – Psycho

Boston – Quartier Roxbury – États-Unis

Je n'ai jamais considéré le silence comme un ennemi, parce qu'il m'offre un espace avec lequel je peux simplement être cet homme, sans avoir à me défendre ni à me justifier, un endroit stable où rien ne surgit sans prévenir et où je reprends enfin le contrôle de ce qui se passe dans ma tête. *C'est sans doute pour cela que Federico n'a jamais compris comment me faire céder.* Il est convaincu que les cris, les hurlements d'ordres ou la violence répétée me briseraient davantage. Il n'a jamais saisi que, pour moi, le silence n'est pas un manque, mais un point d'ancrage, un lieu précis où je sais exactement comment rester debout. *C'est un endroit où je sais réellement comment tenir debout.*

Le jour où il m'a convoqué dans son bureau, j'ai vu dans son regard qu'il avait déjà pris sa décision. Il m'observait comme quelqu'un qui s'apprête à démonter un mécanisme qu'il connaît mal, mais qu'il veut contrôler jusqu'au dernier engrenage.

— Tu es affecté à la formation Delta, Derek. Tu vas subir trente jours. Et, ceci applique le niveau de rupture.

Il a dit ça comme on annonce une formalité administrative. Il s'attendait à un signe de faiblesse, une réaction, un mouvement de recul. *Je ne lui ai rien donné.*

— C'est tout ?

Il a légèrement froncé les sourcils.

— Tu devrais avoir peur.

— La peur, c'est pour ceux qui se racontent encore des histoires.

Un sourire lui a traversé le visage, qui ressemblait plus à une mise en garde qu'à une réaction humaine.

— Très bien. On verra si tu tiens encore ce discours à la fin.

Je n'ai pas eu le temps d'ajouter un mot.

Deux hommes m'ont saisi, ont tiré mes bras en arrière, puis ont enfoncé une cagoule sur ma tête.

Derrière moi, une voix a soufflé :

— Profite de l'air tant qu'il t'appartient. Ensuite, si, dans trente jours, Ella n'est pas prête au même moment que toi, elle crève.

On m'a attrapé et tiré à travers un couloir, puis assis sur une chaise, les poignets attachés derrière le dossier. Et, tout s'est éteint : *plus de voix ni de mouvements. Plus rien auquel me raccrocher.*

Les premières heures, je me suis concentré sur ma respiration pour conserver au moins un repère. Le reste se dissolvait lentement. Je m'attendais à des coups, à des insultes, à une première humiliation, mais rien n'est venu. *Delta* commence par un effacement complet, et une durée qui s'étire au point de rendre impossible de savoir si l'on vient de s'endormir ou de perdre connaissance.

À un moment, sans réfléchir, j'ai murmuré :

— Ella…

Son image est arrivée immédiatement, sans transition, comme si l'obscurité l'avait laissée entrer avant moi. Je voyais de nouveau sa colère, ses yeux, sa voix qui résonnait encore.

« Tu vas me laisser crever ici ? »

— Non… tu ne comprends pas…

Ce n'était qu'un souvenir, mais il prenait toute la place, au point d'être plus solide que le réel.

Le premier électrochoc est tombé sans avertissement. Cette décharge m'a traversé d'un seul bloc. Je n'ai pas maîtrisé le cri qui m'a échappé.

La voix de Federico s'est imposée juste après, comme s'il commentait un fait

— Tu t'attaches trop. Et, tu sais ce qu'on fait aux attachements inutiles.

— Va te faire foutre…

Le deuxième choc m'a coupé le souffle et la stabilité. Mon corps s'est mis à trembler sans que j'aie la moindre prise dessus.

— Tu veux qu'on parle de Ruby ? a murmuré Federico.

Tout s'est crispé en moi.

Le simple fait d'entendre son nom a fait remonter un poids que je ne pouvais pas contenir. J'ai craché du sang.

— Ne prononce pas son nom…

Le troisième choc m'a arraché ce qui restait de lucidité.

Quand ils m'ont plongé dans l'eau glacée, j'ai cru que mes poumons allaient se refermer. L'eau avalait tout : *l'air, les repères, la conscience de ce qui se déroulait.* Dès qu'ils me sortaient, je respirais comme si c'était mon premier souffle depuis des heures.

Les derniers jours, ils me laissaient juste sortir, pour soigner Ella, car je gardais cette force qu'ils n'arrivaient pas à briser.

Mais quand j'étais de nouveau enfermé, pour subir leur sévice, j'entendais Ruby murmurer quelque part :

— *Pourquoi tu m'as laissé partir ?*

— Tu n'es pas là… tu n'es plus là…

Puis Ella :

— *Tu aurais pu me sauver. Tu n'as rien fait.*

— Tu ne sais pas… tu n'as jamais su…

Ils me plongèrent directement la tête dans l'eau, puis m'ôtèrent par les cheveux, me jetant sur le sol, la cagoule toujours en place. Des pas tournaient autour de moi.

Federico a simplement dit :

— Débrouille-toi. Il ne fallait pas lui montrer ton visage.

Les coups venaient de toutes les directions. Je ne voyais rien et ne reconnaissais rien. Je me relevais à chaque fois pour ne pas m'effondrer complètement.

Autour de moi, j'entendais des voix essoufflées :

— Il tient encore !

— Continue !

— Il va finir par tomber !

Mais, je n'ai pas cédé.

Quand tout s'est arrêté, j'étais le seul encore debout.

Federico a retiré la cagoule. Il y avait du sang partout, sur eux, sur le sol et sur moi.

— Tu vois, Derek, quand tu arrêtes de penser à Ella, tu deviens efficace.

J'ai serré les dents.

— Je pense à ce que je veux.

— Non, tu dois penser à ce qu'on t'autorise à ressentir, a-t-il répondu.

Je n'ai rien répondu.

Le silence qui a suivi m'a détruit plus sûrement que les coups.

Parce que, dans ce silence, j'ai entendu la voix d'Ella :

— *Tu es comme eux.*

Je voulais hurler que c'était faux, mais je n'ai pas pu.

Les jours suivants, tout s'est mélangé.

Ruby apparaissait, les mains bleues et les yeux éteints.

— *Tu aurais pu me protéger…*

— J'ai essayé… je te jure…

Duncan se tenait derrière elle.

— *Tu m'as laissé mourir.*

— Tais-toi… tu n'existes pas…

Soudain, Ella…

Elle me regardait comme si j'étais la cause de tout ce qu'elle avait vécu.

— *Pourquoi tu m'as montré ton visage ? Tu voulais quoi ? Me terroriser ?*

À la limite de m'arracher les cheveux, j'ai hurlé :

— Ce n'était pas ça… tu ne comprends pas…

Elle disparaissait avant que je puisse finir mes phrases.

Le dernier jour, on m'a installé dans une pièce blanche, éclairée par une lumière fixe, sans bruit et sans mouvement.

Federico est entré.

— Tu es prêt.

Je n'ai pas réagi.

Il a ajouté :

— On va chercher Ella. Elle est prête, elle aussi. Elle a de la chance, la garce.

Je n'ai pas eu le temps de réfléchir au dernier ordre de Federico.

Il m'a simplement dit d'aller dans la salle de réunion et d'attendre que l'équipe arrive, comme si les trente jours que je venais de traverser n'avaient aucune importance. Comme si je pouvais me tenir là, normalement, sans que tout ce qui vibrait encore dans mon corps menace de me faire vaciller.

J'ai marché dans le couloir d'un pas régulier, parce que je tenais à montrer que *Delta* n'avait pas réussi à me couper les jambes, même si, à l'intérieur, tout était encore instable. La salle de réunion était vide. J'ai attendu un moment, les mains posées sur la table, essayant d'éviter de penser à ce que j'entendais encore dans ma tête, à ces voix qui revenaient sans prévenir et qui me donnaient l'impression d'étouffer.

La porte s'est ouverte brusquement, et Ella est apparue. Elle n'était plus la même que la dernière fois que je l'avais vue. et avait compris des choses, en comprenant enfin pourquoi elle était là, et son regard était chargé d'une colère qui n'avait rien à voir avec la peur. *On aurait dit qu'une frontière s'était définitivement brisée entre nous.*

Après la réunion, elle n'a pas attendu une seconde.

— Tu savais tout, Derek. Depuis le début.

J'ai fermé les yeux un instant, juste assez pour rassembler ce qui me restait.

— Ce n'est pas aussi simple.

Elle a ri.

— Arrête de jouer à l'homme qui porte tout sur ses épaules. Tu savais pour Federico et ce que je subissais !

Je plongeai mes mains dans mes cheveux et, sans la quitter des yeux, je lui répondis :

— Je ne pouvais rien faire. Pas comme tu le penses.

Elle s'est approchée de moi, le visage marqué par des jours de souffrance, et sa cicatrice qui recouvrait l'intégralité du côté gauche de son visage. *Avec cet œil blanc qui me foudroyait.*

Sa respiration était irrégulière, comme si chaque mot lui coûtait.

— Ne me sors pas ça. Ne me dis pas que tu n'avais pas le choix. Non, tu m'as laissée dans cette cellule et m'as fait croire que tu étais comme eux. Tu ne m'as jamais dit que…

Elle s'est interrompue, la gorge serrée.

J'ai senti quelque chose faiblir en moi, mais je n'ai pas bougé. Je devais la laisser parler, même si chaque mot me frappait plus douloureusement qu'un électrochoc.

— Pourquoi tu ne m'as jamais rien dit, Derek ? Tu m'as laissée te détester alors que tu… Alors que tu n'étais pas… comme eux.

J'ai passé une main sur mon visage.

— Parce que parler t'aurait mise en danger et un seul, Federico, t'aurait envoyée là où j'ai été. Tu ne serais pas sortie vivante de Delta, Ella. Oui, tu étais trop fragile, tu n'y aurais pas survécu.

Elle a reculé d'un pas, comme si la phrase l'avait frappée de plein fouet.

— TA GUEULE PUTAIN ! Tu décides encore pour moi. Tu crois toujours savoir ce que je peux supporter, ce que je dois entendre et ce que je peux affronter. Tu as choisi à ma place. Comme ce que mes parents ont toujours fait !

J'ai soufflé en m'avançant vers elle.

— Ce n'est pas vrai. Je n'ai jamais voulu être comme eux.

Elle m'a fixée, et dans ses yeux il n'y avait plus seulement de la colère, mais une déception, plus difficile à supporter.

— Alors, pourquoi tu m'as laissé croire que tu étais mon ennemi ? Je voulais cette vengeance à tes côtés.

Je n'ai pas trouvé de réponse.

Elle m'a dépassé sans attendre ma réponse.

— Amène-moi dans ma chambre. On a encore des choses à régler.

Sa voix était ferme.

J'ai acquiescé sans un mot, parce qu'elle avait raison : les explications trop faciles n'avaient plus leur place, et ce qu'il restait entre nous ne tenait plus qu'à une conversation vouée à déraper.

Nous avons traversé le couloir sans parler.

Je sentais sa présence à côté de moi comme une tension permanente, un territoire que je n'avais plus le droit d'approcher sans son accord. Quand nous sommes arrivés devant sa porte, elle ne m'a pas regardé, elle a simplement dit :

— Entre. On n'en a pas fini.

Et, je suis entré, en sachant que ce qui allait suivre serait peut-être plus violent que *Delta.*

L'ombre de sa protection.

PARTIE 2

À L'OMBRE DE NOS REMORDS

« Les remords, c'est ce qui reste quand la vengeance arrive trop tard. Ils reviennent surtout la nuit, quand tout se tait, et ils s'installent là, au bord du lit, pour rappeler ce qu'on n'a pas fait, ce qu'on aurait dû oser. La vengeance, elle, ne murmure rien. Elle pousse, elle exige. Même quand on finit par lui obéir, elle ne donne jamais la paix qu'on attendait. »

CHAPITRE 8

HAROLD STUART

♪ *Playlist Muse – Time is Running Out*

23 OCTOBRE 2024
Boston – 201 Maple Street Chelsea – États-Unis
Fief FBI
15 h 46

Depuis qu'ils ont pris contact avec moi, *« eux »,* même si je refuse encore de prononcer leur nom, je me perds un peu plus chaque jour. Je pensais enfin tenir une piste solide sur la mort de Claire. Pourtant, plus j'avance, plus je glisse dans quelque chose de sombre qui ressemble à une folie construite pour moi. Oui, j'ai pactisé avec le diable, et ce diable-là ne fonctionne qu'à sens unique : *il exige tout et ne donne presque rien.*

Je n'ai qu'une question qui tourne sans cesse : *qui a tué ma femme ? Qui lui a ouvert le torse pour lui voler le cœur et qui a volé notre bébé ?*

Je sais que je me fais manipuler. *Je le sens.* Le hacker joue dans mon esprit comme s'il connaissait chaque recoin.

Néanmoins, dès que je commence à douter, je revois Claire : *son sourire, sa tête légèrement inclinée quand elle riait et son dernier souffle lorsque je l'avais prise dans mes bras la veille de sa mort.* Alors, j'obéis et leur ouvre des accès sécurisés et fournis ce qu'ils demandent. *Je me tais, même si tout cela m'écœure.*

Ce soir, je travaille sur un dossier qui traîne depuis des semaines : *une fillette de dix ans, retrouvée en août, décapitée, sa tête coincée dans un filet de pêche, et un corps jamais retrouvé.* Deux semaines plus tard, son père a été découvert avec les poignets éclatés, le torse ouvert et une balle au milieu du front. Rien ne s'aligne et ne correspond à un schéma criminel identifiable.

La porte claque et je sursaute :

Serena apparaît complètement trempée, les cheveux plaqués sur son front, essoufflée comme si elle avait couru pour arriver jusqu'ici.

— Tu bosses encore là-dessus ?

— Ouais.

Elle pose une clé *USB* sur mon bureau. Ses doigts tremblent légèrement.

— Je suis tombée là-dessus par accident.

Je ne dis rien.

Je branche la clé. Un seul dossier : ***RIVER_02***.

Ensuite, je l'ouvre.

La vidéo démarre dans une cave. Le père est vivant, attaché et en sang. Le visage gonflé par les coups. Sa respiration est irrégulière et sifflante.

Une voix masculine, hors champ, ordonne :

— Tu vas parler.

Le père hurle, crache, tente de se libérer malgré la douleur.

— J'ai livré ! J'ai tout livré ! Pitié… ne touchez pas à ma fille…

À côté de moi, je sens Serena se figer.

Elle s'approche, les yeux écarquillés.

— Cela a été filmé dans la cave avant son exécution…

Je recule légèrement la vidéo, puis j'avance image par image. Mon estomac se serre sans que je sache encore pourquoi. Le père relève brusquement la tête. Il fixe quelque chose derrière la caméra et se fige complètement.

Sa voix se brise.

— Non… non… pas vous…

Il tremble, comme s'il reconnaissait quelqu'un qu'il ne devait jamais revoir.

La caméra bouge un peu, et un reflet apparaît sur un tuyau métallique derrière lui : *une silhouette massive, floue mais identifiable dans ses proportions.*

Serena se penche d'un coup.

— Attends ! Stop ! Remets ça.

Je remets.

La silhouette revient. Cette façon d'incliner la tête… cette carrure… cette manière de rester immobile.

Duncan Black.

Je n'ai aucune preuve, aucune certitude, mais mon cerveau relie les points malgré moi.

Serena murmure :

— On dirait… quelqu'un qu'on connaît, non ?

— Non.

Ma réponse sort trop vite et trop sèche.

Elle le remarque et répond :

— C'est sûrement un effet d'optique, dit-elle.

Cependant, je vois bien qu'elle n'y croit pas.

— Continue la vidéo.

Le père hurle encore, promet, supplie, puis l'image devient noire.

Et, là, une deuxième séquence démarre. Toujours la cave, mais plongée dans une obscurité plus lourde, éclairée seulement par une lumière de portable. On entend une respiration précipitée et Serena se crispe.

Un jeune homme apparaît, peut-être une vingtaine d'années, qui traîne une femme par le bras. Elle a les cheveux bruns détachés, le visage caché, la tête baissée. Elle refuse de descendre et s'accroche au mur, l'homme la tire violemment.

— Je vais te montrer ce que je suis !

Un cri étouffé, une porte qui claque et la vidéo s'interrompt net.

Je sens mes jambes perdre un peu de force, ou alors c'est mon esprit qui se fissure encore.

Serena avale difficilement sa salive.

— Harold… cette femme… elle ressemble à…

— Non.

Je me redresse sur mon siège.

Elle lance :

— Arrête.

Puis, me fixe, cette fois sans détour.

— T'as remarqué que le jeune ressemble beaucoup à Duncan Black ?

Je garde les yeux rivés sur l'écran, incapable de parler.

Serena insiste :

— Harold, ce n'est pas un simple trafic. Ce dossier… ça dépasse tout ce qu'on a vu.

Je souffle en remontant mes manches.

Puis je dis :

— C'est rien. Laisse tomber.

Elle hésite, mais sait parfaitement que je mens.

Ensuite, elle sort un sachet hermétique. À l'intérieur : *un morceau de cuir noir, durci par du sang séché.*

— Reconnais-tu ? me demande Serena.

— Non.

Elle sait que c'est faux, mais elle se contente de hocher la tête et finit par sortir, nerveuse, incapable d'affronter ce qu'elle vient elle-même de comprendre.

La porte se referme. Le silence envahit la pièce jusqu'à m'entourer complètement.

Je relance les vidéos. *Encore, encore et encore.*

Chaque fois, l'homme ressemble un peu plus à Duncan, puis la femme un peu plus à Ella.

Et, au centre : le père qui supplie pour sa fille.

Je murmure, la gorge serrée :

— Pourquoi ?

Puis une idée me frappe : *peut-être qu'ils collectionnent aussi les vivants et ils reviendront comme toujours quand je m'y attends le moins.*

Cette fois, je ne veux plus seulement savoir qui a tué Claire. Je veux comprendre pourquoi Ella Alvarez a protégé Duncan Black au moment de l'interrogatoire concernant Killian Brown, alors qu'elle a vu cet homme mourir sous ses yeux ?

L'ombre de ses questions.

CHAPITRE 9

ELLA ALVAREZ

♪ *Playlist Pixies – Where Is My Mind*

24 OCTOBRE 2024
Boston – Quartier Roxbury – États-Unis
11 h 14

Je revois la lumière depuis quatre jours, et ce laps de temps me paraît autant interminable qu'insignifiant, tant le contraste est violent avec ce que j'ai laissé derrière moi. Tout ici est différent. L'air ne porte plus l'odeur du sang, ni celle de l'humidité qui s'incruste dans la peau, ni celle de l'acidité persistante qui venait de moi, de ma peur, de mon corps en alerte permanente. Je respire sans y penser, sans cette angoisse qui m'obligeait à vérifier les mouvements derrière la grande porte, puis mes mains restent propres, ne laissant plus de marques sur les murs pour compter les jours.

Pourtant, cette accalmie ne me rassure pas et, au lieu de m'apaiser, elle m'installe dans un inconfort que je n'apprécie pas, parce qu'elle me laisse trop d'espace pour réfléchir, trop de temps pour analyser chaque détail et pour sentir que quelque chose ne tourne pas rond. Le calme n'efface rien de ce qui s'est passé, il ne fait que déplacer la tension, la rendre moins visible, plus sournoise, et je la sens s'ancrer plus profondément en moi, là où la peur n'a plus besoin de se montrer pour exister.

Des questions s'imposent sans cesse à mon esprit, comme une obsession : *pourquoi m'ont-ils sortie de cette cave et tout arrêté si brusquement après tout ce qu'ils m'ont fait endurer, mais surtout, pourquoi maintenant ?*

Ce changement soudain, ces soins et cette attention qui surgissent sans explication me troublent davantage qu'ils ne me rassurent, parce qu'ils ne réparent rien et n'effacent en rien ce qu'il y avait avant.

Oui, je suis angoissée et ils me font chier.

Ils veulent que mes plaies se referment, que mes os recommencent à tenir, que je retrouve assez de force pour marcher sans trébucher, et ils refusent d'entamer la deuxième formation tant que je suis *« instable »*, comme si j'avais un contrôle quelconque sur ce qu'ils m'ont infligé. Alors je me demande ce qui a changé, ce qui a incité ces monstres à me briser pour ensuite me préserver, comme si ma survie avait finalement une importance. *Putain, bande de cons…*

Et, Derek ? Il n'est plus revenu. Cette absence me ronge plus profondément que les coups : *pas de douleur, seulement un vide latent qui pulse juste sous la peau.*

Je tourne ce détail en boucle dans ma tête, incapable d'en décoller, et je me demande s'il se repose lui aussi, s'il panse ses propres blessures ou s'il a simplement disparu dans l'ombre, comme il l'a toujours fait, comme si la nuit elle-même le rappelait à elle. Je n'arrête pas de repenser à son visage, à la dernière fois où je l'ai vu, à cette ombre dans son regard qui ressemblait presque à la mienne, quelque chose de rugueux et de brisé, une douleur qu'il tentait de masquer mais qui transpirait malgré lui, comme un souvenir qu'il aurait préféré enterrer.

Ce n'était pas de la pitié, Derek ne la connaît pas. C'était autre chose, quelque chose de plus profond, qui disait réellement : *j'ai subi pire que toi, et pourtant je suis encore debout.*

Je sais qu'il a essayé de me protéger. J'en suis sûre. *Mais pourquoi ? Qu'est-ce qui l'attache encore à moi alors que je ne suis plus qu'une moitié de femme, avec un œil en moins, une rage fracturée et un cœur qui se débat comme un animal blessé ?* La vérité, c'est que Derek m'a happée dès la première seconde. Pas par son apparence, même si son aura avait cette densité sombre impossible à ignorer, mais parce qu'il dégageait, une violence qu'il retient et une loyauté déformée. C'est l'énergie d'une bête enfermée trop longtemps et qui ne se met en mouvement que pour ce qui compte concrètement. J'étais trop obsédée par Duncan, trop occupée à pourchasser un fantôme pour voir ce que Derek était vraiment, à quel point sa présence m'enveloppait. *Tellement fascinée par celui qui s'échappait que je n'ai pas vu celui qui était déjà là.*

Parce que Derek était toujours là le lendemain, toujours présent dans l'après-coup : *sur la plage, après l'agression de Killian ; au poste, lorsque Duncan a été accusé du meurtre de mon ex, puis le soir de mon anniversaire, au moment précis où il a retrouvé Ruby.* Ensuite il y a eu l'attaque, la panique, le sang, la mort de Duncan, puis la valise, cette putain de valise, remplie des morceaux de Ruby, et encore une fois Derek était là, à ma droite, à ma gauche, trop proche pour être ignoré, partout à la fois, comme une présence qui m'étouffait autant qu'elle me maintenait debout. Ses yeux, surtout, me réveillaient un souvenir que je n'arrivais pas encore à nommer.

Puis, je pense aux autres choses qu'il a faites pour moi : me cacher dans la cave de Graziella lorsque les forces de l'ordre sont arrivées pour récupérer les restes de Ruby. Et, ensuite, me forcer à pardonner à Duncan après cette soirée avec laquelle il m'avait humiliée avec Graziella, comme s'il avait décidé à ma place de ce que je devais accepter ou non. Et, encore, lui qui voulait m'obliger à regarder ce que Duncan dissimulait, cette part plus sombre qu'il avait gardée pour lui, une part que Derek connaissait trop bien, parce qu'il la portait lui-même. *Enfin bref, tout se brouille dans la chronologie et ceci me rend folle.*

Je reste longtemps enfermée dans cette confusion, incapable de décider si ce qui s'impose à moi mérite des larmes, un cri ou un rire nerveux face à ce qu'il reste de moi. La douleur dans ma côte s'estompe légèrement, juste assez pour que je la sente encore sans qu'elle m'écrase, tandis que ma peau, recommence à reprendre une consistance presque humaine. La lumière du jour ne m'écorche plus comme avant et, malgré l'œil que j'ai perdu, malgré tout ce qui m'a été arraché, elle parvient encore à me réchauffer. Je déteste cette sensation, parce qu'elle me ramène à une vérité trop violente pour être ignorée : *je respire encore, mon cœur bat toujours, et quoi que j'aie traversé, je suis encore vivante.*

Puis, une autre pensée me frappe avec une brutalité quasiment physique : *qui est vraiment Derek ?* Il me fait penser à un corbeau, à ce signe que la catastrophe n'est jamais loin, et pourtant j'ai l'impression que c'est lui qui retient la tempête depuis le début, comme s'il voulait m'éviter le pire tandis qu'il vit déjà en moi. Graziella doit m'apprendre à utiliser les serpents, bien sûr, des reptiles, parce que, pour eux, c'est ce que je suis, ce que j'ai toujours été : *une créature faite pour frapper, pour s'adapter, pour survivre, et ils ont peut-être raison.*

Depuis l'enfance, j'ai senti cette ombre collée à moi, ce décalage constant entre ce que je devais être et ce que je ressentais réellement, cette impression d'être une anomalie dans un monde trop normal et trop lisse. Ma mère me répétait sans cesse que je ne ressemblais à personne d'autre, et elle n'a jamais su à quel point ça m'a détruite. *J'ai voulu peindre, mettre des couleurs quelque part, et je n'ai eu que mes mains, mon silence et ce vide qui me ronge depuis que je sais marcher.*

Aujourd'hui, j'ai perdu l'homme que j'aimais, et je me retrouve avec des questions auxquelles personne n'ose répondre.

Je reste assise un moment, les nerfs tendus, jusqu'à ce qu'un claquement résonne dans la pièce : *la porte.*

Mon cœur explose dans ma poitrine, persuadée que c'est Derek, prête à hurler son nom, prête à m'effondrer dans quelque chose de plus fort que la douleur.

— Entrez.

Mais, ce n'est pas lui.

C'est Graziella, avec un plateau de vraie nourriture, une odeur chaude, presque réconfortante, qui me donne envie de tout renverser plutôt que d'y goûter. Je la fixe avec froideur et une méfiance qui me brûle comme un acide.

Je lance dans un ricanement amer :

— Ça change de la pâtée pour chien que tu m'apportais.

Elle pose le plateau, gratte nerveusement sa tignasse noire et évite mon regard comme si j'étais devenue un problème qu'elle ne sait plus résoudre.

Puis, elle souffle, presque honteuse :

— Ella… personne ne voulait ça. On veut tous venger Duncan. C'est Federico… et son protocole.

Je me lève d'un coup, la rage qui remonte si vite qu'elle me coupe quasiment le souffle. Graziella sursaute.

— Protocole ?! Quel protocole, putain ? On était tous ensemble chez tes parents ! Pourquoi personne n'a ouvert sa grande gueule à ce moment-là ?!

Elle baisse les yeux, respire longuement, puis murmure d'une voix brisée :

— Tu voulais le rencontrer et as insisté. Tu lui as demandé son aide. Je savais que c'était une erreur. Tu connaissais le repaire… pas le Sanctuaire. Je ne peux pas t'en dire plus, j'en suis désolée. Mais mange ce que je t'ai rapporté.

Elle souffle et m'annonce :

— Federico t'attend dans son bureau dans une heure.

Elle s'en va, sans explication, sans regard, sans rien, comme si j'étais un dossier trop lourd qu'on abandonne sur un bureau.

Je reste seule, encore une fois, avec plus de questions que de réponses, avec ce goût de sang sur la langue qui ressemble trop à de la vengeance.

Federico veut me parler ? Très bien. Cette enflure italienne va m'écouter. Je veux savoir pourquoi Derek a disparu, pourquoi ils me mentent depuis le début et pourquoi ils m'ont brisée pour ensuite me maintenir en vie. Une seule chose est sûre : *je ne me laisserai plus manipuler.*

Pas sans mordre en retour.

L'ombre de sa détermination.

CHAPITRE 10

ELLA ALVAREZ

♪ *Playlist Nino Rota, Carlo Savina – The Godfather*

24 OCTOBRE 2024
Boston – Quartier Roxbury – États-Unis
12 h 23

Je ne touche même pas au plateau que Graziella m'a laissé. Mon estomac est trop noué pour avaler quoi que ce soit, et mes mains tremblent encore légèrement, un mélange de colère, de manque de sommeil et d'un instinct de survie qui refuse de s'éteindre.

Je tourne en rond dans la chambre, incapable de rester immobile plus de trois secondes, la respiration trop rapide et la gorge serrée par une rage que je n'arrive pas à nommer. Federico veut me parler. Très bien. *Mais il va devoir répondre.*

Un bruit résonne soudain dans le couloir, un poids reconnaissable entre mille, et avant même que quelqu'un n'apparaisse, je sais que ce n'est pas Derek. Ce n'est pas sa façon de marcher et son silence. Derek glisse ; Marlon impose.

L'ombre massive se découpe dans l'embrasure de la porte avant même que je puisse me redresser.

— Ella.

Sa voix est rauque, trop grave et lente, comme si chaque syllabe servait à rappeler qu'il est là pour obéir et que je n'ai aucun pouvoir ici.

Je le fixe avec une lassitude qui frôle l'ennui, mais je ne bouge pas.

— Federico t'attend.

Il ne dit rien de plus.

Il ne demande pas si je suis prête ni ne vérifie si je peux marcher. *Il se contente de m'observer comme on observe un animal qui doit reprendre sa place dans l'enclos.*

Je passe devant lui sans lui accorder un mot. Je fais exprès de le frôler de l'épaule, juste pour lui rappeler que je ne suis pas encore un fantôme et une créature docile. Le couloir est long, froid, ses murs de pierre lézardés par l'humidité donnent l'impression que le manoir respire à ma place. À chaque pas, mes muscles tirent un peu trop, ma peau tiraille là où elle cicatrise, mais je ne montre rien. *Je refuse de leur offrir ça.*

Marlon marche derrière moi comme une menace qui attend son signal. Plus je m'enfonce dans le couloir, plus je sens le parfum du bois ciré, le cuir, la fumée d'un cigare qui n'a pas été éteint depuis longtemps. *Federico m'attendait vraiment.*

La porte de son bureau est entrouverte. Marlon l'ouvre davantage sans m'effleurer, comme si le simple fait de toucher une femme était trop dangereux dans sa fonction. C'est ironique, au vu du nombre de fois où je l'ai vu rouler des pelles à Sandra dans ce canapé pourri. *Encore un souvenir qui me ramène à Duncan…*

Je respire profondément et pénètre dans la pièce, le cœur serré d'une façon que je déteste. Je m'arrête net.

Federico est là, installé derrière son immense bureau en bois noir, les doigts entrelacés, le regard aiguisé, parfaitement stable.

Mais, ce n'est pas lui qui accroche mon regard en premier. *C'est elle.*

Une femme. Elle est grande et élégante. Bien trop pour ce manoir. Cheveux blonds, yeux sombres comme un vin trop épais, robe noire qui épouse ses formes sans la moindre pudeur. Elle est adossée à un meuble, comme si elle était chez elle. *Et, je comprends immédiatement que je ne suis qu'un pion dans un jeu que je ne maîtrise pas encore.*

Federico se lève lentement.

— Ella, vas-y, assieds-toi.

Je prends une longue inspiration et je secoue la tête.

— Je préfère rester debout. De cette façon, si tu me mens, j'aurai au moins l'impression de ne pas être ta soumise.

Un sourire étire la bouche de la femme.

Federico, lui, ne cille pas.

— Tu es toujours dans l'excès, constate-t-il. Assieds-toi.

— Non.

Le silence se tend entre nous comme un fil sur le point de casser.

Federico soupire, agacé, et fait un signe de la main. Marlon referme la porte derrière moi, mais je ne tourne pas la tête.

— Parfait, dit Federico. Restons debout, donc.

Je pointe la femme du menton.

— C'est qui, elle ?

Federico ne répond pas immédiatement.

La femme sourit davantage, me fixe comme un chat qui analyse une souris qui refuse de courir.

— Je m'appelle Ursula, dit-elle finalement, d'une voix chaude, trop douce pour ne pas être inquiétante.

Je la dévisage, puis je tourne les yeux vers Federico, les sourcils froncés.

— C'est qui pour toi ?

Federico contourne lentement son bureau, vient se poster à côté d'elle et pose une main sur son dos.

Je ressens une vague de dégoût monter dans ma gorge.

— Mon épouse, répond-il.

Je lâche un rire brusque, presque violent.

— Ton épouse ? Eh bien, ce n'est clairement pas la même nana que j'ai vue entre tes jambes la première fois.

Un éclat de rire fuse.

Pas un, mais deux. Ils rigolent ensemble, comme si je venais de raconter la blague de l'année.

Je les fixe, interdite, le cœur battant trop vite.

— Nous sommes un couple très ouvert, dit Ursula, en essuyant une larme de rire au coin de son œil. Federico est… polyvalent.

— Libertins, précise-t-il avec un sourire. Très libertins.

Je pousse un long soupir, agacée, écœurée et fatiguée.

— Super. Ravie d'avoir l'info. Maintenant, vous allez arrêter votre cirque et me dire ce que je fais là. Je veux des réponses.

Federico cesse de sourire.

Son visage redevient cette façade lisse, dure, qui ne laisse rien passer.

— Non.

— Pardon ?

Je crache, presque en colère.

Il attrape son verre et boit une gorgée.

Puis, me répond de façon lente, comme le mafieux de merde qu'il est :

— Non. Tu auras des réponses quand je déciderai que tu es prête à les entendre. Pas avant.

Je sens le sang battre à mes tempes.

— Tu te fous de moi ? Vous m'avez enfermée, torturée et brisée. Maintenant vous jouez à m'ignorer comme si j'étais la dernière de vos préoccupations. Je veux savoir ce qu'est ce putain de protocole, Federico ! Je veux savoir où est Derek !

À l'évocation de son nom, un mouvement quasiment imperceptible passe sur le visage de ce type.

Ursula, elle, penche légèrement la tête, curieuse.

Lui finit par répondre d'une voix basse :

— Derek reprend des forces.

Je fronce les sourcils.

— Comment ça, reprendre des forces ?

— Ce qu'il a subi dépasse ce que tu peux imaginer. Et, la suite de la formation exige qu'il soit… fonctionnel. Nous ne pouvons pas nous permettre qu'il flanche.

Une colère m'envahit.

— Donc tu vas juste m'envoyer là comme une brebis, c'est ça ? Vous me gardez en vie juste pour votre petit protocole de merde ?

Federico sourit.

Son regard est lent, et carnassier.

— Tu devrais fermer ta gueule, Ella. Tu es en vie grâce à moi. Et, si tu veux le rester, tu vas arrêter de poser des questions qui dépassent ton niveau.

Je m'avance d'un pas, incapable de me retenir.

— Va te faire foutre, Federico.

Ursula éclate de rire encore une fois, comme si elle assistait à un spectacle incroyablement divertissant.

— Elle a du mordant, souffle-t-elle. C'est charmant.

Federico ne rit plus.

Il me fixe longuement, sans cligner des yeux.

— Assieds-toi maintenant, dit-il. Ou je fais entrer quelqu'un qui t'y forcera. Et crois-moi… ce ne sera pas Marlon.

Un frisson me traverse malgré moi.

J'ignore qui il pourrait faire entrer, mais je sais reconnaître une menace. Je serre la mâchoire et ne baisse pas les yeux, puis lentement, je m'assois.

Federico reprend sa place derrière son bureau, Ursula glisse à ses côtés comme une ombre trop gracieuse, et je sens que le sol se dérobe juste un peu sous mes pieds. J*e suis dans la gueule du loup, et il n'a aucune intention de me recracher.*

Je reste assise, les mains crispées sur mes genoux, le dos droit, mais à l'intérieur tout vacille, tout s'entrechoque comme si ma cage thoracique était trop étroite pour contenir tout ce que

Federico refuse de dire. Il s'installe dans son siège avec une lenteur calculée, tandis qu'Ursula le contourne pour prendre place sur le rebord d'une commode, les jambes croisées, un sourire presque attendri aux lèvres comme si elle assistait à une pièce de théâtre qu'elle connaît déjà par cœur.

Federico expire longuement, croise les doigts, me fixe d'un regard qui ne tremble jamais.

— Très bien, Ella. Tu veux savoir ce qu'est réellement le Sanctuaire.

La pression dans ma poitrine augmente.

— Oui. Et arrête de tourner autour du pot.

Ursula ricane doucement.

— Elle est impatiente. J'adore ça.

Je lui lance un regard noir, mais elle ne bronche pas, trop habituée aux morsures pour reculer d'un millimètre.

Federico se penche légèrement vers moi.

— Le Sanctuaire n'est pas un repaire, ni un groupe criminel comme tu l'as longtemps imaginé. C'est… un filet et un écran. Oui, un réseau qui existe depuis plus de vingt ans et dont le but principal est d'équilibrer ce que le FBI, la Sentinelle, et tous ces organismes officiels ont laissé pourrir.

— Tu veux dire… une secte ?

Je souffle, agacée, en croisant les bras.

Il pouffe de rire et répond :

— Une secte ? Non. Une secte exige la foi. Nous n'attendons que la loyauté.

Je serre les dents.

— Et qu'est-ce que vous faites, exactement ?

Ursula lui prend la parole devant.

— On traque ce que les autres ne voient pas. On infiltre, en neutralisant, et on manipule les systèmes qui prétendent protéger le monde, mais qui le détruisent de l'intérieur. C'est pour ça que je suis là.

Je la fixe, le cœur qui se serre.

— T'es qui, toi, précisément ?

Elle sourit dangereusement.

Puis, me répond :

— Une hackeuse, Ella. Pas une petite ni une amatrice. Je suis l'ombre derrière chaque faille. J'alerte et efface. Et la base de données du FBI… est à nous depuis trois ans.

Ma gorge se serre.

— Pardon ? Vous avez piraté le FBI ?

— Pas piraté, corrige Federico en levant une main. Nous l'avons contrôlé, il y a une nuance. Nous savons qui ils surveillent et qui ils protègent et surtout, qui ils sacrifient. Et, Duncan, faisait partie des protégés.

Je me fige.

Le mot *« protégé »* me coupe la respiration.

— Protégé ? Tu parles de Duncan, là ? Mon Duncan ?

Federico hoche lentement la tête.

— Duncan n'était pas qu'un soldat du repaire, ni un mec perdu dans ses propres violences. Il a grandi avec nous. Nous l'avons formé et nous l'avons sauvé plusieurs fois. Il était l'enfant du Sanctuaire.

Je sens quelque chose se briser en moi, comme si un fil trop tendu venait de céder.

— Alors pourquoi… pourquoi tout ça ? Sa mort et tout ce chaos ?

Federico s'appuie contre son siège, ses yeux se durcissent.

— Parce que Duncan a dérapé.

Je cligne des yeux plusieurs fois

— Comment ça, dérapé ?

Ursula soupire comme si elle s'apprêtait à annoncer une vérité que j'aurais dû prévoir.

— Il a voulu plus. Beaucoup plus. Et, quand Federico lui a refusé…

Federico reprend, d'une voix glaciale.

— Il s'est tourné vers l'ennemi.

Un long silence s'abat sur la pièce.

Je secoue la tête, incapable de comprendre.

— L'ennemi ? Quel ennemi ? De quoi tu parles ?

Il me regarde droit dans mon œil restant, d'une intensité qui me force presque à reculer.

— La Sentinelle.

Mon souffle s'arrête.

— Non ! Non, c'est impossible. Duncan ne… Duncan n'était pas…

— Il a rejoint la Sentinelle, coupe Federico. Et, pas discrètement. Il a vendu des informations, fermé les yeux sur des assassinats, protégé des gens qu'il n'aurait jamais dû protéger.

Je secoue la tête, incapable d'aligner deux pensées.

— Tu mens.

— Je n'ai aucune raison de mentir, Ella. C'est toi qui as insisté pour tout savoir.

Un frisson me déchire l'échine.

— Duncan… Pourquoi il aurait fait ça ? Pourquoi il aurait trahi… vous ?

— Parce qu'il était faible, répond Ursula.

Je me tourne vers elle, outrée.

— Ne répète jamais ça. Plus jamais.

Elle sourit, sans se défendre.

Federico croise les bras.

— Il n'était pas faible. Il était simplement instable et il a été approché par Harry. Et, ensuite, Cameron.

Tout mon corps se fige et je réponds :

— Harry… et Cameron ?

— Oui, dit-il calmement. Deux infiltrés de la Sentinelle. Ils ont joué avec lui en le flattant. Puis, ils lui ont promis un rôle, une importance, une place qu'il ne méritait pas. Ils ont utilisé sa colère, ses blessures, sa jalousie, son besoin d'exister. Ils ont exploité tout ce que nous avions tenté de maîtriser. Duncan les a crus, aveuglément.

Je porte une main à ma bouche, un écho de nausée remontant le long de ma gorge.

Je revois Harry avec son sourire de serpent, son calme et sa manière de parler à Duncan comme à un frère. Puis, je revois Cameron et son regard trop fuyant, ses silences et ses mensonges.

Ainsi, tout se superpose et s'emboîte. Chaque pièce trouve soudain sa place.

Ursula murmure :

— Tu comprends enfin.

Je ferme les yeux un instant seulement.

Puis je souffle :

— Oui, je comprends.

Federico incline la tête. Il semble presque soulagé.

— Exactement. Duncan n'était pas un monstre. Il était un jeune homme qui voulait trop vite et trop fort. Et la Sentinelle l'a happé.

Un vide immense s'ouvre sous mes pieds.

Federico me regarde longuement, puis ajoute, lentement, comme un couperet :

— Et maintenant, Ella… c'est à ton tour de choisir ton camp.

Tout se révèle devant moi.

Je les regarde à tour de rôle et annonce :

— Formez-moi. Au plus vite.

Ils se regardent avec une intensité malsaine et je fais de même.

Je sais qu'à partir d'aujourd'hui, j'ai pactisé avec le diable.

L'ombre de sa révélation.

CHAPITRE 11

ELLA ALVAREZ

♪ *Playlist Rammstein – Zeig dich*

27 OCTOBRE 2024
Boston – Quartier Roxbury – États-Unis
13 h 38

Je ne sais toujours pas ce qui me dérange le plus : les trois jours d'attente que j'ai dû supporter sans comprendre ce qu'ils préparaient pour moi, ou ce silence qui s'est installé dans ma tête depuis mon entretien avec Federico et sa femme.

Je m'étais convaincue d'avoir absorbé leurs révélations, de les avoir digérées, mais rien n'a vraiment pris. Tout flotte encore dans une zone trouble, un espace avec lequel les certitudes basculent dès qu'on essaie de s'y accrocher. Leurs phrases résonnent dans ma tête, comme si elles avaient été pensées pour me guider vers une direction qu'eux seuls connaissent déjà, et que, moi, je découvre trop tard.

Les dates s'imposent à moi :

« 30 août, l'attaque. »

« 31 août, l'annonce de la mort de Duncan par mon père. »

« 1er septembre, la date de sa mort gravée sur sa tombe. »

Ce minuscule décalage, que n'importe quel inconnu jugerait anodin, suffit à fissurer tout l'édifice qu'ils tentent de maintenir. Il ramène à la surface une question que je n'arrive plus à étouffer : *et si Duncan n'était pas mort quand ils l'ont dit ? Et, si on m'avait soigneusement laissé croire ce qui les arrangeait ?*

Cette idée ravive en moi une détermination qui ne brûle pas, mais qui s'étend lentement, comme quelque chose de froid et d'inflexible, et qui m'incite à vouloir la vérité, toute la vérité, même si elle menace de me briser un peu plus.

Mais, aujourd'hui, ma priorité est ailleurs. Je dois survivre à ma formation. Ici, la prudence n'est qu'une façade inutile, et seuls les esprits capables d'affronter la violence sans détour parviennent à ne pas y perdre la raison. Pedro et son groupe ont attaqué. Ils ont tué Amanda. *Quant à Ashton Bennett, je veux sa tête autant que je veux comprendre ce qu'on me fait vivre.*

Une frappe retentit contre la porte, sans laisser place à la moindre attente. La poignée tourne aussitôt et Marlon apparaît, immobile, les bras croisés comme une barrière qu'on ne contourne pas.

— C'est l'heure, dit-il simplement.

Je passe devant lui, sans un mot, le dos droit, prête à n'accorder aucun signe qui pourrait ressembler à une faiblesse. Nous longeons un long couloir, saturé d'une odeur de bois. *Punaise, c'est un vrai labyrinthe, cette baraque !*

Lorsqu'il ouvre la porte suivante, je m'arrête. Graziella se tient au centre de la pièce, parfaitement immobile, un serpent noir enroulé autour de son bras comme s'il ne pesait rien. Elle me regarde avec une intensité qui donne l'impression qu'elle examine le moindre mouvement de mon visage.

— Prête à rencontrer mes créatures ? demande-t-elle.

Un mois plus tôt, j'aurais hésité. Mais aujourd'hui, non.

— Montre-moi, dis-je uniquement.

La pièce est humide et l'air est chargé d'une odeur de terre, de métal et d'une présence animale. Les caisses en verre alignées contre les murs laissent voir des serpents qui se déplacent avec une lenteur ou des mouvements plus vifs, selon leur nature.

Graziella pose la main sur une cage et parle d'un ton calme :

— Ce ne sont pas seulement des serpents. Ce sont des instruments.

— Des instruments de torture ?

Elle ne met aucune hésitation dans son sourire.

— Oui.

Elle ouvre une boite et un serpent vert se glisse sur son bras, comme s'il connaissait déjà le rôle qu'on attend de lui.

— Celui-ci détruit progressivement les nerfs périphériques.

Je hoche la tête sans détourner les yeux.

— Très bien.

Elle passe à une autre cage.

Le serpent bondit presque, vif, imprévisible.

— Pourquoi m'apprendre ça ?

Elle s'avance suffisamment pour que je ressente sa présence sans avoir besoin de la regarder.

— Parce que certaines vérités n'apparaissent qu'après un certain seuil de douleur, puis certains hommes ne parlent jamais autrement. Et, parce que tu devras faire ce qu'il faudra, le moment venu.

Elle ne cherche pas à me faire peur. *Elle me façonne.*

Quand nous quittons la pièce, l'odeur des serpents semble s'être incrustée dans ma peau. Je m'arrête et je bloque Graziella sans réfléchir davantage.

— Je veux des explications.

Elle se tourne vers moi, surprise par le ton direct que j'emploie.

— À propos de quoi ?

— De cette formation et de ce que vous attendez réellement de moi.

Elle hésite un instant, puis détourne les yeux, comme si elle évaluait jusqu'où elle peut aller.

— Tu n'es pas prête.

— Arrête, j'insiste.

Elle souffle lentement, comme si elle acceptait qu'il n'y ait plus de raison de contourner la question.

— Ma formation n'avait rien à voir avec la tienne. Celle de Derek non plus. La mienne reposait sur l'analyse, la diplomatie et la manipulation.

— Alors pourquoi me donner celle qui brise ?

Elle me regarde enfin.

— Parce que Federico est mon oncle, le frère de mon père. Et, ici, la famille décide quel esprit doit devenir une arme et quel corps doit être sacrifié.

Je n'ai pas le temps d'intégrer entièrement ce qu'elle vient de dire.

Un bruit derrière moi attire mon attention. *Je me retourne et je le vois.* Derek est appuyé contre la porte comme s'il avait été là depuis toujours. Ses cheveux tombent devant ses yeux d'un vert trop clair, qui semblent me percer malgré la distance. Une cigarette brûle entre ses doigts, et la fumée dessine autour de lui une aura provocatrice.

Il ne détourne pas le regard. Il m'observe comme si j'étais la seule chose qui compte encore ici.

Graziella s'approche de lui et glisse ses bras autour de son cou pour lui déposer un baiser sur la joue. Il la laisse faire, mais ses yeux restent rivés sur moi, sans cligner.

Il écrase la cigarette contre le mur et jette le mégot au sol, puis sa voix tombe, légèrement rauque :

— Ella, c'est avec moi maintenant.

Mon ventre se contracte malgré moi.

Pas de peur, mais quelque chose de bien plus dangereux. Et, je le suis, laissant Graziella derrière nous.

La salle est quasiment vide. Quelques supports d'armes, des sabres parfaitement alignés, et un silence absorbe cette pièce.

Derek s'avance vers moi sans jamais rompre le contact visuel.

— Tu dois apprendre à tuer proprement, dit-il.

La voix volontairement froide, je lui demande :

— Et c'est toi qui vas m'apprendre ?

Un sourire lui effleure les lèvres.

Il est si discret qu'on pourrait croire qu'il s'agit d'un tic plutôt que d'une véritable intention.

Puis, il me répond :

— Je vais t'apprendre à neutraliser quelqu'un définitivement.

Je baisse la tête et lui dis :

— Hum ! Tu m'as toujours détestée.

Il ne me laisse pas le temps d'ajouter quoi que ce soit.

En une seconde, il me plaque contre le mur, non pas avec la brutalité d'un bourreau, mais avec la précision de quelqu'un qui sait exactement jusqu'où aller pour me maîtriser sans me blesser. Son corps frôle le mien juste assez pour troubler mon souffle.

Sa voix descend d'un ton.

— Tu crois que je n'ai rien ressenti ? Que je n'ai pas dû obéir à des ordres que je détestais ? Tu penses vraiment que je voulais te voir comme ça ?

Je sens sa respiration glisser contre ma joue.

Un frisson me traverse malgré moi.

Je souffle :

— Alors dis-moi la vérité.

Il me regarde longuement, comme s'il pesait chaque morceau de ce qu'il pourrait me dire. Puis, finalement

— Pas maintenant.

Il attrape un sabre, le fait tourner entre ses doigts, puis le laisse tomber à mes pieds.

— Prends-le.

Je baisse les yeux vers la lame et, lorsque je les relève, son regard a changé.

Il est plus sombre, plus décidé.

— La vraie formation commence maintenant, dit-il.

Et pour la première fois, je comprends que ce n'est pas une menace. Mais une promesse.

L'ombre de sa destinée.

CHAPITRE 12

ELLA ALVAREZ

♪ ***Playlist King Gnu – SPECIALZ***

27 OCTOBRE 2024
Boston – Quartier Roxbury – États-Unis
17 h 24

Je reste immobile quelques secondes, le sabre serré entre mes doigts, comme si la seule chose capable de me maintenir debout était cette ligne de métal qui traverse ma paume. La lame est froide, presque agressive, mais elle ne parvient pas à couvrir la sensation bien plus profonde que le regard de Derek déclenche en moi. Il ne me regarde pas réellement. *Il m'évalue.* En enregistrant chaque petit mouvement soit-il et une infime respiration, comme s'il possédait un instinct dont je n'ai pas encore le vocabulaire.

Il se tient face à moi, légèrement penché vers l'avant, avec une précision tellement travaillée qu'elle semble naturelle, alors qu'elle ne l'est pas. Chez lui, rien n'est naturel. Tout est maîtrisé. *Même le silence.*

— Tu hésites, dit-il.

Sa voix ne monte pas, ne descend pas et ne cherche pas à s'imposer. *Elle tombe.* Comme un fait qu'il serait impossible de contredire, même si je sais qu'il attend exactement ça : *que je le contredise.*

— Je n'hésite pas, dis-je

Il avance d'un pas et d'un autre. Pas trop vite ni trop lentement. *Juste assez pour que mon corps enregistre la progression avant même que mon cerveau ne la traduise.* La lumière glisse sur ses épaules, sur son tee-shirt noir qui dessine des lignes en révélant davantage ses nombreux tatouages que je devrais ignorer mais que mes yeux reconnaissent malgré moi. Derek n'a jamais eu besoin d'intimider. *Il existe, et ça suffit.*

— Alors, pourquoi tu ne bouges pas ?

Je n'ai rien à répondre, donc je me tais.

Je sens son corps approcher, une chaleur faible mais réelle, assez proche pour rendre l'air différent afin de dérégler ma logique. Lorsqu'il parle, sa voix semble glisser sur ma peau avant d'atteindre mes oreilles.

— Tu crois vraiment que je ne vois pas ce qui se passe dans ta tête ?

Je resserre ma prise sur le sabre, comme si je pouvais comprimer mes pensées avec.

— Tu ne vois rien.

Un sourire traverse ses lèvres. Il est léger et lucide, mais absolument pas moqueur. *Comme s'il lui donnait raison.*

— Je te vois mieux que tu ne te vois toi-même.

Il tend sa main tatouée ornée de bagues gothiques et d'ongles noirs. Ses doigts frôlent les miens, juste assez pour que je sente la chaleur de sa peau, et que mon bras réagisse avant que je ne puisse contrôler quoi que ce soit. Les doigts de son autre main se referment sur la lame, juste au-dessus de ma prise.

Je le fixe dans les yeux.

Son souffle est léger et m'annonce :

— Détends ton poignet.

Je déteste qu'on me dicte quoi que ce soit, donc je lui réponds :

— Ne me donne pas d'ordres.

Cette fois, il s'arrête.

Comme si ces mots venaient de toucher quelque chose qu'il gardait pour lui. Il ne bouge plus, pas d'un millimètre. Il se contente de me regarder. *Et, ce regard-là contient bien plus que tout ce qu'il m'a jamais dit.*

— Tu n'aimes pas l'autorité ? demande-t-il.

— Non. Et, encore moins, quand elle vient de toi.

Il inspire et déglutit lentement, comme s'il avalait quelque chose pour l'empêcher de remonter.

Puis, sans prévenir, il pose une main contre le mur, juste à côté de ma tête. Il ne me bloque pas : *il m'encadre.* Il fixe l'espace autour de nous, m'empêchant de détourner le regard sans jamais m'effleurer davantage.

— Tu m'as accusé de t'avoir regardée souffrir, dit-il d'une voix incroyablement posée.

Je pouffe de rire et lui réponds :

— C'est la vérité.

Il rapproche légèrement son front du mien. *À peine.* Juste assez pour que je sente que je ne peux plus tricher avec ma respiration.

— Si tu savais ce que j'ai dû taire pour ne pas intervenir…

La colère remonte dans ma gorge, mais elle se mélange à autre chose.

— Alors parle.

Le silence qui suit me heurte plus fort qu'une réponse.

— Pas ici, dit-il finalement.

Sa voix glisse comme s'il n'assumait pas encore. *Et, pour ma part, c'est pire qu'un refus.*

— Tu m'as laissé croire que ce qu'ils me faisaient était normal.

— Rien de ce que tu as vécu ici n'était normal, Ella. Je te rassure, rien du tout.

— Alors pourquoi me regarder comme si j'étais un objet à briser ?

Un éclat traverse ses yeux.

— Parce que si je t'avais regardée autrement… Federico m'aurait tué.

Ses doigts quittent la lame et il recule d'un pas.

— Maintenant, dit-il, montre-moi ce que tu vaux.

Ma gorge se serre.

— Et si je refuse ?

Il incline doucement la tête.

— Alors je viens te chercher.

Sa voix me parcourt comme une ligne qui se trace malgré moi.

Ce n'est ni une menace, ni une invitation. *C'est une certitude.*

Il ouvre les bras.

— Attaque-moi.

Je m'élance sans réfléchir, le sabre déjà en mouvement, et la lame fend l'air dans un souffle bref qui devrait, en principe, l'inciter à reculer. Mais, Derek se décale avec une rapidité quasiment désarmante, comme s'il avait anticipé mon geste avant même que je ne l'exécute. Il attrape mon poignet dans la foulée, ses doigts se refermant sans violence, juste assez pour contrôler mon mouvement. Il me tire vers lui, me déséquilibre volontairement, puis me libère aussitôt, comme si ce qu'il venait de faire n'était pour lui qu'une action habituelle.

Pendant une seconde, j'ai la sensation d'être en retard sur ce que j'essaie de faire. Mes réactions semblent toujours une seconde trop lentes. Ses gestes, eux, sont rapides et parfaitement coordonnés. Je tente de suivre, de comprendre et de reprendre le dessus, tandis que lui reste parfaitement stable et sûr de lui.

— Trop lisible, souffle-t-il.

Je recommence, plus concentrée cette fois.

J'avance d'abord comme si je voulais répéter la même attaque, puis je change brusquement de direction pour tenter de le prendre de vitesse. Je tourne autour de lui, j'ajuste la distance, puis je frappe avec assez d'élan pour espérer qu'il ne puisse pas anticiper mon intention. Pendant un bref instant, je vois son regard s'élargir légèrement, un signe qu'il n'avait pas entièrement prévu mon attention. Une seule seconde, mais elle suffit à me faire comprendre que je peux le pousser, que je peux créer un impact réel dans cet échange.

Avant même que je puisse en profiter, il se déplace derrière moi avec une rapidité parfaitement maîtrisée. Son bras se referme autour de ma taille, ce n'est pas fort et sans brutalité, mais juste assez pour bloquer mes appuis. Je sens sa respiration régulière tout près de ma peau, comme s'il n'était pas du tout en train de forcer. Mon bras armé reste immobilisé dans un angle qu'il contrôle complètement, incapable de se dégager ou de reprendre de l'amplitude. J'essaie de me libérer, mais chaque mouvement que j'amorce rencontre une résistance, comme s'il savait déjà ce que j'allais faire.

— Tu t'améliores, murmure-t-il près de mon oreille.

Je tente de me libérer ; cependant, il sait exactement quand me laisser croire que j'ai une chance et à quel moment refermer son contrôle comme on referme une porte.

Le sabre tombe au sol.

Il me plaque contre le mur en me tenant la gorge. Son avant-bras traverse ma poitrine pour me retenir. Son corps est si proche que je ne sais plus si je manque d'air à cause de lui ou de moi.

— Si tu attaques comme ça dehors, tu es morte.

— Lâche-moi.

— Prouve-moi que tu peux sortir de ça.

Je le pousse, mais il inverse ma prise, attrapant mon poignet, puis le plaque au mur au-dessus de ma tête. *Le combat cesse.*

Un silence envahit la pièce. Celui qui n'a rien à voir avec l'entraînement, Federico, ni même avec ce que nous devrions faire.

— Ce n'est pas ta force qui te trahit, souffle-t-il. C'est ce que tu ressens.

Je pouffe :

— Et toi ? Tu ne ressens rien ?

Ses doigts se crispent sur mon cou.

— Ce que je ressens ne te concerne pas.

Il me libère et recule à peine.

Juste assez pour que je respire, mais pas assez pour que je retrouve mes repères.

— Reprends ton arme, dit-il.

Je ramasse le sabre en soupirant.

Je sens son regard sur chacun de mes mouvements et le souffle que j'essaie de stabiliser.

Au même moment, le troisième round commence. Le sol émet un léger craquement sous nos pas, et la porte du fond s'ouvre dans un grincement qui interrompt notre entrainement. Derek se redresse immédiatement, son attention se portant vers l'entrée de la pièce. Je tourne la tête à mon tour : *Graziella se tient dans l'encadrement.* Elle ne parle pas sur le champ, en restant immobile, comme si elle observait chaque détail de la scène. Son regard glisse sur moi, puis sur Derek, puis sur l'espace réduit qui nous sépare encore.

Elle analyse ce qu'elle voit sans laisser apparaître la moindre réaction, tout en tenant une cigarette. Il n'y a dans son regard aucune surprise, aucune irritation et aucune jalousie. Elle se contente d'absorber la scène, de comprendre ce qui est en train de se passer et de décider ce qu'elle accepte de montrer.

Son silence dure juste assez longtemps pour instaurer une forme de malaise et lui permet de s'assurer que nous savons qu'elle a tout remarqué.

Lorsqu'elle finit par ouvrir la bouche, elle le fait avec une précision qui montre qu'elle a déjà choisi chacun de ses mots.

— Je vois que l'entraînement progresse, en crachant de la fumée.

Derek se redresse et répond :

— On en est au troisième round.

Elle claque de la langue et dit :

— J'avais compris.

Elle avance de deux pas et ne regarde plus que lui.

— Federico veut un rapport. Tu devais passer le voir avant la fin de ta session.

Son regard s'abaisse brièvement vers la marque rouge qui entoure ma gorge.

L'observation est rapide, presque imperceptible, mais suffisante pour confirmer qu'elle a noté ce détail sans difficulté. Elle ne réagit pas, ne demande rien et ne laisse transparaître aucune émotion.

— Je le verrai après, dit Derek.

Elle jette sa cigarette au sol et annonce :

— Non ! Maintenant.

Le ton n'est pas dur, mais ferme.

C'est plus puissant qu'un ordre : *c'est une limite, une déclaration de guerre.*

Derek serre la mâchoire.

— Très bien.

Il me regarde un peu trop longtemps. *Bien plus qu'il ne devrait et qu'il ne le veut.*

Graziella le remarque. Son regard glisse à peine avant qu'elle ne se détourne. Ce n'est ni de la gêne ni du respect : *c'est un choix délibéré, celui de ne pas s'impliquer dans une situation qu'elle n'est pas censée avoir surprise.*

Elle pivote, se dirige vers la porte, puis marque une courte pause avant de sortir.

— Je préviens Federico que tu arrives, dit-elle d'une voix posée.

Elle quitte la pièce sans un mot de plus.

La porte se referme, et son départ laisse un calme très différent de celui d'avant. Cette fois, le silence porte ce qu'elle a compris, même si elle n'a rien laissé paraître.

Derek reste immobile, une seconde, peut-être un peu plus. Ce léger décalage suffit à montrer qu'il cherche à reprendre le contrôle de lui-même avant de bouger. Ses épaules se redressent lentement.

Je comprends, sans qu'il soit nécessaire d'en parler, que ce qu'elle a vu ne disparaîtra pas. Ici, tout se retient et s'examine. *Chaque regard, geste et nuance peut prendre de l'importance.*

Si ce moment doit ressurgir, il le fera. Parce qu'ici, rien n'est oublié. *Et, tout peut servir.*

L'ombre de sa transformation.

CHAPITRE 13

DEREK UNDERWOOD

♪ Playlist Rodrigo Amarante – Tuyo

27 OCTOBRE 2024
Boston – Quartier Roxbury – États-Unis
20 h 52

Graziella avance devant moi avec son allure habituelle et je remarque immédiatement ce léger mouvement dans sa nuque, cette tension à peine visible qui montre qu'elle a compris l'importance de ce qui m'attend derrière la porte du bureau de Federico.

Elle n'a pas besoin de se retourner pour savoir que je la suis sans ralentir, et pourtant, même si mes pas sont assurés, ma respiration trahit encore l'impact de cette première formation pour Ella. Mon corps porte encore la trace de son souffle brusque contre ma peau, l'écho de ses gestes contrariés, cette hésitation dans ses mains qui semblaient osciller entre le besoin de frapper et celui de se retenir, et surtout… *Ce regard qu'elle m'a lancé.* Il était chargé d'une douleur qui n'a jamais trouvé de répit et qui s'est déposée partout en elle. Et, ceci n'a jamais réellement eu d'endroit pour se libérer. *C'est une douleur que je connais trop bien, parce que c'est la même qui me traverse depuis mon enfance.*

Nous avons la même guerre depuis cette nuit-là. Le même moment et la même date que je m'efforce d'éviter de penser, mais qui finit toujours par revenir s'imposer au centre de tout : *le soir de son anniversaire.*

Ella soufflait ses bougies, entourée de ceux qui ignoraient presque tout de ce qui se tramait dans l'ombre autour d'elle. Elle souriait à des visages sans se douter que quelques heures plus tard, sa vie basculerait de manière irréversible. Et de mon côté, ce même soir, j'ai retrouvé Ruby.

Puis tout s'est effondré. Pour elle et moi. Pour nous deux, mais de manière différente et dans des contextes différents, avec un résultat identique : *la mort.*

Ce chevauchement parfait, ce parallélisme exact, n'est pas un hasard. *Et, Federico est l'un des rares à le savoir.*

Graziella frappe.

La réponse de l'Italien arrive aussitôt :

— Entrez.

Je passe devant elle sans hésiter.

Elle referme la porte avec soin, puis se positionne en retrait, dans l'ombre, sans un bruit. Elle devient quasiment invisible, comme si sa présence n'était là que pour servir, sans intervenir.

Federico se tient déjà debout.

Ce simple détail me met immédiatement en alerte. *Il ne se lève jamais sans raison.*

— Derek, dit-il en ajustant légèrement sa manche. Nous devons parler.

Je reste au même endroit, sans intention de m'asseoir.

Il le voit et comprend que je resterai debout.

Son sourire s'étire très légèrement, sans aucune chaleur, simplement pour marquer qu'il a anticipé cette réaction.

— L'entraînement était particulièrement intense, aujourd'hui.

Je réponds en le fixant des yeux :

— Elle progresse.

Il frotte son menton puis, emmène son cigare vers ses lèvres.

Tout en recrachant, il dit :

— Elle progresse vite, précise-t-il. Mais, ce n'est pas ce que je veux aborder.

Il contourne son bureau avec la lenteur d'un homme qui sait que chaque mouvement compte, puis se positionne devant le tableau accroché au mur. Sa main se pose sur les photos de Duncan et Ruby. Ses doigts ne frôlent pas les images avec délicatesse ; ils se positionnent avec la froideur de quelqu'un qui regarde ces visages comme des éléments essentiels d'un schéma plus large, plutôt que comme des pertes humaines.

— Leur disparition a ouvert un vide, dit-il d'un ton parfaitement contrôlé.

Il glisse son doigt sur le visage de Duncan.

— Duncan était instable, mais il possédait des capacités rares.

Puis il passe à Ruby, et sa voix reste égale :

— Ruby, c'était juste ton coup de cœur, qui te laisse un vide dans ton existence.

Je sens mon rythme cardiaque se modifier, que je m'efforce d'étouffer aussitôt.

Federico l'a perçu.

Il poursuit, sans s'arrêter :

— Et ce vide dont je parle, Derek…

Il laisse s'écouler quelques secondes, le temps de s'assurer que je suis concentré sur chaque syllabe.

— Ce vide a été créé la même nuit.

Il se tourne vers moi, et cette fois, il fixe mon regard sans le quitter.

Je sens les mots s'ancrer directement au centre de ma poitrine, là où je garde habituellement tout profondément enfoui.

— Le soir de l'anniversaire d'Ella, dit-il.

La pièce semble se contracter autour de moi.

Il choisit sciemment la zone la plus fragile de mon histoire, celle que je n'approche jamais volontairement.

— Toi, Derek, tu étais avec Ruby ce soir-là.

Il penche légèrement la tête, comme s'il examinait de nouveau la scène à travers mes yeux.

— Tu la cherchais depuis des semaines après ta séance de baise intense.

Il s'interrompt brièvement, juste assez pour retirer tout espace à une éventuelle prise d'air.

— Et elle a disparu après l'attaque.

Je sens quelque chose se resserrer dans mon abdomen, un point précis qui se contracte avant de céder.

Il continue, toujours aussi calme :

— Avant ça, Ella fêtait son anniversaire. Elle ne se doutait pas qu'en quelques heures, elle perdrait Duncan, et que cette perte la transformerait à un point qu'elle n'aurait jamais imaginé.

Je sens une chaleur monter dans ma gorge, pas une émotion instable, mais une pression qui cherche à sortir et que je retiens volontairement.

Federico voit cette tension, et il appuie encore plus fort :

— Vous avez été détruits le même soir, Derek. Ce n'est pas une coïncidence.

Il s'approche légèrement, sans franchir la distance, mais suffisamment pour que son regard s'impose.

— C'est la Sentinelle qui a planifié tout cela.

Ma respiration devient plus lourde, plus lente.

Je savais déjà que tout s'était joué ce soir-là, cependant l'entendre ainsi, avec autant de clarté et de précision, fait remonter une réalité que j'avais tenté de stabiliser.

— Si je vous ai rassemblés, toi et Ella, dit-il, ce n'est pas pour créer un duo par hasard. Vous êtes les deux survivants d'un plan qui ne devait épargner personne. On vous a arraché ce que vous aviez de plus précieux le soir même.

Il retourne lentement à son bureau, mais son regard reste ancré dans le mien, sans vaciller.

— Toi, Derek, tu étais déjà construit pour devenir une arme. Ruby n'a fait que déclencher ce que tu portais en toi depuis longtemps. Ella, elle, porte maintenant la même blessure, mais elle est encore en formation. Elle peut être guidée, modelée, dirigée. Et, c'est précisément ton rôle.

Je sens mes doigts se refermer malgré moi, mes poings se serrer sous la tension que je retiens.

— Si vous vous attachez, vous vous dévierez de votre objectif et vous détruirez ce que vous êtes capables d'accomplir. Mais, si vous restez alignés, concentrés et lucides, vous avez le potentiel de renverser ce qui vous a tous les deux brisés.

Il attend que je réponde :

— Est-ce clair, Derek ?

— Oui.

— Parfait, dit-il d'un ton satisfait.

Il laisse courir un léger sourire sur ses lèvres.

— Elle est notre atout principal. Et, toi, tu seras celui qui déclenchera ce qui dort encore en elle.

Je sens ma poitrine se contracter, mais je me redresse, sans laisser paraître ce que cela produit en moi.

Je me tourne ensuite vers la porte.

Graziella l'ouvre aussitôt, comme si elle avait anticipé le moment exact où je déciderais de sortir, puis elle me suit en silence quand je sors. Le couloir paraît plus étroit et saturé de tout ce qui vient d'être dit. Chaque pas que je fais renforce l'idée que plus rien ne pourra être effacé. *Tout est fixé.*

Cependant, une vérité s'enracine profondément, sans ambivalence, sans nuance et sans possibilité de la contourner : *j'ai perdu Ruby le soir même où Ella a perdu Duncan.*

J'ai perdu mon ami et la femme de ma vie. Nous ne sommes qu'une seule et unique personne, elle et moi. *La Sentinelle* n'a pas créé deux victimes mais deux armes. *Et, elle a échoué en pensant nous réduire au silence.*

L'ombre de sa bataille.

CHAPITRE 14

ELLA ALVAREZ

♪ *Playlist Sia – Helium*

28 OCTOBRE 2024
Boston – Quartier Roxbury – États-Unis
03 h 28

Les lumières au-dessus de moi tremblent légèrement, comme si l'installation entière menaçait de lâcher, et cette instabilité me donne presque la sensation que la maison respire autour de moi. Le couloir dans lequel je m'avance paraît se rétrécir à mesure que j'avance, pas parce qu'il change vraiment de taille, mais parce que je sens la pression monter dans ma poitrine et dans mes épaules, comme si l'endroit lui-même voulait me pousser vers quelque chose que je ne suis pas certaine d'être prête à affronter.

Je reconnais chaque ombre sur les murs, chaque fissure que mes yeux accrochent sans même que j'aie besoin de réfléchir. Je sais exactement où je suis. *Le repaire.* Le simple fait de l'admettre me donne l'impression d'avoir commis une erreur.

Je ne devrais pas être ici. Je me le répète en boucle. Je n'aurais jamais dû revenir après ce qui s'est passé cette nuit-là, et encore moins après mon anniversaire. Pas après… *sa mort.* Rien ne justifie ma présence, et pourtant mes jambes continuent d'avancer, comme si je devais aller au bout, même si je doute d'en avoir la force.

La maison est totalement vide. Pas seulement silencieuse : *elle est vide au point que chaque fois que je respire, j'ai l'impression que ce bruit ne devrait pas exister et que je dérange.* J'ignore si c'est la solitude ou le souvenir de ce qui s'est passé, mais tout sonne faux.

Enfin, je remarque: *une porte.* Une seule, plantée là comme s'il n'y avait jamais eu d'autre choix que de finir juste devant elle. Elle n'a rien de particulier au premier regard mais elle s'impose comme une évidence. Elle est fermée, néanmoins j'ai la sensation qu'elle me fixe et qu'elle m'attend.

Quand je m'en approche, la chaleur qui en émane me surprend. Je tends la main presque malgré moi, et avant même de toucher la poignée, je sens cette chaleur traverser ma paume. *Je la pousse.* La noirceur derrière cette dernière me tombe dessus d'un seul coup. Un noir total, sans lumière, sans relief, si dense qu'il me coupe quasiment la respiration. Pendant une seconde, je n'arrive plus à réfléchir ; je veux reculer, sortir, et la refermer immédiatement.

Mais une voix s'élève dans l'obscurité. Je la connais. Un son que je n'aurais jamais dû entendre à nouveau. *Sa voix.*

— Pourquoi veux-tu toujours me fuir, Ella ?

Je me fige instinctivement.

La lumière se déploie lentement, comme si quelqu'un venait de tirer un rideau. Et, son corps apparaît. D'abord, une silhouette, puis un visage et tout ce que j'ai essayé d'enterrer.

Duncan.

Il est adossé à la fenêtre, capuche rabattue, torse nu, son jean ouvert juste assez pour laisser voir le début des lignes que je connais trop bien. La lumière glisse sur lui comme dans une apparition. *Le tatouage du phœnix sur son flanc semble respirer.*

Je suffoque et cours vers lui.

Il m'attrape par la taille, me plaque contre son torse chaud, et son odeur, que j'avais tenté d'effacer, revient d'un seul coup : *c'est un choc brutal comme un retour en arrière et une blessure qui se rouvre.*

Sa bouche s'écrase sur la mienne avec ardeur. Je manque à ce moment-là d'air, de logique et surtout de défense. Mes mains glissent à l'intérieur de son sweat pour toucher son dos, s'accrochent à sa peau.

Je souffle, haletante :

— Comment est-ce possible ? J'ai vu ta tombe !

— Tout ça est dans ta tête, murmure-t-il avec un sourire qui n'est pas le sien.

Sa main entoure ma gorge, non pas pour m'étouffer, mais pour me tenir là, immobile, entièrement à lui.

Il me renverse d'un geste sûr. Un lit surgit derrière moi, comme si l'obscurité l'avait toujours caché. Je tombe, il suit, son poids m'emprisonne et m'engloutit.

Ses mains glissent le long de mes cuisses, de mes hanches et de ma taille. Il déchire le tissu avec une impatience fiévreuse. *Et, là, j'oublie tout.*

Sa bouche glisse lentement sur ma peau, déposant des baisers qui me font frissonner. Il prend son temps, presque trop, avec une lenteur qui frôle la provocation. Puis, d'un mouvement soudain, il remonte vers moi. Ses yeux accrochent les miens, violemment, comme s'il venait de reprendre le contrôle.

Il s'intercale entre mes jambes, sa main droite emprisonnant mes poignets au-dessus de ma tête.

Un frisson me traverse.

— Dis-moi que tu me veux.

Son souffle me rend folle.

Je réponds sans filtre :

— Je te veux… j'ai besoin de toi.

Son autre main glisse sur ma peau comme s'il la possédait déjà. Il me relâche et descend, plus profond dans sa manière de me contrôler tout en touchant mon corps.

Au même moment, sa bouche descend entre mes cuisses. Sa chaleur se rapproche et s'installe entre mon entrejambe. Ses mains m'ouvrent davantage et je le laisse faire. *Il sait ce qu'il fait, où il va, comment me faire perdre pied.*

Sa langue effleure à peine ma vulve, juste assez pour déclencher le courbement de mon dos. Un sourire se dessine contre ma peau.

Je m'accroche à ses cheveux, incapable de retenir les gémissements qui montent.

Contre toute attente, il me demande :

— Tu veux quoi ?

Je soupire et lui ordonne :

— Lèche-moi la chatte !

Sans attendre plus, il m'explore avec une maîtrise qui me détruit.

Dans un rythme sauvage, il enfonce plusieurs doigts dans mon vagin et avec son pouce, il caresse mon clitoris. Je me cambre en suffoquant, puis perds littéralement toute prise, et la chaleur monte en moi comme une marée haute qui revient bien trop vite.

Puis il relève la tête, et je sens son regard avant de le voir : *ses lèvres brillent et sa respiration est lourde.* Mais ses yeux… Ce ne sont plus ceux de Duncan. *Ce sont ceux de Derek.* C'est un regard dévorant.

Je manque d'air et la pièce bascule.

— Qu'est-ce que tu as ? murmure-t-il, essuyant sa bouche d'un geste obscène.

J'essaie de parler mais il m'est impossible. Et, là, tout devient noir.

*Je me réveille en sursau*t. Le claquement de la lampe me frappe comme une gifle. Je suis dans ma chambre et dans mon lit. *Et, complètement seule.* Ma peau brûle, mes cuisses tremblent encore et ma culotte est complètement humide. Puis, je constate que mes lèvres picotent d'un contact qui n'a jamais existé, ou qui était bien trop réel pour être ignoré.

Je halète, trempée de sueur, le cœur affolé, avec la sensation qu'on vient de me posséder dans un rêve qui n'en était peut-être pas un.

Un souffle étranglé franchit mes lèvres :

— C'était quoi… cette putain de merde ?

L'ombre de ses fantasmes.

CHAPITRE 15

DEREK UNDERWOOD

♪ *Playlist Marilyn Manson – Killing Strangers*

28 OCTOBRE 2024
Boston – Quartier Roxbury – États-Unis
04 h 12

Je me réveille d'un coup, sans transition, comme si une sensation m'avait brutalement tiré hors du sommeil. Pendant quelques secondes, je reste immobile, à fixer l'obscurité, le cœur battant trop vite pour un simple mauvais rêve. Et, ce silence autour de moi… *Il n'est pas normal.* Il y a une tension dans l'air qui diffuse une pression qui installe dans ma poitrine quelque chose que je n'identifie pas mais que je sens réellement, comme si un être avait traversé la maison, ou pire, *ma propre tête.* Et, évidemment, cette chose me ramène immédiatement à Ella.

Je me redresse sans réfléchir, les muscles encore engourdis et les paupières collées, incapable de rester couché. J'attrape le sweat noir au pied du lit, l'enfile à moitié, et quitte la chambre, dans laquelle l'air me semble trop chargé. Dans le couloir du manoir, je retiens ma respiration, instinctivement, comme si le moindre bruit risquait de réveiller quelqu'un que je ne veux pas affronter.

Le manoir est plongé dans une obscurité et un calme trop intense, où même respirer paraît déplacé. J'avance, guidé par une inquiétude qui me serre la gorge, sans comprendre ce qui m'attend. *Je sais seulement qu'un truc ne va pas.* Et, au détour du couloir, *je la vois.*

Ella est plantée là, au milieu du passage. L'état dans lequel elle se trouve me percute immédiatement : respiration saccadée, peau humide comme si elle sortait d'une course ou d'un cauchemar trop réel et cheveux plaqués contre son front. Elle serre ses bras contre elle. *Et, son regard s'accroche quelque part.*

Je m'arrête. Un frisson me traverse, comme si ce qu'elle venait de vivre avait glissé jusqu'à moi. *Puis je m'avance.*

Elle sursaute violemment dès que j'entre dans son champ de vision. Sa main se plaque contre sa poitrine.

— Putain… Derek… tu m'as fait peur, souffle-t-elle, encore instable.

Je ne réponds pas immédiatement. *Je l'observe.*

Ses pupilles sont trop dilatées, ses lèvres tremblent, son souffle refuse de se calmer. Je reconnais cet état. *Je n'aime pas ce qu'il réveille en moi.*

Je demande finalement, la voix plus basse que prévu.

— Qu'est-ce que tu fais là ?

Elle secoue lentement la tête, comme si revenir au présent lui coûtait.

— Je ne pouvais pas rester dans ma chambre.

Je m'approche davantage.

Je sens qu'elle perçoit chaque centimètre que je réduis. Lorsqu'elle lève les yeux vers moi, je murmure :

— Regarde-moi, Ella.

Elle hésite une fraction de seconde, puis obéit.

Ce qu'elle a traversé n'a rien d'un simple cauchemar. Je vois sa peur, sa confusion, sa douleur, ce vide en elle et ce manque qui clignote comme une alarme, me serrent la gorge bien plus que je ne veux l'admettre.

Même si une partie de moi ne veut pas connaître la réponse, je lui demande :

— Qu'est-ce que t'as vu ?

Elle avale difficilement sa salive, rassemble ses mots, et murmure :

— Duncan n'est pas mort.

Le nom me frappe en pleine gueule et ma mâchoire se contracte.

— Recommence pas, dis-je, trop sèchement.

— Je l'ai senti, Derek. Je sais que c'était lui. Il était là et je l'ai entendu. Et, j'ai presque… presque senti sa main.

Je ferme les yeux.

Pas pour me calmer, mais pour contenir ce qui remonte.

Parce que moi aussi, cette nuit, j'ai senti quelque chose. *Pas Duncan.* Mais un écho et un lien. Un truc que je refuse d'admettre. *Je ne peux pas lui dire ça.*

Je m'avance encore. Elle recule jusqu'à heurter le mur dans un petit sursaut. Je suis trop près et sens sa chaleur, son trouble ainsi que son cœur affolé.

— Arrête… murmure-t-elle, mais sa voix n'a aucune autorité.

Je pose une main sur le mur, près de sa tête. L'autre glisse sur sa hanche pour l'empêcher de fuir.

Elle tressaille.

— Tu crois que je vois rien ? Que je sens rien ? dis-je d'une voix basse.

Elle me défie du regard, sans ciller, et quelque chose en moi se relève d'un coup. Une impulsion primitive, qui gronde au fond de ma poitrine comme si elle ne demandait qu'un prétexte pour exploser.

Puis elle lâche :

— Je vais au Fief.

Je fronce les sourcils.

— Quoi ?

— Je vais au Fief du FBI maintenant. Je veux la vérité.

Un rire sans joie m'échappe.

— T'es complètement inconsciente.

— Je m'en fous.

Elle tente de me contourner.

Je l'attrape par le poignet, la ramène contre le mur plus brusquement que prévu. Mon cœur cogne trop fort. Je déteste perdre le contrôle, mais ça m'échappe.

— Ella, putain ! Tu vas te faire tuer !

— Alors je préfère mourir en sachant ce qu'il s'est passé.

Ses mots me foudroient.

Une douleur me traverse sous les côtes.

Ma main remonte jusqu'à sa gorge, pas pour serrer, juste assez pour sentir son pouls, la garder en face de moi et retenir quelque chose que je perds progressivement.

Elle bloque une seconde sa respiration et s'accroche à mon regard.

— Tu n'es pas prête. Pas contre quelqu'un comme Federico.

— Duncan est vivant, répète-t-elle sans trembler.

Je ferme les yeux.

La colère, la peur et l'impuissance me prennent d'un coup.

— Tu vas m'écouter…

— Non.

Elle avance la tête d'un centimètre.

Son souffle touche ma peau.

— C'est toi qui vas m'écouter.

Je rouvre les yeux.

Elle a cette détermination indomptable.

— Je vais au Fief. Je veux la vérité. Et, ça sera avec toi… ou sans toi.

Je reste immobile.

Mes doigts tremblent légèrement contre sa peau, *un détail que je déteste horriblement,* et ma respiration s'accroche à ma gorge.

Elle finit par se dégager et me dépasse. Elle croit marcher vite, mais ses pas sont plus hésitants qu'elle ne le pense.

Je reste planté là, incapable de la retenir ou de la laisser partir.

Parce que, malgré tout ce que je viens de lui dire… je sens encore un truc dans ma nuque. Et, cette merde qui me dit que ce qu'elle a vu et ce qu'elle croit avoir senti… Ce n'était pas seulement un rêve.

Et, ça, oui… *ça me glace vraiment le sang.*

L'ombre de ses doutes.

CHAPITRE 16

ELLA ALVAREZ

♪ ***Playlist System Of A Down – Lonely Day***

28 OCTOBRE 2024
Boston – Quartier Roxbury – États-Unis
04 h 33

Je marche trop vite, presque à la limite de la course, mais je me retiens. Si je me mets réellement à courir, Derek me rattrapera en deux secondes, et je refuse de lui offrir ce putain d'avantage. Ma respiration déraille, incontrôlable, ma gorge me brûle, et ça remonte jusqu'à mes tempes, tandis que chaque pas claque dans le couloir avec la même violence que si je venais d'échapper à une force qui me dépasse complètement.

Mon corps tremble encore, incapable d'effacer la sensation de ses doigts refermés autour de ma gorge, de son souffle qui glissait contre ma peau, de cette manière qu'il a eue de me retenir comme si j'étais un simple objet qu'on déplace, qu'on pose, qu'on contrôle sans se demander ce que ça casse à l'intérieur.

Je devrais avoir peur, garder mon sang-froid, retourner dans cette foutue chambre et faire comme si rien n'avait existé, comme si je pouvais effacer d'un revers de main ce qu'il vient de déclencher en moi. *Mais, la vérité, c'est que je n'y arrive pas.*

Quelque chose m'arrache en avant, me tire hors de ces murs et me pousse vers une seule direction : *sortir.* Atteindre le *fief.* Mettre la main sur les réponses que tout le monde se tue à me cacher, quitte à m'y brûler et y laisser des morceaux de moi sur le chemin.

Je tourne dans le couloir trop vite et je m'arrête d'un coup :

Ursula.

Elle est là, immobile dans l'encadrement de la grande porte, comme si elle avait anticipé l'exact moment où j'allais débouler. Ses cheveux blonds glissent sur ses épaules, et son regard clair, calme et beaucoup trop lucide, me traverse littéralement. Je sens qu'elle capte tout : *la sueur sur ma peau, le tremblement que je tente de contenir, la panique qui colle encore à mes gestes malgré mes efforts pour la masquer.*

— Où tu vas ? demande-t-elle d'une voix tellement calme que ça me fout en rogne.

J'avale difficilement ma salive, consciente qu'elle n'a pas le droit de me laisser passer, que chaque geste qu'elle fait répond normalement à une seule personne : *Federico.*

— Dehors, je lâche simplement.

Ma voix est sèche, comme si chaque mot me coûtait et que je refusais d'en dire davantage.

Elle claque de la langue et me répond :

— Pas seule.

Elle avance d'un pas, réduit la distance, et son regard s'accroche au mien.

Elle analyse tout, même ce que je m'efforce de taire, ce qui se bouscule dans mon corps, ce que mes gestes trahissent malgré moi.

— Tu viens de croiser Derek, je me trompe ? dit-elle.

Je ne réponds pas.

Je n'ai même pas besoin d'ouvrir la bouche : *elle lit déjà les réponses dans la crispation de mes doigts, dans la tension de ma respiration.*

Elle soupire, croise les bras, et une sensation dans son attitude change, comme si elle sortait un instant de son rôle pour devenir facilement une femme qui a vu trop de choses.

— Ella… tu n'es pas prête.

La manière dont elle prononce cette phrase me hérisse instantanément.

Je relève la tête, presque agressive.

— Je m'en fous. Je dois y aller.

Elle ne répond pas immédiatement et m'observe longuement.

Son visage reste impassible, mais ses yeux remuent, comme si elle faisait des calculs que je ne comprends pas, comme si elle pesait une règle immuable contre quelque chose de plus profondément ancré qu'elle ne veut l'admettre : *une hésitation et une bataille personnelle.*

Je tente de passer.

Elle lève le bras et me barre la route d'un geste rapide et précis.

— Tu vas te faire tuer si tu y vas comme ça, dit-elle lentement. Le Fief n'est pas un endroit où on entre pour se rassurer. Il y a trop de caméras et des gardes.

— Alors j'accepte.

Elle cligne des yeux, un mouvement infime mais qui résonne comme un aveu.

Et, contre toute logique, elle baisse le bras.

Je reste figée, incapable de comprendre comment elle peut trahir son propre rôle si facilement.

— Pourquoi tu fais ça ?

Elle me fixe droit dans les yeux.

Pour la première fois, une sensation bouge dans son expression, qui est difficile à nommer : *ni de la peur, ni de la colère.*

— Parce que si je t'empêche de sortir, tu vas trouver un autre chemin, dit-elle posément. Et, tu vas te foutre encore plus dans la merde.

Elle se décale, lentement, et me libère un passage.

— Va. Mais arrête de croire que tu pourras t'en sortir sans payer un prix.

Je passe devant elle, le cœur battant si fort que ma respiration se brise dans ma gorge.

Juste avant que je franchisse la porte, elle murmure, presque imperceptiblement :

— Et si Derek te retrouve… il ne te laissera pas faire ça seule.

Je ne réponds pas.

Je suis trop secouée pour réussir à assembler une phrase. Tout en poussant la porte, l'air glacé me frappe de plein fouet.

Après autant de semaines passées captive, j'ai enfin cette sensation de liberté. Je fais un pas dehors, et la nuit m'engloutit tout entière.

L'ombre de sa libération.

CHAPITRE 17

DEREK UNDERWOOD

♪ ***Playlist Three Days Grace – Animal I Have Become***

28 OCTOBRE 2024
Boston – Quartier Roxbury – États-Unis
04 h 42

Je n'ai pas le temps d'analyser ce qui vient de se passer lorsqu'elle disparaît au bout du couloir. Je reste immobile quelques secondes, tendu au point de sentir mes muscles trembler, le souffle encore secoué par ce que je viens de déclencher : *ses mots qui m'ont heurté de plein fouet, son regard qui refusait de flancher.* Je me déteste de la laisser partir. Je me déteste d'être incapable de prendre du recul. Et, je me déteste surtout de comprendre qu'elle est sur le point de faire une *grosse connerie.*

Je ferme les yeux une seule seconde. *Ça suffit.* Je la visualise, comme si elle se tenait encore devant moi. Je sens qu'elle s'éloigne trop rapidement, poussée par une impulsion que je reconnais trop bien. Et, ce mouvement intérieur que je refuse de nommer me traverse encore. J'ai cette sensation d'être tiré vers elle par elle. Or, je ne l'ai jamais choisi… *et pourtant, je n'arrive pas à l'ignorer.*

Tandis que j'ouvrais les yeux, ma décision avait été prise avant même que j'aie eu le besoin de la formuler. Et, je me mets à courir.

Je traverse le couloir à grandes enjambées, concentré, le regard fixé droit devant. J'ai l'impression d'arriver toujours une demi-seconde trop tard, de pourchasser un être qui m'échappe à chaque pas. Je tourne au coin… et je tombe sur *Ursula.* Elle est immobile, comme si elle m'attendait.

Elle me fixe avec son regard qui se durcit.

— Tu vas la laisser faire ?

Je la dépasse sans ralentir, puis je grogne :

— Tu l'as laissée sortir seule. Tu crois que je fais quoi, exactement ?

— Derek… souffle-t-elle. Tu sais très bien ce qui t'arrive.

Je m'arrête.

Une fraction de seconde, où j'ai envie de lui claquer la mâchoire contre un trottoir.

Toutefois, sans franchir cette pulsion qui est sur le point de jaillir, je lui réponds :

— Rien ne m'arrive.

Elle fronce les sourcils.

Au même moment, une lueur ressemble à de la peine dans ses yeux.

Et, elle balance en tenant son menton :

— Tu ressens ce qu'elle ressent. Tu veux vraiment me faire croire que tu ne l'as pas vu ?

Je serre les dents jusqu'à me faire mal.

Je n'ai aucune envie qu'on mette des mots sur ce que j'essaie de contenir. Je n'ai pas le temps pour ça. Ni pour elle. *Ni pour la vérité qu'elle attend.*

Puis, je tranche :

— Pas maintenant.

Je descends les escaliers, traverse le hall sans un regard en arrière.

La porte d'entrée est grande ouverte. Le froid, en contradiction avec la chaleur de l'intérieur, me coupe la respiration. *Elle est déjà dehors.*

Je passe le seuil à mon tour. Mon regard la trouve aussitôt : silhouette noire, déjà trop loin, avançant avec une rage qui me laisse un goût amer. Elle marche vite, comme si rien ne pouvait l'arrêter et que se retourner était interdit.

À cet instant, un mélange étrange me traverse : *colère, inquiétude, désir, et une peur.* Je sais que je ne devrais pas la suivre et que je devrais garder le contrôle.

Mais mes jambes avancent avant même que j'aie le temps de saisir ce que je fais actuellement. Je la suis, sans la moindre prise sur cet élan qui me dépasse. *C'est plus fort que moi.* Depuis le début, quoi que je tente, je finis toujours par marcher dans son sillage, comme si une part de moi n'avait jamais su se détourner d'elle.

L'ombre de sa détermination.

DEREK UNDERWOOD

♪ *Playlist Mellen Gi Remix – In The End*

28 OCTOBRE 2024
Boston – Quartier Roxbury – États-Unis
04 h 48

Une lune trop blanche se tient au-dessus de nos têtes. Ella n'a pas parcouru cent mètres sur le gravier que je sens déjà quelque chose de brutal se lever en moi, une impulsion instinctive, presque violente, cette envie de la rattraper, de la retenir, de l'empêcher d'aller plus loin, non par décision réfléchie, mais parce que l'idée de la laisser disparaître vers un endroit où je ne pourrai plus la rejoindre m'est insupportable.

Je distingue sa silhouette à distance, juste assez loin pour que le vent accroche ses cheveux et les fasse tourner autour de son visage, et cet écart me frappe plus que je ne veux l'admettre. Sa démarche est trop rapide, instable, celle d'un corps conscient de franchir une limite mais incapable de s'arrêter. Elle s'éloigne, me glisse déjà entre les doigts. Cette pensée me coupe le souffle autant qu'elle m'incite à avancer, tend mes nerfs jusqu'à la rupture, dans un mélange confus de contrôle et de peur que je ne parviens plus à maîtriser.

Je marche. Puis j'accélère et finis par courir :

— ELLA.

Elle ne se retourne pas, bien évidemment. *Elle sait que ma voix suffit à fissurer tout ce qu'elle essaie actuellement de faire tenir debout.*

Tandis que je continue de courir, mes pas mangent la distance, et quand je la rejoins enfin, elle s'arrête si brusquement que ma main effleure son bras avant même que j'aie compris que je l'avais atteinte. Elle tourne légèrement la tête, juste assez pour que les lumières des lampadaires découpent son visage, et dans son œil encore vivant, je lis une guerre entière : *elle veut la vérité et le sang.*

Je fais un pas vers elle et elle recule. Et, dans ce mouvement-là, tout se brouille en moi : *la colère, la panique de ce qu'elle pourrait faire si je la laisse filer. Ainsi que cette attraction et attirance qu'il y a entre nous.*

Puis, la voix essoufflée malgré moi, je lui balance :

— Tu comptes vraiment t'en aller comme ça ? Tu vas le faire sans réfléchir et sans regarder derrière toi… et surtout sans moi ?

Ses poings se ferment, sa mâchoire se contracte, et je reconnais cette arrogance qu'elle utilise quand elle veut cacher qu'elle est fragile et essentiellement instable, mais qu'elle pourrait se casser au moindre mot mal placé.

Je m'approche encore, *trop près.* Cette proximité est bien trop proche, je sens mes doigts vibrer sous l'impulsion que je retiens depuis trop longtemps. Une seconde d'abandon, un geste trop vif, et je pourrais… *Non.* Je serre le poing et retiens tout. Je refuse d'être cette version de moi qui ne pense qu'en termes de force, à pouvoir lui faire du mal. *Et, rien que l'idée me glace.* Parce que si quelqu'un doit la protéger, et non la briser, *c'est bien moi.*

Mes doigts tremblent à quelques centimètres de sa gorge, et je réalise que la vérité est devant moi, rien qu'à son regard qui ne sourcille pas. Alors, je laisse ma main glisser sur sa joue, doucement et maladroitement. D'une manière telle que ce simple geste était le seul moyen de formuler mes sentiments à voix haute. Comme si la caresser me punissait et m'apaisait simultanément, et que ce contact était la seule façon d'empêcher que quelque chose de terrible se produise entre nous.

Or, elle recule aussitôt, comme si ma peau l'avait brûlée, et ce petit écart me transperce d'une manière si violente que ça me coupe presque le souffle. Avant même que je comprenne, j'attrape son poignet, non pas pour la blesser, mais parce que je refuse qu'elle m'échappe.

J'annonce, d'une voix froide.

— On va au garage !

— Pourquoi ? réplique-t-elle, déjà prête à se battre.

Je la tire légèrement, juste assez pour qu'elle sente qu'elle ne possède pas d'alternative et encore moins dans cet état-là.

— Tu veux partir ? Ok, mais pas à pied.

Elle ne répond pas, pourtant elle me suit, malgré elle et la colère.

Le garage s'illumine, révélant une rangée de voitures parfaitement alignées. Je sens son regard glisser partout autour, entre fascination et stupeur, et je sais qu'elle découvre un pan entier du monde du sanctuaire qu'elle ignorait.

Je traverse la pièce, mes pas résonnant dans l'espace, et je m'arrête devant un grand drap noir.

Une lourdeur monstrueuse s'abat dans ma poitrine. Je retire le tissu d'un geste et la moto de *Duncan* apparaît. Le souffle d'Ella se brise derrière moi comme si une sensation venait de se rompre à l'intérieur d'elle.

Elle s'avance, me frôle sans le vouloir, touche le métal du bout des doigts, et je la vois trembler : *pas de peur ni de froid, mais de cette douleur qui remonte au fond d'elle.*

D'un geste soudain, elle me pousse pour dégager son passage, pas pour me rejeter, mais pour reprendre un espace qui lui appartient. Elle attrape le casque de Duncan, le soulève et grimpe sur la moto avec une assurance.

Sa respiration change : *elle se répare.*

Elle enfile le casque et, dès que la visière est abaissée, elle me fixe.

— Maintenant, dit-elle, soit tu me suis… soit tu restes là.

Je la fixe, saisis un casque et l'enfile. Je grimpe derrière elle, mes mains se refermant sur sa taille.

Son dos s'appuie contre mon torse, puis je lui murmure contre son oreille :

— Je te lâche pas.

— J'espère bien, répond-elle sans hésiter.

Elle fait rugir la bécane et démarre sans aucune hésitation.

L'ombre de sa quête.

CHAPITRE 19

ELLA ALVAREZ

♪ *Playlist Linkin Park – In The End*

28 OCTOBRE 2024
Boston – Quartier Roxbury – États-Unis
05 h 02

La route s'étire devant moi comme une plaie gigantesque qui refuse obstinément de se refermer depuis ce soir-là, une fissure béante dans laquelle je m'enfonce à pleine vitesse, incapable de savoir si je la traverse ou si elle m'avale entière.

La moto *« la sienne »* pulse sous mes cuisses, comme si son cœur à lui avait été greffé dans le moteur et continuait de battre, exactement au même rythme que la machine.

Le vent me frappe en pleine gueule, m'arrache la peau, me brûle les yeux jusqu'aux larmes, et pourtant je m'y accroche comme à une délivrance. Parce que ce froid brutal, cette violence qui circule dans mes veines, cette vitesse qui lacère mes pensées… tout cela est la première sensation véritablement vivante que je ressens depuis le jour où ils ont prononcé son nom comme on énonce une sentence, un mot qui a ouvert ma cage thoracique en deux et laissé mon cœur s'y vider goutte après goutte : *sa mort.*

Ce moment résonne dans ma poitrine comme un marteau sur un clou, et tout mon être se rétracte autour de cette douleur qui refuse de s'expliquer autrement que par le fait qu'il manque aux autres. *Il manque à tout le monde, mais surtout à moi.*

Derrière moi, Derek est si proche que j'ai l'impression que son torse s'est greffé à ma colonne vertébrale, que sa chaleur remonte à travers les couches de tissu pour se mêler à la mienne, que sa respiration traverse les parois du casque pour effleurer ma nuque avec une intimité que je ne lui ai jamais accordée. Ses mains se crispent autour de ma taille avec possessivité, comme s'il essayait en même temps de me retenir, de me calmer et de s'assurer que je ne glisse pas. Cette proximité me trouble, me bouscule, me renverse intérieurement, parce qu'elle me rappelle que je ne suis plus seule.

Je n'ai plus que la route en ligne de mire, une longue entaille droite, un fil de tension qui semble aspirer ma trajectoire, et je m'y laisse happer parce qu'au fond, tout converge vers un seul point fixe, un seul lieu qui s'impose dans ma tête comme une évidence : *le Fief.* Le lieu où tout a germé et s'est effondré. Cet endroit où il a été déclaré mort, le lieu où, peut-être, un événement a dérapé, s'est tordu, a été caché, déplacé ou transformé.

Je sens le doute brûler dans mon ventre comme un métal en fusion, un poison incandescent qui ravage tout ce qu'il touche, et plus la moto accélère, plus il s'étend, jusqu'à recouvrir mes os et faire trembler mes doigts sur les poignées.

Je repense aux dates : *31 août, qu'ils ont dit.* Annoncée par mon père. Mais la pierre tombale... *1er septembre :* une incohérence flagrante. Ou pire : *une vérité.* Une preuve qu'il n'était sûrement pas mort quand ils l'ont affirmé et qu'il respirait encore. Ensuite, on avait pris son corps, qu'on l'avait déplacé, traité et certainement tenté quelque chose sur lui.

Cette pensée percute ma tête avec une violence telle que ma vision se brouille une seconde. Puis soudain, le *Fief* surgit de l'obscurité. La bâtisse est immense. Je m'attendais à des gardes. *Mais rien.* Juste un portail entrouvert qui semble m'appeler ou me menacer, je ne saurais pas dire, tant mon instinct hurle et mon cerveau se brouille.

Je freine si brusquement que Derek manque de me percuter, et lorsqu'il descend de la moto, il secoue la tête d'un geste nerveux.

— Sérieusement, Ella… préviens, grogne-t-il.

Mais dès qu'il pose les yeux sur le bâtiment, son expression se transforme.

— C'est pas normal…

Je retire mon casque.

L'air est lourd, comme s'il portait des particules.

Je réponds seulement :

— Je sais !

Et, je pénètre dans le *fief.*

Le silence me frappe immédiatement. C'est bien trop calme et ce n'est pas un hasard. Les bruits de nos pas sont avalés par les murs, et renforcent cette impression d'isolement comme une sensation que l'endroit nous observe sans vouloir se faire entendre. Derek marche derrière moi, et pour la première fois, j'entends dans sa respiration un mal-être qu'il cache habituellement sous sa dureté.

Le sous-sol s'ouvre devant nous comme une zone qu'on n'aurait jamais dû atteindre. Les néons trop blancs écrasent tout et rendent les murs presque agressifs, et cette propreté impeccable a quelque chose de faux, comme si on avait voulu effacer jusqu'à la moindre trace de vie… *ou de mort.*

La salle des archives nous attend au fond. Normalement, elle est verrouillée, inaccessible sans une autorisation précise. Mais, quand je pose la main sur la poignée, elle s'abaisse sans la moindre résistance.

Derek s'arrête, stupéfait.

— Attends… c'est impossible. Ils la ferment toujours…

Je ne réfléchis même pas.

Mon corps bouge avant ma tête. Je traverse la pièce d'un pas précipité, comme si quelqu'un venait d'arracher le dernier morceau de contrôle que j'essayais encore de sauver. Je tire les tiroirs sans douceur. J'ouvre, vide, et balance tout au sol. Les boîtes tombent, les dossiers glissent. Les cartons râpant ma peau et les agrafes me percent les doigts, ça pique, ça saigne un peu, mais je m'en fous. *Je continue.*

La poussière me monte à la gorge, j'ai l'impression de respirer du sable. Mes mains tremblent, glissent sur des feuilles jaunies par le temps, certaines avec des taches de vieux sang qui me retournent l'estomac. Je me penche, j'écarte et déchire. Je deviens cette version de moi que je déteste un peu mais que je reconnais trop bien : *celle qui fouille jusqu'à en perdre la tête, celle qui refuse d'abandonner et qui s'accroche même quand tout dit de lâcher.*

Je veux un indice ou un signe. N'importe quoi de lui. Juste… *la vérité.* Puis un bruit dans le couloir.

La porte s'entrouvre. Un homme en blouse blanche apparaît, le visage pâle, les yeux écarquillés comme s'il venait de surprendre un animal sauvage en plein carnage.

Son badge est accroché à son vêtement : *Quentin Stones, médecin légiste.*

— Vous n'avez pas le droit d'être ici ! C'est une zone…

Je me relève rapidement et lui ordonne :

— Ferme ta putain de gueule ! Où sont les dossiers d'autopsie ?

Derek s'approche de moi.

Le mec détourne à peine les yeux. Une demi-seconde suffit pour que je le voie regarder vers le casier marqué 17-B. Derek le plaque contre le mur. Je fonce et arrache la serrure. Et, je découvre ce que je n'aurais jamais dû voir : *pas une autopsie, mais un transfert daté du 1er septembre.*

Je sens ma gorge se resserrer.

— Derek…

Le type rit nerveusement, ce qui annonce qu'il sait et qu'il pourrait parler, mais qu'il a choisi de ne pas le faire. *Alors, une chose se brise en moi.*

Je saisis un scalpel, puis le repose aussitôt pour attraper une pince qui sert à ouvrir une cage thoracique :

— Parle.

— Ella, non, hurle Derek.

L'autre sourit.

La haine me submerge et je frappe.

Le bruit est ignoble, un craquement spongieux, une fracture humide avec une explosion de cartilage et d'os qui se replie dans un angle monstrueux. Le sang éclabousse ma joue, et je frappe encore, encore et encore, jusqu'à sentir la résistance du squelette se désagréger sous la force. Le hurlement de l'homme devient un gargouillis.

Derek tente de m'arrêter, mais je le repousse si fort avec haine qu'il vacille.

Puis, des pas se font entendre et Federico apparaît, suivi d'une meute de types habillés de noir. Il ne regarde pas la scène, mais moi.

Tout en croisant les bras, il me demande :

— Qu'est-ce que tu as fait, Ella ?

Ma victime rampe vers eux, laissant derrière elle un sillage de sang. Deux hommes l'attrapent et une lame surgit. Sa gorge s'ouvre dans un geste d'une précision glaçante. Le sang jaillit comme un jet d'eau chaude. Ensuite, ils traînent son corps vers la pièce adjacente et ouvrent le four crématoire. Je sens la chaleur me frapper tandis que les flammes dévorent déjà la chair et que la salle s'emplit de l'odeur ignoble du corps qui crépite.

Je suffoque.

— Emmenez-la, ordonne Federico.

Les hommes me saisissent avant même que je comprenne ce qui se passe, et la panique me traverse en pleine gueule. Je hurle, un son arraché du fond de ma gorge, un cri qui me déchire plus qu'il ne me libère, et je me débats de toutes mes forces, aveuglée par l'adrénaline.

Derek essaie d'intervenir, je le vois du coin de l'œil, prêt à tout, mais un des hommes lui enfonce son poing dans le ventre avec une violence qui le plie immédiatement en deux, et avant qu'il ne puisse se redresser, un second coup s'abat contre sa tempe et l'envoie presque au sol.

Mes poignets se tordent sous la pression de leurs mains, un craquement aigu monte le long de mes bras, mes muscles protestent, se déchirent et brûlent comme si on tentait littéralement d'arracher mes os hors de leur axe. Je tire, frappe et griffe, mais tout glisse et disparaît sous leur force quasiment inhumaine. Une main se plaqua brusquement contre ma bouche, me coupant le souffle, m'empêchant d'expulser le moindre son, et l'odeur âcre de la peau et du sang m'envahit.

Je sens le monde vaciller autour de moi, se désaxer d'un seul coup, comme si quelqu'un avait tiré la réalité par un coin pour la faire basculer. Mes jambes lâchent. Un vertige monstrueux me dévore, grimpe, s'enroule autour de ma tête. J'essaie de respirer, mais rien n'entre et sort. Je me sens m'enfoncer, glisser, disparaître dans une obscurité visqueuse, irrémédiable, quand ils me glissent un tissu sur le nez.

Et, puis le noir m'avale entièrement. Pas comme une simple perte de conscience, mais comme une gueule violente, qui se referme sur moi et m'entraîne loin, sans me laisser le moindre choix.

L'ombre de sa sentence.

PARTIE 3

À L'OMBRE DE NOTRE SENTENCE

« La sentence… ce n'est jamais la fin.
C'est le moment où la lumière s'éteint un peu,
où l'ombre parle à sa place parce que plus personne
n'a la force de dire la vérité sans trembler. »

CHAPITRE 20

ELLA ALVAREZ

♪ Playlist Keen'V – Petite Emilie

21 JANVIER 2019
Boston College Chestnut Hill – États-Unis
10 h 18
5 ans auparavant

Ploc.

Ploc.

Ploc.

Chaque goutte, en frappant la céramique, semblait percer le silence à intervalle régulier, comme si le monde avait choisi de se résumer à ce seul bruit. *Le reste ?* Mes pensées, mes souvenirs et ma voix s'étaient dissous derrière ce rythme obstiné qui grignotait l'intérieur de mon crâne. *Il n'y avait plus de mouvement, plus de mots. Juste la persistance de cette eau répétée jusqu'à l'obsession.*

Je fixais mon reflet dans la surface fendue du miroir : un visage qui m'appartenait encore mais que je peinais à reconnaître, marqué par la séance de sport, par le rouge de la honte, par cette tension qui tirait les muscles des joues et laissait mes lèvres trop immobiles. La tenue collait à ma peau. Un simple témoin de ce qu'on m'avait volé : *ma dignité.*

Mes doigts, blanchis à force de serrer le rebord, retenant le tremblement qui menaçait.

Le temps, lui, avait cessé d'avoir une forme. Il se dilatait, se resserrait et s'effilochait. Impossible de dire depuis combien de temps je me tenais là. Cependant, c'était assez longtemps pour que mes pensées s'usent, mais pas assez pour que le choc s'estompe. *Chaque seconde semblait se suspendre juste avant de tomber, puis s'écraser avec le bruit de l'eau.*

La séance de gymnastique aurait dû ressembler aux autres : *des tapis alignés, des exercices forcés et des élèves dissipés qui attendaient la sonnerie.* Rien d'extraordinaire.

Mais ce matériel avait caché autre chose : *il avait servi de rideau à ce que personne ne voulait voir.*

Xavier s'était approché dans mon dos, sans un mot, comme si mon corps lui appartenait. Sa main avait glissé sur mes fesses d'abord, rapide mais sûre, comme un geste qu'il avait déjà prémédité. Puis elle s'est posée sur ma poitrine de façon violente et humiliante. Ce genre de contact qui coupait la respiration, faisait trembler les os et changeait la manière même dont je me tenais dans l'espace.

J'avais voulu le repousser, mais mes bras ne répondaient plus. Ma voix s'était étranglée toute seule, incapable de franchir mes lèvres. Pendant que je luttais, Océane et Phoebe riaient à quelques mètres, se nourrissant de ma détresse comme de quelque chose de divertissant.

— Regardez-moi cette salope. Même ici, elle ne sait pas se tenir. Elle a tellement besoin de bite.

J'aurais préféré qu'on me frappe plutôt qu'on me colle ces mots dans le crâne. Ils étaient cinq autour de nous. *Cinq.* Aucun n'avait détourné les yeux et n'avait levé la main pour dire stop. *Ils avaient ri.*

Et, j'avais senti mon corps se vider de son courage, goutte après goutte.

Le professeur était là aussi. Il avait tout vu, ou du moins tout ce qu'il avait voulu voir. Il avait fini par crier, mais pas pour me défendre. *Il en avait assez du bruit, du désordre. C'était moi le problème, comme toujours.*

— STOP ! avait-il hurlé en marchant vers nous d'un pas lourd.

Il s'était planté devant moi, le regard dur et fermé. Comme si j'étais responsable de ce qui m'arrivait.

— Ella, tu ne sers à rien et tu ne fais que perturber mon cours. Va au vestiaire. Tu auras zéro.

Les autres avaient souri. Pour eux, c'était la victoire. J'avais fui. Pas pour me protéger, mais pour échapper à leurs regards et à leurs rires. *Et, cette idée qu'ils m'avaient réduite à ça.*

Dans le vestiaire, j'étais restée seule avec mes sanglots et mon reflet.

La honte était lourde, et me remontait à chaque respiration. *Je me serrais les bras, puis me tirais les cheveux, cherchant un point d'ancrage pour ne pas me dissoudre.*

Ploc.

Ploc.

J'aurais voulu briser ce miroir. Voir mon sang couler et avoir mal autrement en ayant le contrôle, ne serait-ce qu'une seconde.

Puis la sonnerie retentit. Les couloirs s'étaient remplis de pas et de voix, comme si tout était normal et que j'étais déjà exclue. Mais je me suis trompée en pensant que tout était terminé.

La porte s'était ouverte brutalement.

Océane et Phoebe étaient entrées les premières. Xavier derrière, sûr de lui. *Un peu trop même.*

J'avais reculé d'instinct, paniquée.

— Ce sont les vestiaires des filles ! Il n'a rien à faire ici ! avais-je crié d'une voix qui n'était plus tout à fait la mienne.

Elles avaient ri froidement.

— Sauf si, nous, on lui donne le droit, pauvre cloche.

J'avais buté contre le mur.

L'humidité du carrelage, l'odeur du chlore, la flaque au sol, tout était trop réel et trop proche. Océane avait levé ses mains en formant des guillemets, un sourire cruel au coin des lèvres.

— Madame l'artiste.

Comme si mon rêve n'était qu'une blague. Comme si ma dignité avait disparu entre leurs doigts.

Xavier s'était avancé lentement, comme s'il savourait.

Il avait attrapé mon bras. *Sa peau était moite et la mienne brûlait de dégoût.*

J'avais voulu hurler, le mordre et tout casser. Mais ma voix me trahissait encore.

Je l'avais repoussé, et sa réponse fut une claque sèche et violente, qui fit trembler mon crâne.

— Fais pas genre. On sait que t'aimes ça.

Je crois qu'à cet instant j'aurais pu le tuer. De mes mains ou de mes dents en lui arrachant la gorge. *Oui, n'importe comment.* La rage m'avait traversé comme une décharge électrique. Mais, il était plus fort. Et elles étaient deux à rire derrière lui.

Ils m'avaient plaquée contre le banc et avaient tiré sur mon pantalon. Mon tee-shirt avait craqué, dévoilant ma peau. Je tremblais et crus mourir de peur. Sa main avait recouvert ma bouche, étouffant tout son. L'autre s'était glissée entre mes cuisses.

Je me suis débattue, je ne sais même pas comment. Puis je l'avais griffé, mordu et senti le goût du sang, dont j'ignore à qui il appartenait. J'avais réussi à me libérer un instant entre deux respirations.

La porte s'était ouverte, c'était le professeur.

Sa colère n'était pas pour eux. Mais pour moi…

— Qu'est-ce qu'il se passe ici ?

Un instant avait suffi à tout inverser.

Phoebe avait fondu en larmes, jouant l'innocence à la perfection.

— Monsieur, je vous jure, Xavier nous a défendues ! Ella est devenue folle !

J'étais torse nu, marquée de griffures, de bleus et de honte. Pourtant il avait tout vu et n'avait rien compris.

Tout en soufflant, il avait ordonné :

— Sortez d'ici. Et, toi, Ella, rhabille-toi. Tu vas au bureau du proviseur.

Ils étaient partis, *en riant, bien sûr,* avec cette désinvolture de ceux qui savent qu'ils ont gagné, qu'ils ont laissé une marque et en savourent encore l'écho dans l'air.

Océane, dans un dernier geste théâtral, avait ramassé mes vêtements du bout des doigts, les tenant comme un trophée, les emportant loin de moi pour conclure la scène avec cette élégance qui lui appartenait, la tête haute et le sourire tranchant comme une lame.

Je les avais regardés s'éloigner jusqu'à ce que leurs silhouettes se dissolvent, et j'avais su, *aussi sûrement que l'on sait qu'il fera nuit après le jour,* qu'ils recommenceraient, encore et encore, si jamais personne ne les arrêtait.

Alors je me suis laissée glisser au sol, lentement. Comme si mes os eux-mêmes refusaient de me porter, et j'avais replié mon corps en boule, cherchant à me faire disparaître, cherchant un coin où respirer de nouveau.

Je frottais ma peau avec une insistance désespérée, comme si chaque geste pouvait effacer leurs doigts, gommer leur trace et retirer d'un simple mouvement ce qu'ils m'avaient volé: *pas la pudeur, pas les vêtements, mais quelque chose de bien plus intime, de bien plus profond.*

Je ne sais plus combien de minutes, ou d'heures peut-être, s'étaient écoulées dans ce silence trop grand, dans ce vide dans lequel la seule respiration était la mienne.

Puis la porte a bougé et un garçon est entré.

Il avait cette allure sombre, presque irréelle. Des cheveux noirs, un peu trop longs, qui retombaient sur son front comme un voile, et des yeux verts qui attrapent la lumière en la retenant, comme deux éclats qu'aucun couloir ne pouvait avaler. Son sweat noir, ses écouteurs abandonnés autour de son cou, l'absence totale de bruit dans ses pas : *il n'avait pas eu l'air surpris de me voir là, nue, brisée, en train d'essayer de recomposer mon souffle ; il m'avait simplement observée de façon attentive et présente, sans chercher à comprendre.*

Il n'avait rien dit et avait juste déposé mes vêtements tout près de moi, avec une lenteur quasiment tendre, comme si ce geste avait plus de poids que toutes les phrases du monde, et que ce tissu allait être un fragment de moi-même que j'avais perdu. Puis il était ressorti en silence et sans explication. *Comme une ombre qui aurait reconnu en moi sa propre fracture, et qui, l'espace d'un instant, aurait choisi de m'épargner.*

Le lendemain, ma mère m'avait retirée du lycée.

Je ne les avais jamais revus : ni Océane, ni Phoebe, ni Xavier et ceux qui avaient ri ce jour-là.

Ce n'est que des semaines plus tard que j'ai appris ce qui était arrivé : *Xavier retrouvé dans une ruelle, la colonne vertébrale brisée, vivant mais condamné à un fauteuil pour le reste de sa vie.*

Et, depuis, je pense encore à eux :

À ce garçon à la capuche noire et aux yeux turquoise.

À l'autre, silencieux aux yeux verts, qui m'avait rendu mes vêtements comme on rend une dignité qu'on n'aurait jamais dû voler.

À celui qui avait puni à ma place, quand moi, je n'en avais pas eu la force, puisque j'étais l'adolescente effondrée et incapable de faire quoi que ce soit.

Parfois, je me demande. *Est-ce que c'était lui ? Ce gothique dont personne ne connaissait le nom, cette silhouette qui passait entre les casiers comme si le monde n'osait pas l'accrocher ? Ou bien est-ce qu'une autre ombre avait agi, dans la nuit, pour moi, là où j'avais chuté ?*

Je sais que je ne connaîtrai peut-être jamais la réponse. Mais, au fond de mon cœur, une part de moi continue d'espérer que la justice porte des yeux verts.

L'ombre du harcèlement scolaire.

INTERLUDE

FEDERICO MENCINI

♪ ***Playlist The White Stripes – Seven Nation Army***

19 AOÛT 2024
Boston – Quartier Roxbury – États-Unis
20 h 33
Deux mois et demi auparavant

La chaleur s'était installée dans le manoir. Elle s'accrochait à la peau, s'insinuait dans les poumons, alourdissait chaque respiration jusqu'à la rendre presque douloureuse, laissant derrière elle une sécheresse persistante au fond de la gorge. Les volets entrouverts filtraient une lumière trop crue, qui tranchait les formes sans indulgence et accentuait les angles, les failles et les défauts. *Je n'ai jamais supporté l'été.* Il met tout en évidence, force les secrets à remonter à la surface et dépouille les silences de leur utilité. Certaines vérités n'auraient jamais dû quitter l'obscurité. Elles auraient dû y rester, pour toujours. *L'ironie, elle, ne m'a jamais échappé, surtout quand on portait le nom d'Enzo Mencini.*

Duncan se tenait au milieu du salon, immobile, le corps droit comme s'il avait répété sa position devant un miroir. Les épaules fermes, le menton légèrement levé, mais le regard figé, trop concentré, semblable à celui de quelqu'un qui anticipe l'impact avant même qu'il ne survienne. *Un sale gosse, inconscient de ce que cette rigidité trahissait.*

Une goutte de sueur a lentement glissé le long de sa tempe, a suivi l'angle de sa mâchoire avant de se perdre sous le col sombre de son t-shirt. *Il l'a sentie.* Je l'ai deviné à cette infime crispation de sa joue. Il n'a pas cherché à l'effacer, convaincu que le contrôle a suffi à le maintenir droit.

Il s'est construit sous mon regard. Pas entre ces murs, mais dans mon ombre, à la frontière de ce que j'ai bien voulu lui révéler. Je l'ai arraché au mépris de son père après la mort de Livio, à cette disgrâce qui l'érodait plus sûrement que n'importe quelle humiliation. Je lui ai enseigné l'essentiel : *savoir parler quand il le fallait, se taire lorsque c'était vital, frapper sans hésitation et patienter sans faillir.* Je lui ai donné un rôle, une place précise dans un système qui ne tolérait ni l'improvisation ni l'erreur. *Une ossature à laquelle s'accrocher quand tout vacille.* Je lui ai confié une maison, *un repaire,* un territoire à tenir. *Et, un titre à porter sans trembler.* Chef, à dix-sept ans. *Beaucoup trop tôt, j'en avais conscience, mais j'avais confiance en lui.* Pourtant la vérité était brutale : *les jeunes confondent toujours l'élan avec la légitimité, persuadés que le pouvoir se prend dans la vitesse, alors qu'il ne se construit que dans le temps et la capacité à rester debout quand tout cherche à vous faire chuter.*

Je le regardais, ne me levant pas immédiatement. Je l'ai laissé mariner dans le silence, installé dans mon fauteuil, les doigts entrelacés, le pouce frappant lentement l'os de l'index dans un rythme discret mais régulier. *Il l'a remarqué.* Sa mâchoire s'était tendue imperceptiblement, juste assez pour trahir l'effort qu'il faisait pour rester impassible.

— Tu sais pourquoi tu es là, Duncan.

Ce n'était pas une question. *Chez moi, les interrogations inutiles n'existent pas.*

— On m'a dit que tu voulais me voir.

Sa voix est restée posée. Trop lisse et maîtrisée pour un gamin de son âge. Aucun tremblement et aucune cassure. Ça sonnait faux. *Et, il en avait conscience.*

Le silence est revenu s'installer entre nous. Je l'ai laissé s'étirer, faire son travail. Il a déplacé légèrement son poids, ajustant ses appuis. *Une erreur que j'ai notée aussitôt.*

Je me suis levé sans hâte, laissant le cuir du fauteuil protester derrière moi. Mes pas ont claqué sur le marbre. À mesure que je m'approchais, son souffle se modifiait, devenant plus court, plus haut, révélant une tension grandissante. Il était inutile d'élever la voix, car la distance qui se réduisait, le silence qui s'imposait et cette proximité forcée suffisaient largement à faire le travail.

— J'ai appris que tu t'es rapproché de la Sentinelle. Et, que maintenant tu te retrouves impliqué dans la mort d'un type nommé Killian Brown.

J'ai laissé tomber cette information, sans appuyer.

Ses sourcils se sont froncés aussitôt, trop vite pour être contenus. Ses doigts se sont crispés brièvement avant de se détendre.

— Je n'ai rien rejoint. Pas dans le sens où tu l'entends. Et, pour ce débile, je lui ai juste cassé la gueule la veille.

Je n'ai pas attendu la suite.

Je l'ai saisi par le col et tiré brutalement contre moi. Le tissu a râpé sous mes doigts. Un souffle lui a échappé avant que je ne le plaque contre la table en bois avec suffisamment de force pour faire vibrer les verres.

J'ai approché mon visage du sien, senti la chaleur de sa peau, sa respiration heurtée contre la mienne.

— Ne me mens pas. Pas à moi. Et, certainement pas sous mon toit.

Ses yeux se sont animés aussitôt, sans laisser place ni à la peur ni à la colère, tandis que sa nuque s'était durcie sous ma main dans une tension sèche et instinctive, un réflexe qui ne m'a jamais trompé et qui a toujours annoncé quelque chose de mauvais.

— Je ne te mens pas, Federico. Je n'ai prêté aucun serment et encore moins rien signé.

J'ai resserré ma prise, juste assez pour sentir la résistance se loger dans son épaule, provoquant l'arrêt de sa respiration, avant qu'elle ne revienne, plus chargée.

— La Sentinelle n'est pas un jeu. C'est une machine qui broie ceux qui s'imaginent pouvoir l'approcher sans y laisser une part d'eux-mêmes. Tu crois que je t'ai donné un territoire pour que tu t'en rapproches comme un gamin attiré par ce qu'il ne comprend pas ?

— Tu me l'as donné pour que je devienne quelqu'un, a-t-il répliqué entre ses dents serrées. Et, c'est exactement ce que je fais.

Je l'ai libéré brusquement.

Il a vacillé, rattrapé son équilibre de justesse, posant la main sur la table avant de se redresser. Il a inspiré profondément, les narines dilatées, et n'a pas baissé les yeux. *Courageux ou inconscient ?* Souvent, la frontière est mince. *C'est pour cette raison que je l'ai toujours apprécié et accepté comme un fils.*

— Tu penses te construire en frôlant des gens dont tu ignores tout, ai-je repris en lissant calmement la manche de ma chemise, comme si rien ne s'était produit. Dis-moi ce que tu sais, ce qu'ils font.

Il hésita un bref instant.

— Pas grand-chose. J'intercepte ceux qui les trahissent et je règle ça dans le sous-sol du repaire.

Je l'ai observé longuement, à la recherche du mensonge. Je n'en ai trouvé aucun. Seulement de l'ignorance.

— Tu es allé trop près.

— Peut-être.

Le silence est retombé.

Je me suis détourné, j'ai saisi mon verre en sentant le froid du cristal contre ma paume.

— Tu peux partir.

Il est resté figé une seconde, incertain.

— Garde tes distances. Il y a des gens qu'on ne regarde qu'une seule fois. Après, on n'a plus le choix.

Il a acquiescé lentement sans répondre, puis a quitté la pièce.

La porte s'est refermée doucement en laissant l'atmosphère changer presque aussitôt, comme si quelque chose s'était retiré avec lui.

Une silhouette s'est détachée de l'ombre près de l'escalier.

Ma femme, Ursula.

— Tu l'as cru ?

J'ai fait tourner le verre entre mes doigts, observant la lumière se fragmenter dans le liquide avant d'en boire une gorgée.

— Oui. Il ne sait rien. Et, c'est précisément ce qui me préoccupe.

Je me suis tourné vers elle.

Elle a incliné légèrement la tête.

— Il est obsédé par une jeune femme.

Je l'ai laissée continuer sans intervenir.

— Ella Alvarez.

Le nom a frappé immédiatement, réveillant une pression derrière mes tempes.

— Je veux tout savoir sur elle. Son histoire, sa famille et les morts qu'elle traîne derrière elle. Vraiment tout, sans exception.

Ursula a hoché la tête et s'est éclipsée sans un mot.

Bien plus tard, j'ai découvert la vérité : Ella Alvarez était la fille d'Abby, mon premier amour, mais elle avait changé d'identité.

À cet instant, quelque chose de sale, que je n'avais jamais totalement enfoui, s'est réveillé en moi. Une rancœur, longtemps contenue : *elle avait choisi, à l'époque, mon pire ennemi, puis s'était remariée, avec un Alvarez.*

Quelle salope…

L'ombre de son passé.

CHAPITRE 21

FEDERICO MANCINI

♪ ***Playlist Rammstein – Sonne***

28 OCTOBRE 2024
Boston – 201 Maple Street Chelsea – États-Unis
Fief FBI
06 h 32

Le silence revient aussitôt que les hurlements ont cessé, comme s'il n'avait jamais été interrompu, et j'observe sans détourner les yeux le corps qui disparaît dans le four crématoire : celui-ci glisse sur les rails, se referme, puis le levier s'abaisse, le feu se met en route, et une odeur de chair qui brûle se répand très lentement dans la pièce.

Je n'ai pas besoin d'élever la voix pour remettre mes hommes au travail.

— On nettoie tout.

Arès, éclairé par les reflets rouges du four, se tourne vers moi.

— Tout, Patron ?

Je le regarde, longtemps, sans un mot, pour qu'il comprenne parfaitement qu'il vient de poser une question inutile.

— Absolument tout.

Tout le monde s'agite immédiatement.

Les gants en latex claquent lorsqu'ils s'enfilent. Les lampes portatives s'allument et les produits de décontamination sortent des sacs noirs, ceux qu'aucune entreprise sur terre ne répertorie officiellement. Le sol est recouvert de sang jusqu'à la base des murs. Une pince abandonnée près de la grille tient encore un morceau de peau arrachée par Ella.

Je lève la main vers ce reste de corps, juste pour observer l'angle de la déchirure.

— Elle a frappé fort, dit Miner en analysant l'impact au sol, la jambe a cédé à trois endroits.

— Elle n'a pas frappé fort, dis-je calmement. Elle a frappé précisément.

Ils savent que ce détail change tout et surtout que j'ai vu en elle une capacité à faire souffrir sans avoir besoin d'aide.

— Vous mettez tout au four. Rien ne sort de cette pièce.

— Les cendres aussi, Patron ? demande un nouveau, encore naïf.

Je tourne la tête vers lui.

Je ne force pas mon ton, mais il comprend immédiatement que sa peur doit croître au moins d'un niveau.

— Évidemment.

— Après ? On conserve les cendres ?

— Vous les jetez dans le bassin extérieur et patientez jusqu'à ce qu'il ne reste plus aucune particule à la surface.

Le métal du four commence à vibrer sous la chaleur. *Ce son me signale que je viens de fermer un chapitre.*

Je regarde les deux corps inertes au sol : Ella, immobilisée, les bras maintenus, encore couverte de sang, ses muscles contractés même dans la semi-inconscience ; Derek, genoux au sol, tête penchée, respiration lente, dans ce stade dans lequel l'organisme se bat pour ne pas sombrer complètement. Ils sont incapables de parler. *Ils ne pourront rien me dire avant au moins plusieurs heures.*

J'ordonne enfin :

— Emmenez-les tous les deux.

Un trou du cul me demande :

— Au manoir ?

Je tire sur mon cigare et le regarde :

— Oui. Salle trois pour Ella. Salle deux pour Derek

Arès fronce légèrement les sourcils, parce qu'il comprend que je veux les séparer avant même que je dise pourquoi.

— Patron… Ils ne se voient plus ?

— Ils ne se voient plus et ne se parlent plus. Ils ne pensent plus l'un à l'autre tant que je n'ai pas décidé qu'ils y penseront.

Deux hommes soulèvent Ella.

Même inconsciente, elle leur impose une tension nerveuse dans les bras : *elle leur inspire une prudence instinctive qu'aucune formation ne peut fabriquer.*

— Attention avec elle, dis-je. Elle attaque sans réfléchir.

Ils acquiescent immédiatement.

Derek est transporté sans difficulté. Sa respiration est lente, comme un réflexe de survie qu'il refuse de perdre.

— On l'attache ?

— Non. Je veux voir jusqu'où va sa coopération lorsqu'il ouvrira les yeux.

Ils disparaissent tous les deux dans le couloir, et je reste devant la vitre du four, à regarder le médecin qui devient un souvenir effacé, un homme dont il ne restera que des poussières anonymes.

Arès revient.

— Patron, on efface aussi le registre de Duncan ?

— Non. Tous les documents qui comportent son nom, ses mouvements, son historique. Vous le prenez

— Et si quelqu'un pose des questions ?

— Les gens qui posent des questions au Sanctuaire disparaissent. C'est une règle qui ne change jamais.

Je quitte la salle et mes hommes feront disparaître chaque trace jusqu'à ce qu'il soit impossible de prouver que quelqu'un a un jour souffert ici.

Dans le couloir, je prononce une phrase que je suis le seul à entendre :

— Au manoir, Ella. Toi et moi allons enfin discuter.

Plus tard, je l'observe depuis la passerelle au-dessus de la salle d'isolement. Elle est attachée, suspendue par les bras, le corps marqué par le sang séché, mais ce qui compte vraiment, c'est son regard qui ne demande qu'une seule chose : *se battre*. Même dans cet état, elle refuse de se laisser neutraliser. *Cette résistance la rend dangereuse, mais immensément utile.*

Elle ignore que je suis là et que j'attends. Je veux voir comment son esprit fonctionne lorsqu'il ne s'accroche plus à aucune certitude. Elle respire de façon irrégulière, son regard se fixe dans les coins les plus sombres du sous-sol. Elle cherche quelqu'un. Et, cette personne est Duncan.

Je descends, et elle me remarque aussitôt, comme si ma simple existence suffisait à la ramener à la réalité.

— Tu ne dors pas, dis-je, sans aucune marque de compassion.

— Je n'ai pas besoin de dormir.

— Tu vas pourtant dormir. Nous allons utiliser ton esprit dans toute sa profondeur, et plus tu seras exténuée, plus ce sera efficace.

Elle tire sur ses chaînes jusqu'à rouvrir les plaies de ses poignets. Son sang tombe goutte à goutte dans le drain sous elle.

— Arrête de me parler de ça. Où est Duncan ?

Le prénom sort de sa bouche comme une tentative désespérée de garder un lien avec ce qui lui reste. Ce lien, je veux le tordre jusqu'à ce qu'il devienne une arme.

Je m'avance, lentement, afin qu'elle ressente la progression, pas uniquement la présence.

— Tu veux la vérité ?

Elle ne répond pas, mais elle la veut. Elle a peur de l'entendre, mais elle veut l'entendre quand même.

— Duncan n'est plus seulement quelqu'un que tu as connu. Il s'est intégré à ce que tu deviens. Il est entré dans tes peurs, dans tes pensées, dans tout ce qui t'incite à continuer alors que tu devrais déjà avoir abandonné. Et, c'est exactement ce que je veux.

Elle refuse la réalité que je lui impose, pourtant sa déglutition la trahit.

— Il est vivant, dit-elle avec un souffle brisé.

— Il continue d'exister seulement dans ton esprit. C'est là que tu le maintiens et que tu peux le rejoindre. C'est là que tu vas apprendre à l'utiliser.

Elle se crispe entièrement.

— Je le retrouverai.

— Je compte sur toi pour le retrouver. Je veux que tu le cherches, que tu refuses chaque réponse logique, que tu te cramponnes à ce qui te détruit.

Je tourne autour d'elle, très lentement.

— La folie est un excellent moteur pour éliminer tout ce qui te fait hésiter. Plus tu t'accroches à Duncan, plus tu deviens apte à ce que je prépare. Tu deviens un objet capable de dépasser toutes les limites humaines.

Elle tremble.

Elle a peur de moi et de ce que j'annonce.Mais, surtout, elle a peur d'elle-même.

— Un monstre…

Je place ma bouche près de son oreille.

— Non, une arme.

Elle ferme les yeux pour ne pas montrer sa panique, mais son corps entier la dénonce. Elle ne sait plus si Duncan est mort ou transformé, si elle doit se battre ou se résigner, si j'invente ou si j'exploite un fait que seul moi connais réellement. Et, cette incertitude détruit la dernière protection mentale qui lui restait.

Je lui tiens le visage et la force à me regarder.

— Demain, Ella, tu feras face à Duncan comme tu ne l'as encore jamais fait. Et, tu réaliseras qu'il est plus proche de toi que tu n'as jamais voulu l'admettre.

Elle ouvre la bouche mais aucun son ne sort, seulement une respiration qui se brise sous la pression de l'espoir qu'elle refuse mais qui la domine malgré elle.

Je me détourne.

— Nous allons tester ce dont ton esprit est capable. Nous allons aller jusqu'au point où tu ne différencieras plus ce qui existe concrètement de ce que tu veux qu'il existe.

Elle crie son nom :

— DUNCAN !

Je ne me retourne pas.

— Repose-toi. Tu vas en avoir besoin pour accepter ce que tu deviendras.

Je ferme la porte blindée. La lumière s'éteint et je la laisse seule avec son mec, pour qu'elle commence déjà à le voir comme je veux qu'elle le voie.

L'ombre de sa malveillance.

CHAPITRE 22

ELLA ALVAREZ

♪ ***Playlist Rammstein – Mein Teil***

28 OCTOBRE 2024
Boston – Quartier Roxbury – États-Unis
21 h 33

Je suis encore suspendue au plafond quand la lumière blanche se rallume sans prévenir. Une agression qui me tire d'un sommeil qui n'en était pas un, juste la fin de la psychose qu'ils m'ont imposée toute la nuit. Je rouvre les yeux d'un coup, le cœur qui explose dans ma poitrine, parce que j'attendais la voix de *Duncan*. Pas ces pas qui approchent.

La serrure claque et plusieurs verrous sautent. Ils prennent leur temps et veulent que je comprenne une bonne fois pour toutes qu'ils décident du tempo. *Pas moi.*

La porte s'ouvre. Arès entre en premier, suivi de deux autres. Je reconnais sa démarche : droite, lente, sans une once d'humanité. *Je ne suis pour lui qu'un colis à déplacer.*

— On bouge, dit-il.

Je n'ai pas le temps de parler ni même de respirer.

Les chaînes se desserrent d'un coup et mes bras tombent brutalement. La douleur me déchire les épaules et, au même moment, je manque de tomber, mais une main me rattrape par derrière

— Debout.

Je tremble de fatigue, pas de peur.

Mes jambes vacillent, mais je reste droite et refuse de ramper.

Ils me passent des menottes et le métal frotte contre mes plaies, qui me provoquent des douleurs, pourtant je me tais. *Ils ne méritent pas un seul son. Puis* ils me tirent et mes pieds traînent sur le sol. Je ne marche pas, je suis déplacée comme un objet.

Le couloir est interminable. Tout ici est conçu pour rappeler que je suis prisonnière et que je leur appartient. *Ma volonté ne compte plus.* Pendant ce temps-là, ma respiration se bloque et ma tête tourne, mais j'observe tout. Je retiens chaque coin de ce manoir puisque je m'en servirai.

On grimpe cet escalier en acier, qui résonne à chacun de mes pas. Les marches vibrent sous mes pieds nus, le claquement du métal se répercutant dans tout l'espace comme pour rappeler que je n'ai aucun moyen de me faire oublier. Les caméras suivent chacun de mes mouvements, braquées sur moi comme des projecteurs qui ne laissent aucune zone d'ombre. Ici, au Sanctuaire, rien n'échappe à leur contrôle.

On s'arrête devant la seule foutue porte en bois de tout le complexe. *Celle de Federico.* Monsieur s'offre le privilège du symbole. *Ici, le boss, c'est lui.*

Arès frappe une fois.

— Entrez.

Ils me poussent dedans. La porte se referme et la clé tourne.

Je le sens avant qu'il apparaisse. Cette vibe glaciale de mec convaincu d'avoir tout compris, persuadé que sa mission passe avant nos vies et nos choix. *Une certitude qui écrase tout sur son passage.*

Il est posé derrière son bureau, taillé comme un parrain: *costume nickel, trois pièces, zéro pli.* Il est impeccable au point de me faire sentir encore plus sale. *Le genre de mec pour qui ma douleur n'est qu'un bruit de fond.*

— Libérez-la.

Ils m'enlèvent les menottes et mes poignets brûlent encore, mais je serre les dents. *Je refuse de leur offrir le moindre signe de faiblesse.*

Les types se tirent, un à un, la porte se claque, et l'air se fige. Juste lui et moi. *Aucune échappatoire.*

Je relève le menton, et accroche son regard afin qu'il comprenne que je suis toujours là et que je ne suis pas son jouet cassé. *Oui, je peux encore mordre.*

— Tu m'as demandé hier où était Duncan, dit-il. Tu veux des réponses. Je vais te les donner.

— Parle, dis-je d'une voix brisée mais ferme.

Il se lève, contourne le bureau et s'approche. La menace n'est pas visible, mais elle est partout dans ses gestes.

— D'abord, je veux voir quelque chose.

Il me saisit le menton et m'oblige à le regarder.

— Je veux savoir jusqu'où tu iras pour lui.

— Jusqu'à la fin.

Un sourire discret apparaît sur son visage.

— Alors tu vas le revoir aujourd'hui.

Mon cœur s'arrête une demi-seconde.

— Amène-moi à lui.

— Non. Ce n'est pas toi qui vas à Duncan. C'est Duncan qui vient à toi.

Un silence règne.

Ma gorge se bloque, comme si quelqu'un serrait la vis sans prévenir.

Puis, je demande en serrant les dents:

— Qu'est-ce que vous lui avez fait ?

Il se redresse, mains derrière le dos.

— Tu vas comprendre que l'amour n'est pas un lien. C'est une laisse. Et tu vas enfin apprendre à la tenir.

Je pousse et lui réponds avec sarcasme :

— S'il respire encore, je le récupère.

— Il respire, dit-il. Mais l'homme que tu as connu n'existe plus.

Il appuie sur un bouton, sans un mot. Les verrous se déverrouillent d'un coup, un bruit mécanique sec qui me donne l'impression que quelque chose d'inacceptable vient d'être libéré. Je reste immobile, et coincée entre la peur et la haine.

La porte blindée s'ouvre lentement. Une silhouette apparaît, d'abord floue sous les néons ; elle est à peine humaine. Sa respiration est irrégulière, comme celle de quelqu'un qu'on a brisé et forcé à survivre. Je fais un pas en avant, parce que je refuse de reculer. Mais ce n'était qu'un mannequin attaché sur une chaise et le souffle émanait d'un micro. *« Bâtard »*. C'est là que mon regard se détourne. Sur la table à ma droite, une table en inox recouverte de dossiers alignés, de feuilles avec des cachets officiels, de séries de chiffres et de lettres. Et, au milieu, celui qui me frappe en plein visage : *D-K-N-07.*

Je sais exactement ce que ça signifie. Je n'ai pas besoin d'une traduction : *Duncan.* Ils l'ont réduit à un numéro, à un produit de leurs tests.

Ma gorge se serre et ma colère monte d'un coup. Je comprends que je ne suis plus à une étape à laquelle je peux encaisser. *Je veux que ça explose.*

Je tends la main pour l'attraper et l'ouvrir.

— Ne touche pas, dit-il.

Je l'ignore.

En une seconde, il me plaque contre la table. Son bras écrase ma nuque et mon visage cogne le métal.

— Tu obéis quand je parle.

— Va mourir, je siffle.

Il appuie plus fort. Pas pour me tuer, mais pour me rappeler que je ne suis pas encore libre.

Il me soulève légèrement le visage pour que mes yeux tombent sur la première page du dossier.

Je lis :

« *Rapport post-mortem.*

Sujet : Duncan Black.

Transfert du corps validé le 01 septembre 2024.

Procédure de don d'organes complète.

Extraction du cœur, du foie et des reins effectuée. »

Je lis tout. Même si je ne veux pas et que ma vision se trouble.

— C'est faux. Vous avez inventé ça.

— Ce sont les faits.

— Il n'est pas mort.

— Le rapport le prouve.

— Vous l'avez tué !

— Non. La sentinelle l'a fait. Tu n'as pas su le protéger.

Je suffoque.

— Je veux le voir, une dernière fois.

Il se penche à mon oreille.

— Il n'y a plus de dernière fois. Ses organes vivent à travers d'autres personnes.

Je ferme les yeux, une seule seconde, juste assez pour ne pas exploser.

— Vous avez tout pris.

— Ils ont tout pris. Et, maintenant, je vais t'apprendre à reprendre avec violence subtile.

Il me fait redresser et voir ma décision dans mes yeux.

— Tu veux te venger ?

Je refuse de répondre.

— Tu veux qu'ils payent ?

Je serre les dents.

Enfin, je crache la vérité :

— Oui.

— Parfait. Tu vas devenir leur cauchemar. En s'entraînant sans relâche. Tu sais tenir un flingue à présent, alors ta douleur sera ta capacité de destruction. Tu vas être notre arme.

Il me lâche.

Je reste debout en refusant d'offrir à ce salaud le spectacle de ma chute.

— Quand tu seras prête, dit-il, tu choisiras qui mérite de vivre et qui doit mourir pour que d'autres survivent.

Il tourne le dos comme si l'affaire était déjà réglée.

— Tu n'as plus d'attaches, ni de limites, Ella. Tu es enfin utile.

Je respire plusieurs fois et ça fait mal.

Tant mieux. J'ai compris qu'ils n'ont pas essayé de me briser. Ils m'ont cassée, volontairement. Ils ont retiré tout ce qui pouvait m'arrêter : *l'espoir, la douceur et la naïveté.* Il ne reste plus rien à sauver.

Alors, je vais me reconstruire. Pas comme ils veulent mais à ma manière. Et, je vais les fumer. Un par un.

La guerre est lancée et je suis déjà dedans.

L'ombre de son ascension.

INTERLUDE

DUNCAN BLACK

♪ Playlist Marilyn Manson – One Assassination Under God

02 FÉVRIER 2019
Boston College – Chestnut Hill – États-Unis
19 h 36
5 ans auparavant

Cela faisait plus de deux heures que j'attendais ce connard. Il devait sûrement être en train de s'envoyer les deux pétasses dans les douches et ça me faisait bouillir le sang rien que d'y penser. Le vent me giflait la tronche, les mains enfoncées dans mes poches et la mâchoire verrouillée : *je n'étais pas là pour rigoler.*

Je les avais déjà croisés, ces trois clowns, le jour où j'avais livré la came. Une fille était assise collée contre le mur dans une salle d'atelier de peinture, l'un des tableaux était éclaté au sol. Elle pleurait sans parvenir à reprendre son souffle. Eux sortaient en ricanant, comme si tout ça était normal. J'avais eu envie de leur fracasser la tête contre le mur à ce moment-là. Pourtant, j'étais un fantôme dans ce bahut, et il ne fallait pas se faire griller trop tôt. Derek, lui, était déjà infiltré : *l'élève modèle qui cachait un loup affamé sous son uniforme.* C'était lui qui m'avait raconté ce qu'ils avaient fait quelques jours plus tard, et que la fille que je cherchais avait disparu du jour au lendemain, emportant ses cauchemars avec elle. *Son visage, lui, m'avait hanté toutes mes nuits.*

Alors, j'avais pris une décision : *on allait leur apprendre ce que signifiait avoir peur.*

— Ils foutent quoi, sérieux ? Je me les gèle, avait râlé Graziella en soufflant sur ses doigts.

Ma furie aux yeux noirs. Celle qui ne supportait pas qu'on s'en prenne aux filles.

— Tu sais ce que tu as à faire, avais-je soufflé.

Elle avait sorti les ciseaux d'un simple geste, avec ce sourire mauvais qui la rendait presque sympathique.

— Je vais leur couper leur putain de couronne de princesses, avait-elle dit.

Derek restait en retrait, silencieux, le regard fixé sur l'obscurité. Dans ses yeux, il y avait déjà la violence qu'il retenait à peine.

Puis les trois silhouettes avaient quitté le gymnase, toujours en riant, téléphone levé, persuadées que le monde leur appartenait. Ils n'avaient aucune idée de ce qui les attendait.

— On les suit, j'avais ordonné. Dès qu'ils tournent, on les cueille.

Ils avaient bifurqué dans une rue latérale, sans caméra et témoins. Juste des murs moisis, le froid qui te dévorait les os et l'odeur d'urine gelée. *C'était parfait.*

J'avais posé ma main sur l'épaule de Derek : *le signal.*

— Tu prends celui du milieu. Je veux le voir ramper.

Il avait hoché la tête.

On avait avancé sans faire un bruit. Les lampadaires grésillaient, l'air était humide et des plaques de glace recouvraient le sol.

Ils s'étaient retournés quand on avait surgi.

— Qu'est-ce que… ?

Ils n'avaient pas eu le temps de finir.

Graziella s'était jetée sur les deux filles, les avait plaquées contre le mur avant qu'elles puissent seulement comprendre. Elles hurlaient, paniquées, mais elle les maintenait avec une facilité insultante.

— Fermez-la. Vous pleuriez moins l'autre fois, non ?!

Les ciseaux avaient claqué, une mèche était tombée, puis une autre. Les cris s'étaient coincés dans la ruelle. Elle leur mettait des gifles en même temps.

Moi et Derek, on s'était occupé du petit chef avec son sourire de merde.

— Tranquille, mec, c'était juste…

— Juste quoi ? Que tu détruises une gamine qui n'a rien demandé ?

Je l'avais plaqué contre le mur, mon avant-bras écrasant sa gorge. Derek l'avait frappé dans le ventre, encore et encore, jusqu'à ce qu'il s'effondre à genoux, incapable de respirer.

— Tu fais moins le malin, là, avait soufflé Derek sans hausser la voix.

Je m'étais accroupi près de lui, si proche qu'il sentait mon souffle.

— Tu te souviens d'elle ? Tu te souviens de sa voix quand elle te suppliait ? Ça, mon pote, c'était ta dernière chance de rester humain.

Il avait tenté de parler, mais seules des gorgées d'air et de panique sortaient de sa bouche. *Il tremblait comme un gosse.*

Derek avait envoyé un dernier coup extrêmement brutal dans son dos et les os avaient craqué. Le hurlement qui avait suivi avait résonné dans toute la rue avant de s'étouffer dans le silence.

— On se tire, avait tranché Derek.

Graziella avait lâché les deux filles, les laissant s'écrouler comme des sacs de linge.

— Cassez-vous. Et la prochaine fois que vous trouvez marrant de faire du mal, je vous rase jusqu'à l'os.

Elles avaient détalé en pleurant, leurs pas résonnant jusqu'à disparaître.

Le type à nos pieds ne ressemblait plus à rien. Sa fierté était partie avec l'usage de ses jambes. Je l'avais regardé, avec un dégoût, sans une once de regret.

— Ils vont venir te sauver, connard. Si tu survis, tu changeras peut-être ce que tu es. Sinon, tant pis.

Nous nous sommes enfoncés dans l'ombre.

Une sirène avait hurlé au loin, mais ce n'était déjà plus notre problème.

Parce que cette histoire ne faisait que commencer. *Et, je comptais bien retrouver la fille.*

Trois jours plus tard, Derek avait claqué la porte du squat, encore en uniforme. Il avait jeté son sac comme si ce bout de tissu l'écœurait.

— Alors ? j'avais demandé.

— Assemblée à la première heure avec une ambiance d'enterrement. Ils ont annoncé : l'autre merde ne marchera plus jamais.

Je l'avais regardé et avais hoché la tête. Inutile d'en dire plus.

— Le proviseur avait la voix qui tremblait, avait ajouté Derek. Ils ont parlé de violence, de limites… tous ces grands discours qui arrivent toujours trop tard.

J'avais laissé un sourire m'échapper.

— Il respire encore. C'est presque trop généreux.

Derek s'était penché vers moi.

— Les gamins flippent. Ils racontent qu'il s'est pissé dessus en hurlant, et que les médecins ont dû l'endormir pour qu'il ne se bouffe pas sa langue.

Mes mains s'étaient crispées. J'avais ressenti un soulagement : *pas de culpabilité, juste la sensation que la justice avait été rendue.*

Graziella avait débarqué avec une barre chocolatée, comme si de rien n'était.

— Et sinon ? Pas de caméras ? Pas de fausse compassion nationale ?

— Pour eux, c'est déjà un drame, avait lâché Derek. Le roi du collège est devenu un légume.

Elle avait haussé les épaules.

— On aurait pu leur faire pire.

Elle avait raison. On avait été cléments.

— Les deux filles ont parlé aux keufs, avait poursuivi Derek. Ça enquête, ça panique dans les couloirs. Mais, personne ne nous a vus.

Le silence s'était installé.

— Maintenant, on arrête avec ces déchets, ai-je dit.

Derek m'avait fixé, l'air de vouloir vérifier s'il avait bien compris.

— On cherche la fille ?

— Ouais.

Graziella avait souri, déjà excitée par la prochaine mission.

— Et quand on la trouve, on fait quoi ? On la kidnappe ? On la garde en trophée ?

Je l'avais regardée droit.

— On lui rend ce qu'on lui a pris.

Elle s'était tue.

Elle avait compris que ce n'était pas une blague.

Derek avait déjà attrapé son sac.

— Je vais fouiller les archives. On trouvera un nom.

J'avais senti mon cœur se serrer.

Une seule rencontre et cette fille m'avait retourné entièrement.

— On épluche tout. Aucun nom ne nous échappe.

Derek avait esquissé un sourire.

Deux heures plus tard, nous nous sommes retrouvés sur les marches à l'extérieur. Graziella faisait tourner ses ciseaux dans sa poche.

— Tu crois qu'ils ont compris la leçon ? avait-elle demandé.

— Ils ont compris qu'on existait, j'avais répondu.

Derek avait craché sur le béton avant de relever la tête vers moi.

— Maintenant, on la retrouve. C'est ça, le plan.

Mon cœur s'était emballé. Ce n'était pas du stress, mais un manque.

— Oui. On retrouve ma poupée. Ensuite, on lui rend sa vie.

Derek avait approuvé d'un hochement de tête, comme si tout cela n'était qu'une suite logique à nos vies déjà fracassées, tandis que Graziella avait laissé éclater un sourire carnassier, le genre de rictus qui te fait comprendre qu'elle ne reculera devant rien, pas même devant l'idée de foutre le feu à ce monde juste pour qu'on respire enfin au milieu des cendres.

La vengeance n'était pas finie. Elle vibrait encore sous nos peaux, elle brûlait dans nos tripes, mais elle venait de muter, de trouver une autre cible, plus intime, plus sournoise, plus douloureuse à atteindre, parce que maintenant il ne s'agissait plus seulement de corriger une injustice : *il s'agissait de faire payer chaque souffle qu'ils avaient volé.*

Et, cette fille, celle qu'ils avaient brisée puis abandonnée comme si sa douleur n'avait jamais compté, peu importe où elle se trouvait, peu importe si elle passait ses nuits à trembler en se convainquant que personne ne se souvenait d'elle… *elle n'était plus seule.*

L'ombre de son coup de foudre.

PARTIE 4

À L'OMBRE DE NOTRE DESTRUCTION MENTALE

« La véritable destruction ne fait pas de bruit.
Elle s'installe lentement, réorganise tout à l'intérieur,
jusqu'à ce que l'esprit devienne un lieu dont
on ne sait plus sortir. »

CHAPITRE 23

DEREK UNDERWOOD

*♪ **Playlist Drowning Pool – Bodies***

28 OCTOBRE 2024
Boston – Quartier Roxbury – États-Unis
15 h 36

Je reviens à la conscience de manière irrégulière, sans rupture, comme si mon corps refusait encore de m'autoriser un réveil complet et maintenait volontairement une distance entre moi et l'état de vigilance. Il n'y a d'abord aucune image, aucun repère visuel, seulement une certitude immédiate : *le froid.* Il est humide, s'impose dès le premier instant et plaque mon dos contre une surface dure, sans la moindre protection. Il se diffuse lentement sous la peau, longe les omoplates, s'étire le long de la colonne vertébrale jusqu'à la nuque, et m'oblige à inspirer plus profondément que je ne le voudrais, comme si l'air lui-même devenait plus difficile à capter. *Je comprends sans effort que je suis allongé à même le sol, directement exposé à ce que cet endroit a de plus hostile.*

Puis l'odeur se prit à son tour. Elle n'arrive pas brutalement ; elle s'installe progressivement, s'accroche aux sens, se précise avec une insistance désagréable. Il s'agit d'une vieille urine mêlée à une humidité stagnante qui imprègne l'air, les murs et le sol. Mon estomac se contracte, mais mon corps ne réagit pas davantage. Il est trop occupé à analyser l'environnement, à tenter de comprendre où je suis et ce que cela implique.

J'ouvre les yeux une première fois, puis une seconde. La lumière est faible, mais agressive. La cave apparaît lentement, comme si chaque détail exigeait un effort supplémentaire pour s'imposer à ma conscience. Le plafond est bas, suffisamment pour donner une sensation d'oppression constante. Les murs suintent d'humidité, marqués par le temps et l'abandon. Une ampoule nue pend au bout d'un fil noirci, oscillant à peine, juste assez pour indiquer qu'elle n'est pas totalement immobile, sans pour autant suggérer une véritable circulation de l'air. Devant moi, à quelques mètres, se trouve une chaise.

Et, sur celle-ci, Federico.

Il est assis droit, parfaitement immobile, les mains posées à plat sur ses cuisses. Son dos est maintenu sans raideur excessive, comme s'il pouvait rester dans cette position indéfiniment. Il ne lit pas, ne fume pas, ne manipule aucun objet. Il ne semble rien attendre. Son regard est fixé sur moi. Il n'y a ni colère visible, ni satisfaction apparente, seulement l'observation attentive d'une réaction attendue, qu'il se contente de vérifier.

Je me redresse trop vite, poussé par un réflexe plus que par une décision réfléchie. Une brève sensation de vertige me traverse, accompagnée d'une pression derrière les tempes, mais je l'ignore volontairement. Je passe une main dans mes cheveux et les ramène derrière mes oreilles. *Un geste pour conserver un minimum de contrôle sur moi-même.*

Cependant, je n'ai pas besoin de temps supplémentaire pour comprendre ce qui se joue ici. Tout est déjà clair. *Ma sentence est assise devant moi.*

— Tu te réveilles vite, dit Federico d'une voix calme, parfaitement maîtrisée. C'est bon signe.

Cette tranquillité me heurte de plein fouet. Elle est plus agressive que n'importe quelle menace explicite, parce qu'elle signifie qu'il contrôle chaque variable de la situation, y compris mon état de panique et mes réactions instinctives.

— Où est-elle ?

Je demande sans chercher à masquer la violence dans ma voix.

Il incline légèrement la tête, dans un geste mesuré, presque élégant, comme si ma question l'intéressait moins pour la réponse qu'elle appelle que pour ce qu'elle révèle.

— Toujours aussi direct, Derek. Tu n'as jamais appris à temporiser. C'est précisément pour cette raison que tu es ici.

Je me lève complètement.

Mes jambes me portent encore, mais je perçois leur fragilité. Je reste pourtant debout, le regard accroché au sien, refusant consciemment de lui offrir le moindre signe de recul.

— Si tu l'as touchée…

Un sourire bref et sec traverse son visage.

— Tu continues de te tromper de position. Tu n'es pas en mesure de poser des conditions.

La colère monte immédiatement, concentrée dans mes poings que je serre jusqu'à sentir mes ongles s'enfoncer dans la chair. Chaque instinct m'incite à l'attaquer, à réduire la distance entre nous à un acte irréversible, mais une part plus lucide de moi-même m'en empêche. *Je sais que ce lieu ne tolère aucune impulsion et aucune erreur.*

— Le Fief, dis-je. C'était toi.

— Bien sûr que c'était moi.

Il n'y a ni justification, ni tentative de défense dans sa réponse.

— Les portes ouvertes. Les caméras coupées. Tout était calculé.

— Tu as laissé entrer les chasseurs. Tu as laissé Ella…

— Assez.

Sa voix tranche, sans élever le ton, mais avec une autorité immédiate qui coupe ma phrase avant qu'elle ne puisse se terminer.

Derrière moi, la porte grince.

Je n'ai pas besoin de me retourner. Je perçois la présence avant même d'enregistrer le bruit. Elle est différente de celle de Federico, plus structurée, plus méthodique encore, presque rigoureusement ordonnée.

Ursula descend lentement les marches. Elle est impeccable malgré l'environnement : tailleur sombre, posture droite, cheveux attachés avec une précision quasiment excessive. Son regard balaie rapidement la scène, s'attarde une fraction de seconde sur moi, puis revient sur Federico.

— Il est conscient, dit-elle. Parfait.

— Qu'est-ce que vous avez fait ?

Elle croise les bras, sans agressivité apparente.

— Nous avons appliqué un protocole.

— Tu mens. Ella a attaqué le médecin. Ce n'était pas prévu.

Un silence bref mais réel s'installe.

Ursula échange un regard avec Federico. Une faille minuscule, approximativement imperceptible, mais bien présente.

— Non, admet-elle. Ce point-là n'était pas programmé.

— Alors pourquoi ?

Elle s'approche volontairement, réduisant la distance jusqu'à empiéter sur mon espace personnel.

— Parce qu'Ella n'est pas stable, Derek. Et, toi non plus.

Federico se lève à son tour et vient se placer face à moi.

De près, son parfum est propre, totalement déplacé dans cette cave saturée d'humidité.

— Le Fief était un test. Un environnement contrôlé et une montée progressive de pression. Les portes ouvertes, les flux coupés avec le chaos. Vous étiez censés tenir.

Je souffle… Ils ont voulu jouer avec nous.

Puis, je demande :

— Et le médecin ?

— Un dommage collatéral, répond Ursula sans la moindre inflexion émotionnelle. Inacceptable, mais révélateur.

Un rire bref et sec m'échappe malgré moi.

— Vous l'utilisez comme un sujet d'expérience.

Le regard de Federico se durcit instantanément.

— Fais attention.

— Ou quoi ? Tu me tues ici ?

Il incline légèrement la tête.

— Ce serait une perte inutile.

Il recule d'un pas.

— Tu as échoué. Pas entièrement. Mais suffisamment pour que nous changions d'approche.

Mon cœur accélère brutalement.

— De quoi tu parles ?

— D'un nouveau protocole.

La voix d'Ursula reprend :

— Plus profond et définitif. Sans possibilité de refus.

— Je refuse.

Federico soutient mon regard sans ciller.

— Si tu refuses, Ella meurt.

Tout le reste disparaît.

— Tu mens.

— Non.

— Sans toi, ajoute Ursula, elle n'a aucune chance de survivre à ce qui vient.

Je ferme les yeux un bref instant. Lorsque je les rouvre, la décision est déjà prise.

— Qu'est-ce que vous allez faire de moi ?

— Te terminer, répond Federico.

— Te transformer, corrige Ursula.

— Tu deviendras ce que tu aurais toujours dû être. Le lien, le gardien et l'outil.

Il s'approche encore.

— Tu deviendras le Corbeau.

Je pense à Ella, à sa colère, à sa fragilité, à tout ce qui repose désormais sur mes choix.

Je passe une dernière fois la main dans mes cheveux et inspire profondément.

— D'accord.

Federico acquiesce.

— Bien.

Ursula se détourne.

— Préparez la salle.

Ils quittent la cave. La porte se referme derrière eux.

Je reste seul, debout, pleinement conscient, apparemment intact.

Et, je sais, sans la moindre illusion, que quelque chose en moi vient de céder de façon définitive.

♪ Playlist Drowning Pool – Bodies

La porte ne s'ouvre pas immédiatement après leur départ, et je comprends très vite que cette absence de réaction n'est pas un oubli, mais une étape volontaire du processus.

Le temps cesse de fonctionner comme je l'ai toujours connu. Il n'y a plus de continuité claire entre les secondes, plus de découpage logique entre l'attente, la fatigue et la douleur à venir. Tout devient confus, visqueux, difficile à mesurer, comme si mon corps et mon esprit étaient privés des repères nécessaires pour anticiper quoi que ce soit. L'attente n'est pas neutre ; elle agit. Elle s'installe dans les muscles, dans la respiration, dans les pensées qui tournent sans trouver de point d'ancrage, jusqu'à devenir une pression constante.

Je reste debout un moment, sans être capable de dire combien de temps exactement. Mes jambes finissent par céder sans avertissement, non pas sous l'effet d'un choc ou d'un coup, mais simplement parce qu'elles ne répondent plus. Mon corps tombe de lui-même, sans résistance, et le sol me reçoit sans brutalité excessive, mais avec une froideur persistante qui s'impose immédiatement. Le contact n'est pas violent, il est continu, stable, et il devient rapidement clair que cette température n'a pas pour but de provoquer une douleur aiguë, mais d'épuiser lentement, de fatiguer les muscles, de drainer l'énergie sans jamais offrir de répit.

Lorsqu'ils reviennent, aucun d'eux ne parle pour expliquer ce qui va suivre.

Des mains me saisissent avec précision, sans hésitation, sans colère perceptible. Les gestes sont assurés, maîtrisés, comme s'ils faisaient partie d'une routine parfaitement rodée. On ne me traîne pas au sol, on m'oblige à me relever et à marcher, même si chaque pas demande un effort disproportionné. Le mouvement devient une injonction, ordonnée directement au corps, sans négociation possible. Le couloir est étroit, fermé, saturé d'une lumière blanche trop intense qui empêche toute adaptation visuelle confortable. Chaque pas résonne dans ma tête, amplifié par la fatigue, comme si mon propre corps me rappelait que chacune de mes décisions passées m'a conduit précisément ici.

La pièce dans laquelle on m'introduit ne correspond pas à l'image classique que l'on se fait d'un lieu de torture, et c'est exactement ce décalage qui la rend plus difficile à supporter.

Tout est propre, imposé et fonctionnel. Les surfaces sont lisses, les équipements disposés parfaitement. Au centre se trouve une table, entourée de sangles soigneusement préparées, de capteurs déjà calibrés pour enregistrer chaque réaction corporelle. Des écrans sont disposés pour couvrir l'ensemble de l'espace. *Je comprends immédiatement que je ne suis pas ici pour être interrogé, mais pour être observé, mesuré et corrigé.*

Ils m'installent sur la table sans précipitation. Les poignets sont attachés en premier, puis les chevilles, le torse, et enfin la tête, maintenue pour m'empêcher tout mouvement de fuite ou d'évitement visuel.

Federico est absent.

Ursula, en revanche, se tient à quelques mètres, droite, calme, impeccablement maîtrisée, comme si ce qui allait se produire relevait d'une tâche professionnelle parmi d'autres.

— Jour un, annonce-t-elle simplement.

Sa voix est stable, posée, sans inflexion émotionnelle notable, comme si elle énonçait un fait administratif.

La douleur survient sans signal préalable. Elle est immédiatement intense pour provoquer une réaction incontrôlable. Mon corps se cambre contre les sangles sans que je puisse l'en empêcher, les muscles se contractent brutalement, cherchant un point de fuite qui n'existe pas. Je serre les dents, je mords l'intérieur de ma bouche jusqu'à sentir le sang, non pas par bravade, mais par réflexe, dans une tentative désespérée de détourner l'attention de la douleur principale. Ne pas crier devient un objectif secondaire, presque absurde, mais auquel je m'accroche malgré tout.

Ursula observe chaque réaction avec attention. Elle note, ajuste et modifie les paramètres sans jamais me regarder comme une personne.

— Résistance élevée, dit-elle calmement. Prévisible.

Les stimulations se succèdent selon un schéma qui semble étudié pour désorienter. Le froid est conduit à un niveau qui pénètre profondément dans les muscles et les articulations, puis il est remplacé brutalement par une chaleur suffocante qui provoque une sensation d'oppression immédiate. La lumière reste allumée en permanence, empêchant toute notion de repos, ou au contraire disparaît totalement, plongeant mon esprit dans un vide sensoriel instable. Le sommeil devient inaccessible, non pas parce que je suis constamment frappé, mais parce que mon corps et mon cerveau sont maintenus dans un état d'alerte continue.

Puis la nature de la douleur évolue.

Elle cesse d'être simplement punitive pour devenir structurée, progressive et calculée. Les coups, lorsqu'ils surviennent, sont dosés avec précision. Jamais assez violents pour causer des blessures irréversibles. Toujours suffisamment précis pour provoquer une perte de repères, une fatigue mentale et une désorganisation interne. Ils surviennent après des périodes de calme prolongé, et je comprends progressivement que le silence est désormais plus angoissant que la violence elle-même. L'attente devient une souffrance autonome, un état de tension permanente.

Ils me parlent parfois.

Toujours avec calme et sans élever la voix.

— Tu n'as pas besoin de comprendre, Derek. Tu dois seulement intégrer.

Le nom d'Ella revient régulièrement, non pas comme une menace directe, mais comme un élément logique, une variable dépendante de mes réactions.

Ils me montrent des images fragmentaires, jamais suffisamment longues pour être vérifiées, mais suffisamment nettes pour s'ancrer dans mon esprit. Le doute s'installe lentement, démoralise ce qu'il reste de certitudes, et commence à agir de lui-même.

Les jours finissent par se confondre.

Je ne suis plus capable de déterminer combien de fois je perds connaissance, combien de fois je reviens à moi attaché à cette table. Mon corps devient un support d'expérimentation, une surface de lecture pour leurs protocoles. Chaque faiblesse est identifiée, exploitée, répétée jusqu'à ce qu'elle cesse de provoquer une réaction excessive. La colère s'épuise. *La peur aussi.* Il ne reste plus de place pour la révolte.

À la place, un état différent s'installe.

Une vigilance constante. J'apprends à écouter les variations infimes de l'environnement, à anticiper les gestes, à économiser mes forces. Je comprends que résister inutilement prolonge la douleur, tandis que l'acceptation la raccourcit. Progressivement, la douleur cesse d'être un affrontement et devient une information.

Federico revient lorsque ma résistance n'est plus frontale.

Il se tient à distance. Il ne me touche pas.

— Tu tiens encore debout intérieurement, constate-t-il. Mais, tu ne luttes plus. C'est ce que nous attendions.

Je le regarde sans hostilité. Mon corps est épuisé et mes réactions limitées.

— Ce n'est pas une victoire, précise-t-il. C'est une transition.

Le protocole change alors de nature.

Moins de violences directes. Plus de règles. Des ordres simples, immédiatement suivis de conséquences. Le corps apprend plus vite que l'esprit. Obéir réduit la durée de la douleur et résister l'allonge. Rapidement, je comprends ce qu'ils attendent avant même que les consignes ne soient formulées.

Lorsque Ursula annonce que le dernier jour est arrivé, aucune émotion distincte ne se manifeste en moi.

Aucun soulagement et panique.

— Ce que tu étais ne survivra pas à ce qui vient, dit-elle. Et, c'est intentionnel.

Federico s'approche alors pour la première fois.

— Le Corbeau ne réagit pas. Il observe. Il ne protège pas par impulsion. Il protège parce que c'est nécessaire. Il n'hésite pas. Il exécute.

Je ferme les yeux, non pour fuir, mais pour abandonner consciemment ce qui reste de résistance inutile.

Lorsqu'ils me détachent, je me tiens debout sans aide.

Mon corps est marqué, mais mon esprit est calme.

Je comprends que ce n'est pas la violence en elle-même qui m'a transformé, mais cet apprentissage.

Je ferai désormais ce qui doit être fait. Parce que je suis encore en vie et qu'Ella doit survivre.

Et, parce que le Corbeau ne peut pas se permettre d'hésiter.

L'ombre de sa résurrection.

CHAPITRE 24

ELLA ALVAREZ

♪ *Playlist Couldn't Stop Caring*

31 OCTOBRE 2024
De nos jours
Boston – Quartier Roxbury – États-Unis
18 h 12

Deux jours à pourrir dans le noir, à parler à un mort parce que c'était tout ce qu'il me restait pour tenir, pour ne pas m'effondrer complètement. Duncan me murmurait que personne ne viendrait, que je finirais coincée ici, enfermée dans ma propre tête, à tourner en rond jusqu'à ce que je ne reconnaisse plus mes propres pensées. Les rats se sont mis à faire partie du décor, du bruit de fond, au point que je ne savais plus très bien si ce que j'entendais venait des murs ou de moi.

Je suis collée au matelas, le corps lourd, engourdi, l'esprit encore ailleurs, quand la serrure claque enfin et que le son me fait sursauter malgré moi. Mon cœur s'accélère avant même que je comprenne. La porte s'ouvre et la lumière du couloir m'atteint de plein fouet, sans prévenir, m'obligeant à plisser les yeux et à retenir ma respiration. Tout devient blanc pendant une seconde interminable, mes tempes battent, ma tête bourdonne, puis l'image revient lentement, floue et instable, comme si mes yeux devaient réapprendre à regarder et mon cerveau à accepter que je ne suis plus seule dans cette pièce.

— Debout. On bouge.

Juste ça.

Pas mon prénom, pas un mot qui ressemble, de près ou de loin, à quelque chose d'humain : *seulement un ordre sèchement lâché, sans nuance et assez brutal pour me couper l'élan.* J'ai envie de lui cracher à la gueule que je respire encore, que je suis toujours là, mais aucun son ne sort ; ma gorge se bloque, mes lèvres restent closes. Tandis que je hoche la tête de façon docile en apparence, parce qu'il est plus simple d'encaisser. Je fais semblant, puis j'attends. *Ils n'ont pas compris que ma peau est plus dure qu'ils ne le pensent.*

Sa main se referme d'une prise ferme et brutale sur mon bras, juste assez forte pour me rappeler où se trouve le pouvoir : *et ce n'est pas chez moi.* Il me tire hors de la cave sans un regard pour l'endroit où ils m'ont laissée moisir pendant quarante-huit heures, comme si l'humidité, l'odeur et la peur n'avaient jamais existé. Pour lui, tout est déjà réglé, classé et verrouillé. Dans sa tête, je ne suis plus qu'un corps à déplacer comme un dossier en cours et une chose en transit.

— Douche. Maintenant.

La salle de bain me donne l'impression d'être enfermée dans un cercueil trop propre. Le carrelage est froid, impersonnel, et le miroir me renvoie une image qui me fait vaciller : *une silhouette trop maigre, des épaules saillantes, un corps qui tient debout par habitude plus que par force.* Je peine à reconnaître celle qui me regarde.

L'eau glacée s'abat sur moi et me coupe le souffle. Elle brûle presque. Je ferme les yeux et je frotte, encore et encore, jusqu'à sentir la peau tirer, comme si je pouvais arracher ce qui est resté accroché à moi. *Ces mains, ces regards et ces nuits interminables qui m'ont vidée de l'intérieur.* J'ai envie de disparaître sous ce jet, de m'y dissoudre complètement, ne serait-ce que quelques secondes, juste pour être tranquille.

Quand j'ouvre la porte, il est là, totalement mobile avec les bras croisés. Son regard se pose sur moi et je me sens aussitôt ramenée à quelque chose de fragile et mesurable. Il n'y a ni pitié, ni colère. *Uniquement, sa manière de se comporter face à un dossier.*

Il me tend des vêtements larges et propres. Le tissu sent le savon, la normalité, une vie simple où l'on dormait la nuit sans compter les heures. Cette odeur me prend à la gorge plus violemment que l'eau glacée : *elle ramène d'un coup tout ce que j'ai perdu*. Et, dans le même mouvement, elle me rappelle brutalement que je suis encore là. Debout et vivante. *Même si je ne sais plus très bien par quel miracle.*

— Dépêche. Derek t'attend dans la cour.

Toujours aucune explication. Seulement l'ordre suivant, jeté comme on lance un os à un chien pour le forcer à avancer. Et, quelque part en moi, quelque chose se rallume malgré moi : *une braise violente, impatiente, presque douloureuse tant elle brûle vite et fort.*

Derek.

Je ne l'ai pas revu depuis le Fief. Cette nuit où tout a basculé, où les repères ont explosé en même temps que nos certitudes, depuis l'instant précis où on m'a arrachée à lui sans me laisser le temps de comprendre, ni même celui de protester. L'inquiétude m'a rongé l'esprit jour et nuit, au même rythme que l'humidité de la cave me grignotait les os. J'ai imaginé les pires issues : *qu'ils l'aient brisé à coups de méthodes propres, sans traces visibles.* Qu'ils l'aient exécuté sans témoin. Ou pire encore : *qu'il ait disparu, effacé et avalé par ce système comme s'il n'avait jamais existé.* Et, maintenant, on me dit qu'il m'attend. Comme si rien ne s'était effondré et que le monde ne s'était pas fendu en deux cette nuit-là.

Ils pensent peut-être que je vais rentrer dans le rang. Que l'isolement, la peur, la privation finissent toujours par casser quelqu'un. *Mauvais calcul.* Quand on enfonce un être humain trop profondément sous terre, il ne se dissout pas, il remonte transformé, plus dur et plus dangereux avec des dents plus longues et le cœur blindé par la nécessité de survivre.

Je suis encore là, vivante. Certes cabossée, oui, mais pas brisée. Ils ont essayé de m'user jusqu'à l'os, de me faire plier à force de silence, de peur et d'attente. Ils ont cru qu'en m'enfermant, en me réduisant à un corps qu'on déplace, ils finiraient par me vider de ce qui fait que je tiens debout. Ils se sont trompés : *je respire encore.* Ils auraient dû me tuer quand ils en avaient l'occasion.

L'air de l'arrière-cour me heurte avant même que mes repères ne se mettent en place : lourd, saturé, et chargé d'une sensation qui dépasse les simples odeurs de béton humide et de métal rongé par le temps. Ici, les murs ont trop vu, entendu et absorbé pour rester neutres. Le froid s'accroche à mes chevilles dès que je pose le pied au sol, remonte lentement le long de mes jambes, s'insinue sous la peau, jusqu'à s'installer dans les muscles, puis plus profondément encore, dans les os.

Un frisson me traverse malgré moi, et pourtant je continue d'avancer, portée par une mécanique intérieure qui ne me laisse plus le choix : *m'arrêter n'aurait plus aucun sens et reculer n'est même plus une option.*

Le garde me lâche au bas des marches sans un mot, sans un regard, comme on se débarrasse d'un problème dont on ne veut plus être responsable. Ses pas s'éloignent aussitôt, absorbés par l'espace, et je sais qu'il ne se retournera pas. Il sait que je ne tenterai rien, mais je relève les yeux.

Derek est là.

Immobile, parfaitement centré, presque irréel, comme s'il ne suivait déjà plus le même tempo que le reste du monde. La distance qui nous sépare hésite à nous autoriser à nous rejoindre. Il ne me regarde pas encore ; son attention est tournée vers autre chose, quelque chose qui m'échappe, que je ne vois pas, mais que je sens pourtant exister.

Et, je comprends immédiatement que ce n'est plus l'homme que j'ai connu : *ce n'est plus le garçon silencieux, ni le prédateur patient.*

Il impose autre chose. Aucun geste et aucun mot, seulement une présence compacte. Autour de lui, l'atmosphère se resserre, s'épaissit jusqu'à devenir quasiment suffocante, comme si respirer exigeait soudain un effort. Et, avant même que je comprenne pourquoi, ça me traverse, de plein fouet, et ça glisse sous la peau, s'accroche aux nerfs, et mon corps réagit seul, mû par un réflexe que je ne maîtrise pas. C'est un frisson lent et une tension qui s'installe en refusant de céder.

Quelque chose en moi a déjà compris, bien avant la raison, mais mon esprit rechigne à lui donner un nom. Cependant, la sensation est là, presque malsaine. Elle pèse sur la poitrine et dérègle mes repères, sans imposer le respect devant cette menace visible. Son dos est droit, mais pas comme on se tient par discipline ou par orgueil, on dirait plutôt qu'il est tenu là par quelque chose de plus profond comme un alignement intérieur, et qu'il s'était accordé à une force qui le dépasse.

Ses bras sont levés, les paumes ouvertes vers le ciel, offertes ou exposées, et la frontière est floue. Le geste troublant hésite entre l'appel et la provocation. Il ne prie pas et ne supplie pas non plus. Il se tient simplement là, immobile, comme s'il s'était volontairement placé sous le regard d'une présence tapie au-delà de la nuit, et qu'il en acceptait déjà, sans détour, le jugement. *Au-dessus de lui, les corbeaux tournent.*

Leur mouvement n'a rien de chaotique. Ils délimitent l'espace avec une précision presque dérangeante. L'un d'eux est perché sur son épaule, de façon naturelle. Et, quand son regard rencontre le mien, quelque chose me traverse sans prévenir: *un frisson me traverse, que je ne contrôle plus. Ce n'est pas Derek qui me regarde.*

Mon estomac se noue, ma nuque se raidit, et je comprends que mon corps a déjà saisi quelque chose que mon esprit n'ose pas encore formuler. Une image s'impose à moi : *The Crow.*

La mort qui revient et le refus de disparaître sans régler ses comptes. Et, dans cette seconde, je saisis que ce qui se joue ici ne le concerne pas seulement lui : *moi aussi, j'ai changé. Mais pas dans la même direction.*

Derek abaisse lentement les bras, et aussitôt l'air semble se contracter autour de nous, comme si quelque chose venait d'être activé. Les corbeaux resserrent imperceptiblement leur cercle, modifiant leur trajectoire, puis il se tourne enfin vers moi.

Son regard me frappe de plein fouet.

Il n'y a rien de progressif dans ce choc-là ; il est violent. Une chose cède en moi, et ça fait mal. Il voit tout : *la peur que je maintiens sous contrôle, la rage qui me tient debout, cette part de survie et l'animal qui ne demande qu'un prétexte pour mordre.*

— Tu tiens debout.

Ce n'est pas une question, simplement un constat, presque détaché, prononcé avec la neutralité de quelqu'un qui évalue l'état d'un objet après usage.

Je serre la mâchoire.

— Peut-être mieux que toi.

Ma voix est basse et maîtrisée.

Son regard se plisse légèrement. Il n'y a ni colère ni surprise, seulement cet intérêt qui me donne la désagréable sensation d'être disséquée.

Sur son épaule, le corbeau déploie lentement ses ailes.

— On a du travail, dit-il, comme si rien n'avait encore réellement commencé.

— Je ne suis pas ton chien.

Je réponds, sans hausser le ton.

Le silence tombe et même les oiseaux semblent suspendre leur mouvement.

Derek avance d'un pas, réduisant encore la distance déjà trop courte qui nous sépare.

Il est trop près.

Sa main se referme brusquement autour de ma gorge et me plaque contre le mur. Le choc me coupe le souffle ; la pierre glacée me brûle le dos, et sa prise, ferme et parfaitement maîtrisée, me rappelle à quel point chaque inspiration est un privilège. La pression est précisément calculée et suffisante pour m'ôter l'air sans me faire perdre connaissance.

Au-dessus de nous, les corbeaux s'envolent dans un fracas.

— Tu te demandes pourquoi j'ai changé, murmure-t-il tout près de mon visage.

Ses doigts se resserrent légèrement.

— Parce que l'Ascension est levée.

Le mot tombe lourdement.

— Plus de verrous. Plus d'attente. Ce qui était contenu… ne l'est plus.

Il me relâche d'un coup sec, et l'air revient brutalement dans mes poumons.

Je ravale l'envie de tousser, refusant de lui offrir cette faiblesse.

— Tu n'es pas le Corbeau, dit-il froidement. Tu ne l'as jamais été.

Ces mots me heurtent plus violemment que sa main.

— Tu es devenu fou !

Un rictus se dessine sur ses lèvres et il me dit :

— Pas pire que toi.

Au même moment, une silhouette se détache de l'ombre.

Graziella.

Elle avance sans bruit et autour de ses bras, les serpents tournent lentement. Elle me détaille sans hâte, comme on jauge une matière encore malléable.

— Elle n'est pas prête.

— Non ! Elle n'a plus le choix, tranche Derek.

Graziella ne détourne pas les yeux. Elle soutient mon regard jusqu'à ce que la brûlure s'installe.

— Le Corbeau observe et juge. Il choisit quand frapper.

Elle marque une pause.

— La Méduse, elle, transforme et pétrifie. Elle détruit simplement en regardant.

Elle s'approche et il n'y a plus de distance ni d'issue entre nous.

— Je vais poursuivre son entraînement. Les serpents d'abord t'apprendront ce que ton corps refuse encore de comprendre. Le reste viendra après.

Ses yeux se plantent davantage dans les miens

— Tu apprendras à ne plus détourner le regard. À ne plus implorer et à laisser mourir lentement, tout ce qui cherche encore à être épargné.

Derek s'éloigne déjà, comme si la suite ne le concernait plus.

— Si tu survis à Graziella, dit-il sans se retourner, alors peut-être mériteras-tu ce que tu vas devenir.

Les serpents glissent vers moi, leur contact est froid, me dégageant un frisson. Ils ne sont cependant pas menaçants. *Non, ils s'installent.*

Et, enfin, je comprends. Ils ne veulent ni me sauver ni faire de moi un Corbeau.

Ils veulent m'apprendre à tuer sans lever la main.

À détruire sans fuir le regard.

Ils veulent faire de moi une Méduse.

L'ombre de sa destinée.

CHAPITRE 25

HAROLD STUART

♪ Playlist Rolfe Kent – Dexter Main Title

3 NOVEMBRE 2024
Boston – Quartier Dorchester Nord – États-Unis
22 h 14

L'odeur arrive toujours avant l'image.

Elle ne prévient pas. Elle s'impose, comme l'automne s'impose aux corps sans leur demander leur avis : *en s'infiltrant partout, en alourdissant l'air et en collant à la peau.* Une masse épaisse, poisseuse, presque tiède malgré le froid, une nappe de putréfaction qui glisse dans l'atmosphère saturée d'humidité et s'accroche aux poumons comme une habitude malsaine dont on n'arrive jamais à se débarrasser. Les feuilles mortes n'aident pas. Elles fermentent contre les murs, pourrissent lentement, se mêlent aux relents urbains et au corps, comme si la saison elle-même participait à la décomposition.

Même après toutes ces années, malgré l'accumulation des scènes, le corps réagit toujours avant la tête comme un réflexe archaïque. Quelque chose d'ancien qui se réveille dès que l'air devient trop lourd, trop chargé de ce qui n'aurait jamais dû rester.

Je m'arrête à l'entrée de la ruelle. Les pavés sont sombres, luisants, recouverts de feuilles écrasées qui collent aux semelles et ralentissent chaque pas. Pas par professionnalisme, mais par instinct. Juste assez loin pour préserver l'illusion que je maîtrise encore et que je ne suis pas déjà entièrement avalé par ce que je regarde.

Le reste, je le délègue toujours.

La victime est au sol, ou plutôt ce qu'il en reste.

Un assemblage incomplet, abandonné comme une chose dont on aurait extrait l'essentiel : *le corps a été démembré.* Rien de rageur, désordonné. Pas de violence brouillonne, ni de geste inutile. Le tronc est ouvert, vidé, et comme à chaque fois, les organes ont disparu.

La décomposition est déjà bien avancée : *quatre, peut-être cinq jours. L'automne ralentit certaines choses, en accentuant d'autres.* Le froid fige les chairs et l'humidité les ronge. La peau s'est rétractée, tirée vers l'intérieur, laissant apparaître cette teinte grise, qui n'appartient plus au vivant.

Autour du corps, les scientifiques s'activent. Combinaisons blanches tachées de boue et de feuilles mortes. Le froissement étouffé des sacs, le cliquetis sec du matériel manipulé machinalement, et ce fond de voix basses, techniques, échangées à demi-mot, comme si parler trop fort risquait de déranger ce qui reste, me donnent la nausée.

— Activité entomologique cohérente avec une exposition prolongée…

Un autre :

— Températures nocturnes basses…

Ensuite, le troisième :

— Décomposition ralentie mais continue…

Ils parlent processus, chiffres et délais. Ils tentent de remettre de l'ordre dans quelque chose qui n'en a jamais eu.

Je regarde trop longtemps.

Je sens Serena avant même qu'elle ne parle. Sa présence se glisse discrètement à côté de moi. Elle sait quand avancer, se taire, et surtout quand ne pas me toucher.

— On estime le décès à quatre ou cinq jours, dit-elle enfin. L'automne a modifié certains cycles, mais les insectes sont formels. Il n'y a pas eu de lutte ici. Le corps a été déplacé après la mort.

Je hoche lentement la tête sans quitter la scène des yeux.

— Même signature que les précédents, ajoute-t-elle.

Démembrement post-mortem. Extraction réalisée ailleurs. Dans un environnement propre.

Elle hésite, puis baisse la voix.

— Trop propre.

Je ne dis rien.

Je fixe le corps et une pression me presse derrière les tempes.

— Harold ?

Sa voix a changé. Elle est plus basse et prudente.

Je tourne la tête, et son regard ne me lâche pas : *elle n'évalue rien, elle constate simplement, et voit la fissure, ce léger décalage, à l'instant précis où je commence à lâcher.*

— Termine la prise d'informations.

Elle cligne des yeux.

— Comment ça ?

— Tu récupères tout. Les rapports, les photos, les premières analyses. Tu coordonnes avec les scientifiques.

Je marque une pause, le temps de verrouiller ce qui tremble.

— Je rentre au bureau.

Le silence tombe entre nous.

Le vent s'engouffre dans la ruelle, soulève quelques feuilles qui raclent le sol.

— Harold… ce n'est peut-être pas le moment de…

Je tranche :

— Si ! C'est exactement le moment.

Elle ouvre la bouche et la referme.

La surprise glisse sur son visage, vite remplacée par une inquiétude qu'elle ne cherche même plus à masquer.

— D'accord, finit-elle par dire. Je m'en occupe.

Je m'éloigne avant qu'elle n'ajoute quoi que ce soit.

Je n'ai plus la force de soutenir ce regard-là. *Pas maintenant.*

La voiture m'accueille comme un refuge provisoire. Je claque la portière plus fort que nécessaire. Le moteur démarre, étouffe le monde extérieur. Mes mains tremblent légèrement sur le volant. Je les serre jusqu'à sentir la douleur mordre la peau. *Ça aide.*

La route défile sous un ciel bas, saturé de nuages : les lampadaires y déposent une lumière jaune, épuisée, qui s'étale sur l'asphalte humide, tandis que les arbres presque nus tracent des silhouettes tordues le long des trottoirs. L'automne a tout mis à nu : *plus de feuillage, plus de douceur, rien que l'ossature apparente.*

Quand j'arrive au *Fief*, la nuit est tombée depuis longtemps. Le bâtiment se dresse devant moi. Le vent siffle contre les façades, s'engouffre dans l'entrée et fait claquer quelque chose au loin. Je redresse les épaules avant d'entrer. *Cette fichue posture qui tient quand tout le reste commence à céder.*

À l'intérieur, les couloirs sont silencieux ; mes pas y résonnent avec une ampleur inhabituelle, comme si le lieu tout entier retenait son souffle. Mon bureau m'attend, englouti dans une pénombre dense, et je n'allume qu'une seule lampe, juste assez pour voir.

L'écran de l'ordinateur s'illumine dans un halo blafard et une putain de notification clignote.

Connexion entrante – canal sécurisé.

Mon cœur se contracte, il veut me parler.

Je m'assois trop vite et l'ouvre. Les lignes apparaissent presque aussitôt.

— Tu arrives enfin.

— Qu'est-ce que tu veux ?

— Te prévenir que tu as déjà perdu du temps. Quelqu'un est entré au Fief il y a quelques jours.

Un frisson me traverse.

— C'est impossible.

— C'est ce que tu crois quand tu penses encore contrôler quelque chose.

Je me lève, fais quelques pas dans la pièce, puis reviens vers l'écran.

— Les accès sont verrouillés et contrôlés à plusieurs niveaux.

— Ils l'étaient. Avant que tu te reposes dessus.

— Qu'est-ce qui s'est passé ?

Le silence s'étire.

— Des choses qui n'auraient pas dû t'échapper et que tu as choisi de ne pas voir.

La colère monte.

— Un de mes agents est mort. Tu te rends compte de ça ?

— Oui. Et, c'est précisément pour ça que je te parle maintenant.

— Alors arrête de jouer. Dis-moi qui. Dis-moi comment.

La réponse tombe.

— De toute façon, ce médecin légiste était corrompu.

Je reste figé.

— Quoi ?

— Il vendait des informations. Des rapports et des corps aussi, parfois. Tu le sais, au fond. Tu n'as juste jamais voulu pousser assez loin.

La pièce semble se refermer sur moi.

— Tu savais.

— Oui.

— Et tu ne m'as rien dit.

— Tu n'aurais pas voulu entendre. Tu préférais l'idée d'un système propre et stable. C'est rassurant.

Je frappe le bureau.

— Tu joues avec des vies.

— Non. Je joue avec tes angles morts. Et, ils sont nombreux, Harold.

Je fixe l'écran, les yeux brûlants. Tout se superpose : *les corps, la trahison et cette certitude qu'une activité m'échappe depuis bien plus longtemps et que je ne veux l'admettre.*

— Si tu crois que je vais laisser ça passer…

— Tu n'as pas le choix cette fois. Tu es déjà dedans, jusqu'au cou.

L'écran s'éteint.

Dehors, le vent hurle contre les vitres, comme pour rappeler une simple vérité : *tout ce qui n'est pas solide finit par tomber.*

Et, pour la première fois depuis longtemps, je comprends une chose essentielle : *je ne dirige plus l'enquête. Je suis devenu une partie du terrain.*

L'ombre de son pacte.

CHAPITRE 26

LUCY SHEFFIELD

♪ ***Playlist Melanie Martinez – Dead to Me***

6 NOVEMBRE 2024
Boston – Quartier Hyde Park – États-Unis
13 h 22

Depuis la mort d'Ella, je ne vis plus vraiment.

Je traverse les jours comme on traverse un couloir sans lumière, à tâtons, en cognant contre les murs, incapable de trouver une sortie qui ne fasse pas encore plus mal. J'ai envoyé chier mes parents. J'ai abandonné mes études sans même essayer de faire semblant. *À quoi bon continuer à avancer quand tout ce qui me constituait s'est effondré avec elle ?* La douleur est trop vaste, trop invasive ; elle ne laisse aucune place au reste.

Hier, j'ai appris que ses parents avaient vendu la maison. *Vendu,* comme on liquide un passé trop lourd et qu'on ferme une porte pour ne plus entendre les cris derrière. Cette idée me met hors de moi. Cette manière qu'ont les adultes de croire que fuir est une solution, que déménager, ranger, repeindre suffira à faire disparaître la mort. *Non, je refuse ça.* Je refuse qu'on efface Ella comme une tache sur un mur.

Je quitte ma chambre avec la rage au ventre, la mâchoire serrée à m'en faire mal aux dents, et je descends directement dans la cuisine. La maison est trop calme, trop propre et trop vivante pour ce que je ressens.

Ma mère est là, debout près de l'îlot central, parfaitement coiffée et habillée, discutant avec Andrew. Ils parlent doucement, comme si j'étais une bombe prête à exploser au moindre bruit. Andrew se tourne vers moi, son regard inquiet, presque suppliant. Même si je l'aime, il commence à m'étouffer. Il est là tout le temps : *trop présent, compréhensif et raisonnable.* Oui, il a perdu sa sœur et il souffre. Mais, il ne comprend pas ce que je ressens. Pas réellement. *Et, au fond, je crois que je ne comprends plus personne non plus.*

Ma mère me regarde avec cet air-là. Celui qui dit : « Je *sais mieux ce qui est bon pour toi*. »

— Tu n'es pas sérieuse, j'espère ? Tu ne vas quand même pas arrêter tes études.

Je la fixe.

Il n'y a plus rien de doux dans mon regard. Plus rien de la fille qu'elle connaissait.

Andrew baisse les yeux, mal à l'aise, comme s'il pressentait déjà l'orage.

Je crache :

— J'ai perdu ma meilleure amie. Ça ne te suffit pas ? Moi, si. Je n'ai plus la tête à réviser, plus la tête à rien. J'allais de toute façon rater mon année, et vous auriez juste foutu de l'argent par les fenêtres pour sauver les apparences.

Pour une fois, Andrew ouvre la bouche.

Sa voix est hésitante, mais honnête.

— Ce n'est pas faux, madame Sheffield…

— Stop, Andrew.

Ma mère le coupe net, sans même le regarder.

— Je sais que tu souffres aussi, mais au bout d'un moment, on ne peut pas tout plaquer sous prétexte qu'on va mal.

Elle se tourne vers moi, croise les bras, adopte cette posture rigide qu'elle prend quand elle décide que la discussion est close avant même d'avoir commencé.

— Tu ne vas pas arrêter tes études. Je vais prendre rendez-vous avec un psy et tu verras, ma chérie, tout va rentrer dans l'ordre.

Quelque chose se rompt.

Un fil tendu depuis trop longtemps.

J'attrape le premier objet à portée de main. Une simple tasse en porcelaine, blanche et ridicule, et je la projette contre le mur. Elle explose dans un bruit violent. Ma mère sursaute, pousse un cri aigu et porte sa main à sa bouche. Andrew fait un pas vers moi, par réflexe, mais je recule aussitôt, refusant tout contact.

Je hurle :

— Arrêtez de me faire la morale ! Jusqu'à maintenant, j'ai toujours été la fille sage, docile, celle qui fait ce qu'on attend d'elle. Mais, aucun de vous ne me rendra Ella. Personne.

Je saisis mon manteau, mes chaussures et les enfile à la va-vite.

Ma mère accourt vers moi, paniquée.

— Lucy, tu vas où ?

Je grogne, la voix tremblante de colère :

— Chez Ella !

Elle tente de me retenir, s'accroche à mon bras en suppliant.

Je la repousse, elle glisse. Andrew la rattrape de justesse. Quand il relève la tête vers moi, son regard est chargé d'horreur.

— Bordel, Lucy… tu n'es plus la même.

Il m'énerve tellement que ça brûle.

— Ta gueule.

Je claque la porte derrière moi, assez fort pour faire vibrer les murs, et je rejoins ma voiture. Mes mains tremblent sur le volant.

Il est temps que je parle à la mère d'Ella et que je comprenne pourquoi elle fuit.

Ensuite, je veux Teddy. *Je le récupérerai, quoi qu'il en coûte.*

La maison apparaît au bout de l'allée, trop silencieuse, comme si elle refusait d'admettre ce qu'elle a perdu entre ses murs. Elle n'a rien d'une maison endeuillée : *elle se tient droite, impeccable, et c'est précisément ce qui me met mal à l'aise.* Je ne m'arrête pas et je franchis la porte comme on commet une intrusion, sans frapper, sans annoncer ma présence, poussée par cette adrénaline qui me comprime la poitrine et ne me laisse aucune place pour la réflexion.

À l'intérieur, je garde les yeux fixes, volontairement aveugles. Le rez-de-chaussée n'est qu'un couloir à traverser, un espace neutre que je traverse presque en apnée, comme si m'y attarder risquait de me trahir. Mes pas sont rapides mais contenus, mes gestes mesurés juste assez pour ne pas faire de bruit inutile. Tout le reste n'a aucune importance. Ce que je cherche est ailleurs. Dans sa chambre, à l'étage.

Je monte sans hésiter, le cœur battant trop fort, connaissant ce chemin par cœur. La porte de la chambre d'Ella se tient au bout du couloir, exactement là où elle a toujours été.

Je la referme derrière moi avec précaution, un peu trop doucement pour quelqu'un qui n'aurait rien à se reprocher. Dès que le battant se referme, l'air change. Il devient plus lourd, plus dense, quasiment chargé d'une présence fantomatique. Ici, rien n'a bougé. Le lit, les objets, les détails anodins du quotidien : *tout est resté figé, comme suspendu dans un instant qui n'a jamais eu le droit de se terminer.* Sa vie, arrêtée, laissée là sans explication.

Je n'ai pas le temps d'avancer davantage.

Quelque chose se fige derrière moi.

Un léger déclic. Presque rien. Le bruit infime d'une porte qu'on ouvre ou qu'on referme trop tard pour faire semblant de ne pas avoir vu.

Je me retourne lentement.

Sa mère est là, debout sur le seuil, droite et immobile, le visage vidé de toute couleur. Son regard est planté dans le mien avec intensité, comme si elle venait de surprendre une apparition dans la chambre de sa fille, quelque chose qui n'aurait jamais dû être là, pas après tout ça.

— Lucy… qu'est-ce que tu fais ici ?

Je la regarde, les yeux brûlants, la voix prête à se briser ou à mordre, j'ignore encore.

— Pourquoi vous fuyez ? Pourquoi vous la laissez derrière vous ?

Ma colère déborde. Mes mots claquent.

— Vous n'avez pas le droit. Pas le droit d'effacer Ella. Pas le droit de partir comme si elle n'avait été qu'un mauvais souvenir.

Olivia reste immobile face à moi, droite comme une statue trop bien entretenue pour avoir jamais connu la fissure.

Elle porte un tailleur clair, parfaitement coupé, qui se fond presque avec les murs ivoire derrière elle. Ici, tout est clair, lumineux, doré jusque dans les détails les plus insignifiants, comme si la maison avait été conçue pour empêcher toute ombre de s'y accrocher. *Même la mort n'y a pas sa place.*

— Lucy, ce n'est ni le moment ni l'endroit, dit-elle d'une voix posée.

Trop posée. Celle qu'on utilise pour parler à quelqu'un d'instable.

Cette façon de me regarder, de mesurer chacun de mes gestes comme on évalue un risque, me donne envie de hurler.

Je réplique en avançant d'un pas :

— Il n'y aura jamais de bon moment. Vous avez vendu la maison, partir en fermant cette porte, puis ranger les photos, et faire comme si Ella n'avait jamais existé.

Elle inspire lentement, comme si elle récitait un exercice appris quelque part.

— Nous faisons ce que nous pouvons pour survivre.

— Survivre ?

Le mot m'arrache un rire sec et brisé.

— Vous appelez ça survivre ? Effacer votre fille comme on efface une erreur ? Vous croyez vraiment que changer de maison va la ramener ? Ou juste vous permettre de dormir tranquille ?

Son regard se durcit légèrement.

— Tu ne sais pas ce que nous vivons.

Je la coupe :

— Si, je sais ! Je sais exactement ce que ça fait de se lever chaque matin avec un trou béant dans la poitrine. Sauf que moi, je ne fuis pas. Je reste. Je regarde la douleur en face.

Je fais quelques pas dans la chambre.

Mes doigts frôlent les meubles hors de prix, les bibelots choisis avec soin. Tout ici respire le contrôle et la maîtrise. Rien ne dépasse, crie et pleure.

Je lâche en me retournant vers elle :

— Vous savez ce qu'elle aimait par-dessus tout ?

Elle ne répond pas.

— Teddy.

Son visage se fige.

— C'est un souvenir personnel.

— C'est un ours en peluche, Olivia. Et c'était le sien. Il dormait avec elle. Il était toujours sur son lit. Je l'ai vu des centaines de fois. Je le veux.

— Non.

Un *non* sec et définitif.

— C'est à nous. C'est tout ce qu'il nous reste.

La colère me remonte à la gorge.

— Vous avez tout le reste. L'argent que cette maison va vous rapporter. Les souvenirs que vous triez comme des dossiers. Moi, je n'ai plus rien. Laissez-moi au moins ça.

— Tu dépasses les limites, Lucy.

Je m'approche encore.

— Les limites, vous les avez dépassées le jour où vous avez choisi de partir. Le jour où vous avez décidé que votre douleur comptait plus que la vérité.

— Fais attention à ce que tu dis.

— Non. Vous, faites attention.

Ma voix tremble, mais je continue.

— Je suis certaine que vous savez des choses. Je suis certaine que vous avez fermé les yeux. Vous l'avez laissée seule. Vous l'avez abandonnée. Et, maintenant, vous voulez laver tout ça avec des murs blancs et des cartons.

Le silence tombe.

Puis Olivia se détourne en sortant de la chambre et, disparaît un instant. Quand elle revient, elle tient Teddy contre elle. L'ours est usé, un peu affaissé, et légèrement décousu.

Mon cœur se serre jusqu'à la douleur physique.

— Prends-le, dit-elle enfin, la voix plus basse. Et, pars.

Je m'approche, presque avec crainte.

Quand mes doigts se referment sur Teddy, quelque chose cède en moi.

Je murmure en relevant la tête.

— Vous croyez que ça suffit ? Vous êtes simplement une lâche.

Elle se raidit.

— Sors d'ici.

Je recule vers la porte, Teddy serré contre moi, mais mes mots continuent de tomber.

— Vous êtes une assassin. Oui. Une assassin. Vous l'avez tuée à force de ne pas voir, de ne pas entendre et de préférer vos putains d'apparences à votre propre fille. Et, je le sais. J'en suis certaine.

— Ça suffit ! hurle-t-elle enfin.

— Non. Ça ne suffira jamais.

Je cours dans les escaliers et, quand j'arrive devant la porte, je lui crache :

— Vous pouvez changer de maison, de ville, de vie. Vous n'échapperez jamais à ce que vous avez fait.

Je l'ouvre et sors, laissant cette connasse en haut de l'escalier.

La porte claque derrière moi. Le bruit résonne dans l'allée trop propre. L'air froid me gifle le visage. Je descends les marches, Teddy serré contre moi, comme une dernière preuve qu'Ella a existé.

Et, cette fois, je ne me retourne pas.

L'ombre de son chagrin.

CHAPITRE 27

DUNCAN BLACK

♪ *Playlist Gladiator – Now We Are Free*
Super Theme Song

19 AOÛT 2024
Boston – Quartier Dorchester Nord – États-Unis
deux mois et demi avant

Boom.

Boom.

Boom.

Depuis plus d'une heure, le bruit montait de l'étage. Ella ne frappait pas seulement : *elle se fissurait et se vidait.* Elle devait faire sortir cette haine, qu'elle portait depuis trop longtemps, et qu'elle n'avait jamais su déposer ailleurs que sur elle-même. *Sa mère.* Le mot suffisait à tout contenir. *Je connaissais ce poison-là.* En l'ayant laissé me ronger pendant des années à cause de mon père, jusqu'à ce qu'il ne reste plus rien à attaquer, plus rien à sauver. Alors oui, je comprenais son état.

Derek, lui, n'avait pas levé les yeux une seule fois. Assis à la table basse, les cartes étalées devant lui, le joint coincé entre les lèvres, il continuait à jouer avec cette concentration qui donnait toujours l'impression que le monde pouvait s'effondrer sans jamais l'atteindre. *Une façade qui lui était propre.*

Graziella s'était rapprochée, son regard glissant vers l'escalier sans même chercher le mien.

— Tu vas la laisser longtemps comme ça ?

Ce n'était pas un reproche, mais un constat.

Je me suis levé sans répondre, parce qu'elle avait raison.

Ella ne frappait pas un mur, elle se frappait elle-même, et si je la laissais aller jusqu'au bout, elle ne s'arrêterait pas. *Elle ne l'avait jamais fait seule.*

Les marches ont gémi sous mon poids tandis que le bruit devenait plus net à chaque étage. Derrière la porte, sa voix avait fini par éclater :

— Putain… je te hais…

J'étais entré sans frapper.

La chambre portait les traces d'une fureur qui n'avait rien d'accidentel. Le désordre parlait d'un trop-plein longtemps retenu, enfin lâché. Le mur en face d'elle était marqué. Sa main, rouge, gonflée et tremblante, frappait de nouveau, sans ralentir, comme si le béton pouvait répondre, tout en devant encaisser à sa place.

— Ella…

Elle ne s'est pas retournée.

— Ne me touche pas.

Sa voix était râpeuse et usée.

— Arrête, ai-je dit sans hausser le ton.

Elle a expiré par le nez.

— Je n'avais pas fini.

Puis, frappa trop fort, une dernière fois.

Son souffle s'est coupé et son corps a vacillé juste assez pour que je voie la faille. Je me suis approché. Elle l'a senti aussitôt et son dos s'est raidi, laissant ses épaules se figer.

— Ta mère n'a plus aucun pouvoir sur toi, ai-je murmuré.

— Tu ne sais rien de ce qu'elle m'a fait !

Elle s'est retournée brusquement.

Son regard m'a heurté de plein fouet, sans l'ombre d'une larme, uniquement du feu.

— Je sais ce que ça fait d'avoir envie de détruire celui qui t'a donné la vie.

Ses mains tremblaient encore.

Elle était trop proche, trop chaude, trop vivante, habitée par une rage qui refusait de se calmer, qui ne redescendait pas et vibrait sous sa peau comme une charge électrique.

— Ne me regarde pas comme ça.

Sa voix un peu trop sèche a accroché.

En arquant un sourcil, j'ai répondu :

— Comme quoi ?

Elle a dégluti, ses épaules se sont tendues d'un cran.

— Comme si tu voulais me briser.

Je n'ai pas attendu qu'elle trouve le courage de reculer. Je l'ai attrapée, une main ferme à sa taille, sentant ses muscles se raidir sous mes doigts, l'autre la plaquant contre le mur qu'elle venait de marteler.

Le choc a été violent et son souffle s'est coupé, en soulevant sa poitrine brusquement.

— Regarde-moi.

Elle a hésité une fraction de seconde, puis elle a levé les yeux.

Sa respiration était courte, et derrière la colère, quelque chose de plus sombre affleurait.

— Tu voulais te faire mal ? ai-je murmuré, assez près pour sentir la chaleur de son air contre ma bouche. Très bien. Mais pas seule.

Son poing s'est accroché à mon t-shirt, froissant le tissu dans un geste nerveux, non pour me repousser, mais pour se retenir.

Son corps n'a pas cherché à fuir ; il est resté là, plaqué contre moi, haletant, coincé entre l'envie de me frapper et celle de s'accrocher à moi comme à un point d'ancrage.

— Tu me fais peur, a-t-elle soufflé, sa voix plus basse, presque brisée, ses lèvres dangereusement proches des miennes.

Je n'ai pas bougé. *Elle a montré tout le contraire de ce qu'elle venait de dire.*

Puis, j'ai juste resserré imperceptiblement ma prise.

— Non. Je t'empêche de tomber.

Nos souffles se sont mêlés.

Rien ne le déplaçait vraiment, et pourtant tout était sur le point de céder. J'ai penché la tête sans réfléchir, attiré par la chaleur de son cou et par le goût salé de sa peau, qui trahissait l'effort qu'elle faisait encore pour se contenir. Ma bouche a suivi lentement la ligne de sa gorge, s'attardant juste assez pour provoquer un frisson avant de glisser plus bas, laissant une sensation persistante qu'elle n'a pas cherché à interrompre.

— Lâche-moi.

— Dis-le encore.

Elle n'a pas pu.

Son corps a cessé de trembler progressivement. J'ai desserré légèrement ma prise, juste assez pour lui laisser le choix, mais elle n'a pas bougé.

Ainsi, j'ai compris que la tempête ne s'était pas apaisée, et qu'elle avait simplement changé de forme.

Je n'ai pas reculé.

Elle a avancé la première.

Ses doigts se sont agrippés à mon t-shirt avec une brusquerie presque désespérée. Son regard a glissé du mien à ma bouche.

— Ne me lâche pas.

Sa voix a vibré contre moi, plus basse, moins assurée. Je l'ai sentie expirer lentement, comme si prononcer ces mots lui coûtait.

Je n'ai pas répondu, et je l'ai embrassée. Mes lèvres se sont posées sur les siennes avec brutalité pour la faire basculer légèrement contre le mur. Elle a retenu son souffle une fraction de seconde. Sa respiration est devenue erratique, hachée contre la mienne. Ses mains ont glissé dans ma nuque, ses doigts s'y sont enfoncés, tirant sans mesure. J'ai senti son corps se tendre sous le mien, ses hanches chercher instinctivement une proximité plus étroite, comme si la distance restante était une offense.

Je l'ai maintenue contre le mur, pas pour la coincer, mais pour l'empêcher de se dérober à ce qu'elle provoquait elle-même. Sa cuisse a frôlé la mienne, puis s'y est franchement appuyée.

— Dis-moi d'arrêter, ai-je murmuré, la bouche à peine décollée de la sienne.

Son front a touché le mien.

Elle tremblait encore, mais ce n'était plus de colère.

— Non. Baise-moi.

Le mot est tombé sans hésitation, alors j'ai cessé de mesurer.

J'ai fait glisser son pantalon le long de ses hanches et l'ai attirée contre moi d'un geste sans ménagement. Avec Ella, tout traversait l'impact.

Elle a brusquement inspiré, ses doigts se crispant dans mon dos.

— Ne ralentis pas, a-t-elle murmuré, la voix déjà fêlée.

Nos respirations se sont désaccordées.

— Regarde-moi, ai-je soufflé contre sa bouche.

Elle l'a fait sans détour, le regard assombri, traversé par cette lueur qui la rendait encore plus excitante.

Et, j'ai lâché :

— Putain… je t'aime.

Quelqu'un frappa à la porte, me réveillant en sursaut. Je tournai la tête de l'autre côté. Ella dormait profondément, roulée comme un fœtus, un bras replié sous l'oreiller. Sa respiration était lente et ses traits, enfin libérés, donnaient l'illusion que le monde lui avait accordé une trêve. Je restai immobile une seconde, le regard accroché à elle, le temps de m'assurer qu'elle ne s'était pas réveillée, puis je me levai.

J'enfile un pantalon et un t-shirt à la hâte, sans allumer la lumière, en prenant soin de ne rien faire grincer. Quand j'ouvris la porte, Graziella se tenait droite devant moi. Les bras croisés contre sa poitrine, les épaules légèrement relevées, comme si elle retenait quelque chose depuis trop longtemps.

Son regard ne quitta pas le mien.

— Il faut qu'on parle, dit-elle à voix basse.

Sa voix était stable.

Je sortis dans le couloir et refermai derrière moi avec précaution.

— Maintenant ? répondis-je. Tu vois bien qu'elle dort.

Je jetai un coup d'œil machinal vers la porte, comme pour vérifier qu'elle était toujours fermée, que rien ne filtrait.

— Justement. Je ne veux pas qu'elle entende.

Elle ne bougea pas.

Il y avait quelque chose dans sa voix, qui ne présageait rien de bon et qui me hérissait immédiatement la nuque.

— Qu'est-ce qu'il y a encore ? demandai-je. Si c'est pour me refaire le procès…

Je croisai les bras à mon tour.

— Pedro est dans le coup.

Je me raidis, comme si quelqu'un venait de tirer brusquement sur un fil à l'intérieur de moi.

— Fais attention à ce que tu dis.

Ma mâchoire se serra.

Je sentis ma langue heurter mes dents, prêt à mordre une réponse plus violente.

— Je fais attention depuis des semaines, Duncan. Et, j'en suis sûre maintenant.

Je laissai échapper un souffle agacé, plus long que je ne l'aurais voulu.

— Pedro n'est qu'un exécutant. Il n'a jamais…

— Il tue ces jeunes femmes.

Elle articula lentement chaque mot, sans lever la voix.

Le silence tomba entre nous.

— C'est faux, répliquai-je aussitôt. Tu n'as aucune preuve.

Mais, déjà, quelque chose en moi cherchait à se défendre autrement.

— Si. Et, tu le sais.

Je sentis la colère monter brutalement, instinctive.

La même qui m'avait guidé dans la cave.

— Tu oublies un détail, Graziella. Dans ce monde, on ne survit pas en jouant les vierges effarouchées

Je fis un pas vers elle, sans m'en apercevoir.

— Tu veux parler de meurtres ? Alors parlons de tout.

Son regard ne cilla pas.

Mais, ses épaules se raidirent légèrement, comme si elle venait d'encaisser un coup attendu.

— Justement. Parlons-en.

Elle marque une pause.

— La tête retrouvée il y a quelques jours… la gamine.

Mon cœur ralentit.

— Quoi, la gamine ?

Ma voix avait baissé d'un cran.

— C'était la fille de l'homme que tu as tué dans la cave !

Le silence nous écrasa.

Je sentis quelque chose se fissurer en moi.

— Ce n'est pas possible, murmurai-je.

Je secouais la tête, faiblement, comme si le geste pouvait effacer l'image qui montait déjà.

— Tu l'as tué devant Ella. Tu t'en souviens ?

Je revis la scène malgré moi.

— Pedro a repris là où tu t'étais arrêté, continua-t-elle.

Sa voix ne trembla toujours pas.

— Et cette fois, ce n’était pas un message. C’était une vengeance.

Je restai figé.

Défensif encore, par réflexe, mais déjà fissuré de l’intérieur. Comme si le sol s’était légèrement déplacé sous mes pieds.

— Tu veux dire que…

— Oui. Sans le savoir, tu as ouvert la porte.

Je passai lentement une main sur mon visage, en appuyant trop fort contre mes yeux.

La Sentinelle et ses règles. Tout ce que j’avais accepté sans jamais poser les bonnes questions revenait d’un coup.

— J’arrête, dis-je enfin.

Le mot sortit sans éclat. Mais c’était définitif.

— Quoi ?

— Je quitte la Sentinelle.

Elle me fixa.

Ses sourcils se froncèrent à peine, comme si elle cherchait une faille.

— Tu sais ce que ça implique.

— Je m’en fous.

Je jetai un regard vers la porte derrière moi. Vers la femme que je voulais encore protéger, coûte que coûte.

— Je ne continuerai pas à couvrir ça. Ni pour Pedro, pour eux et encore moins pour moi.

Graziella ne répondit pas.

Elle se contenta de me regarder comme on regarde quelqu’un qui vient de franchir une ligne irréversible.

Puis, je retournai dans la chambre sans ajouter un mot, sans savoir que quelques jours plus tard, j’avais déjà scellé mon destin.

L’ombre de sa sentence.

ELLA ALVAREZ

♪ *Playlist Rammstein – Zeit*

8 NOVEMBRE 2024
Boston – Quartier Roxbury – États-Unis
22 h 04

Le silence qui règne ici n'a rien d'apaisant, rien d'innocent non plus. Il ne tombe pas par hasard, il n'est pas le résidu d'un lieu abandonné ou d'un oubli administratif. *Il est voulu.* Taillé et nettoyé jusqu'à l'os. Ce vide sonore est pensé pour user et forcer l'esprit à se retourner contre lui-même, encore et encore, jusqu'à ce qu'il ne trouve plus d'angle mort, plus d'issue ni d'endroit où se cacher. Il ne cherche ni à consoler ni à envelopper : *il s'infiltre au contraire sous la peau, racle l'intérieur, gratte les nerfs à vif, avançant lentement, jusqu'à ce qu'il ne reste plus rien à quoi se raccrocher.* Il décape, couche après couche, tout ce qui pourrait amortir la chute ou adoucir l'impact. Ici, quand plus rien ne parle, quelque chose écoute. *Et, ça ne cligne jamais des yeux.*

Je suis assise à même le sol depuis trop longtemps pour encore distinguer les heures les unes des autres. Le mur derrière moi est glacé, saturé d'humidité, comme s'il respirait doucement contre mon dos. L'eau traverse le tissu, s'imprime dans ma peau. Le froid ne mord pas et ne cherche jamais la douleur immédiate : *il s'organise, prend ses quartiers avec une rigueur implacable, comme s'il savait qu'il a tout le temps devant lui.*

Mes genoux sont ramenés contre ma poitrine. Ce n'est pas une posture de protection, pas un réflexe de survie. Juste la seule position qui me permet de rester consciente sans me dissoudre complètement, sans laisser mon corps glisser là où l'esprit a déjà failli partir.

Le sang sur mes mains est sec depuis longtemps. Il a noirci, s'est incrusté dans les plis, sous les ongles, jusque dans les microfissures laissées par des lavages trop agressifs, trop répétés. À certains endroits, il adhère encore en plaques rigides qui tirent quand je bouge les doigts. Mais, ce n'est pas le mien. Pas ce jour-là.

L'odeur est toujours là, presque écœurante. Elle remonte dans ma gorge, brûle le fond de mon palais, s'impose comme cette merde que je me suis construit et que je refuse délibérément de rendre propre.

— Tu devrais les laver.

La voix de Graziella tombe sans prévenir, sans inflexion et sans émotion.

Elle se tient dans l'angle de la pièce, comme toujours, droite et immobile, les bras croisés contre elle dans une posture qui n'a rien de défensive. Elle ne s'approche pas, *non jamais,* et son regard, quand il se pose sur moi, ne cherche ni la rencontre ni la compassion : *il glisse, évalue et dissèque.* Elle ne regarde pas réellement, elle observe, avec cette distance qui a déjà tiré ses conclusions et qui se contente désormais d'en suivre l'évolution. Elle ne parle pas pour rassurer, encore moins pour dialoguer : *elle énonce, sobrement, comme on dresserait un rapport.*

Depuis huit jours, c'est exactement cela. Jour après jour, elle inventorie ce qui tient encore par inertie, ce qui commence à se fissurer sous la surface, ce qui, déjà, pourrit lentement à l'intérieur sans produire le moindre bruit. Rien de spectaculaire, rien de brutal. Juste une dégradation qu'elle suit avec une attention presque appliquée, comme si chaque détail avait son importance, et que tout ce processus devait aller à son terme sans être perturbé.

— Pourquoi ? en demandant sans lever la tête.

Ma voix est rauque, abîmée.

Elle sert trop peu, et quand je parle, ça s'entend. Les mots sortent difficilement, comme si ma gorge avait pris l'habitude de rester fermée. Elle garde la trace des cris que je n'émettrai plus, de ceux que j'ai appris à retenir, à étouffer, à avaler jusqu'à les rendre muets. Ce n'est pas le silence qui l'a cassée, mais tout ce que je n'ai pas dit, tout ce que j'ai empêché de sortir.

— Parce que tu t'y accroches.

Je serre légèrement les doigts.

La peau tire à l'endroit où le sang a séché. Au moindre mouvement, la tension se fait sentir davantage, jusqu'à ce qu'une croûte finisse par céder. Une ligne rouge apparaît aussitôt, fine et superficielle. Ce n'est pas suffisant pour que le sang coule, ni pour alerter ou inquiéter. Juste assez pour brûler légèrement, pour rappeler que la chair reste sensible, que rien n'est encore refermé.

— C'est le but.

Elle me dévisage enfin, lentement, comme on évalue une pièce dont on teste la résistance.

— Non, corrige-t-elle. Le but, c'est de pouvoir les laver sans trembler.

Je ne réponds pas, et elle n'en attend rien de toute façon.

Graziella ne cherche ni l'accord ni la validation. Ce qui compte pour elle, c'est de savoir où j'en suis, ce qui tient encore, ce qui faiblit. Elle observe, note mentalement, puis ajuste sans état d'âme. Depuis huit jours, elle m'a privée de sommeil, de rythme, de tout ce qui pourrait servir de repère. Elle m'oblige à rester là, à regarder, à écouter, à recommencer, encore et encore, sans pause possible. Elle ne lève jamais la main elle-même. Elle n'en a pas besoin. *Tout est déjà organisé pour que ça continue sans elle.*

— Rien ne se casse ici, reprend-elle sans élever la voix. Elle est restée debout, légèrement de biais, une main posée contre le dossier de la chaise, comme si elle en évaluait la solidité.

— Ça se délite, lentement. Si tu forces, tu perds ce qu'on essaie de construire.

Je relève enfin la tête.

Mon dos est voûté, les épaules rentrées, les avant-bras appuyés sur mes cuisses. Mes doigts pendent, inertes.

— Et si je ne veux plus rien construire ?

Elle ne répond pas immédiatement.

Elle ne s'approche pas non plus, mais se contente de croiser les bras et de reporter son poids sur une jambe. Le silence qui suit n'a rien d'une hésitation. Il s'épaissit et colle à la peau.

Quand elle parle enfin, sa voix est plus basse, plus proche, non pas physiquement, mais dans l'intention.

— Alors tu ne serais déjà plus là.

Son regard ne me quitte pas.

Ce n'est ni une menace ni une promesse. Juste un constat. Je sens ma nuque se raidir et ne bouge toujours pas, car je comprends que ce n'est pas une question de choix. *Ça ne l'a jamais été.*

La porte s'ouvre.

Je n'ai pas besoin de lever la tête pour savoir que c'est Derek. Je le perçois avant même que j'entende le moindre bruit, à la façon dont l'air change autour de moi, comme si l'espace s'ajustait à sa présence. Il referme la porte sans la faire claquer, marque une brève pause avant d'avancer, parce qu'ici il a appris que le moindre geste trop direct peut provoquer une réaction qu'on ne contrôle plus.

— Tu as encore du sang sur toi, dit-il.

Sa voix est posée, presque neutre.

Ce n'est pas une question, seulement une observation formulée sans jugement.

Je baisse les yeux vers mes mains. Mes doigts sont crispés sans que je m'en sois rendu compte, les jointures blanchies par la tension accumulée.

— Pas le mien.

Il s'accroupit devant moi avec lenteur, en s'arrêtant à une distance précise, ni intrusive ni distante. *Derek sait que le corps réagit toujours avant que l'esprit ait le temps de décider.*

— Tu ne dors pas.

Je hausse à peine les épaules, un mouvement bref qui ne cherche même pas à masquer l'évidence.

— Toi non plus.

Un muscle de sa mâchoire se tend.

Il passe rapidement la langue sur sa lèvre inférieure, puis son visage se fige, comme s'il venait de refermer quelque chose à l'intérieur.

— Je rêve encore d'avant, dit-il. De ces choses qui n'existent plus.

Je cligne des yeux une seule fois.

— Moi, je ne rêve plus.

Graziella intervient aussitôt, sans bouger, sans modifier l'angle de son corps :

— C'est précisément là que ça commence.

Je relève la tête vers elle.

Elle est restée debout, droite, les bras libérés le long du corps. Mon crâne bourdonne encore des exercices récents, des images répétées, des sons passés en boucle jusqu'à ce que mon corps réagisse avant même que j'aie le temps de réfléchir.

— Quoi ?

— Le moment où ton cerveau arrête de te protéger, répond-elle calmement. Où il cesse de fabriquer des échappatoires qui ne mènent nulle part.

Derek ne détourne pas le regard.

— C'est l'étape suivante.

Je ferme les paupières un bref instant et j'expire lentement par le nez.

Le silence s'installe naturellement entre deux respirations, et je ne cherche plus à le repousser. *J'ai compris que lutter contre lui ne fait qu'accélérer la perte de contrôle.*

— Et après ?

Derek répond sans la moindre hésitation :

— Après, tu choisis.

Un rire bref m'échappe.

— J'ai déjà choisi.

Graziella secoue très légèrement la tête.

— Non. Tu as accepté d'aller jusque-là. Ce n'est pas la même chose.

Elle avance enfin, un pas, puis un autre, et s'arrête juste derrière Derek.

— Le vrai choix, c'est de savoir ce que tu es prête à perdre en comprenant parfaitement ce que ça implique.

Derek tend la main sans dire un mot.

Il ne s'avance pas davantage, ne cherche pas à combler la distance. Sa main reste ouverte, immobile, suspendue à hauteur de mes genoux, la paume offerte sans insistance. Il ne me regarde pas pour m'y forcer, ne l'utilise pas comme une injonction. C'est un geste retenu, comme s'il avait appris que le moindre mouvement de trop pouvait tout faire basculer. Il attend. Je la fixe longuement, en évaluant ce que cela va encore coûter, ce que ça va briser, et surtout ce que ça ne compensera jamais.

Puis je pose ma main dans la sienne.

Ses doigts se referment immédiatement. Sa prise est ferme, constante, sans hésitation ni tentative d'apaisement.

Il me relève lentement. Je vacille, mes jambes tremblent sous l'effort. Il ne me soutient pas immédiatement. Il attend, observe, me laisse corriger seule. Mes muscles brûlent, mes nerfs protestent, puis mon corps s'ajuste, comme il l'a appris lors de ces derniers jours.

Une fois debout, il pose enfin sa main dans mon dos.

— Je veux Cameron et Ashton.

— Je sais.

— Tu veux y aller comment ?

Graziella se penche légèrement vers moi.

Son visage est proche, sans être envahissant, attentif à la moindre réaction.

— Dis-le réellement. Ce mot restera et t'accompagnera dans chaque décision.

Je redresse la tête.

Ma nuque est raide, mon regard se fixe. Il est différent maintenant, plus stable et précis.

— Consciente.

Le silence s'installe.

Derek hoche la tête.

— Alors il va falloir encore te pousser.

Un sourire bref étire mes lèvres avant de disparaître aussitôt.

— Faites-le.

Le silence se referme autour de nous.

Je sais déjà ce que cela va coûter : *pas la douleur, pas la peur, mais quelque chose de plus définitif et de plus silencieux, qui ne crie pas quand on le perd.*

Je ne retire pas ma main.

Le silence s'étire entre nous, et pour la première fois depuis longtemps je ne cherche ni à le fuir ni à m'en protéger. Je soutiens son regard sans détourner le mien, pleinement consciente que ce geste n'a rien d'un abandon, qu'il ressemble davantage à une signature posée sans retour possible.

Et, quand la sienne se referme enfin sur la mienne, je comprends que ce que je viens de perdre n'est pas ce qu'ils me prendront plus tard.

En revanche, c'est une chose plus intime: *ce à quoi je viens, en toute lucidité, de consentir à ne jamais pouvoir revenir.*

L'ombre de son destin.

CHAPITRE 29

DEREK UNDERWOOD

♪ Playlist Bring Me The Horizon – Can You Feel My Heart

13 NOVEMBRE 2024
Boston – Quartier Roxbury – États-Unis
21 h 33

Elle change vite, et ce changement n'a rien d'un apprentissage progressif ni d'un effort conscient. *C'est un délestage brutal.* Comme si quelque chose se décrochait d'elle sans lutte ni plainte, morceau après morceau, ne laissant derrière soi qu'une version plus dangereuse.

Je la regarde s'entraîner sans intervenir, appuyé contre le mur, les bras croisés plus par nécessité que par posture. Mon rôle n'est plus de diriger quoi que ce soit. Je suis là pour observer et mesurer la vitesse à laquelle elle glisse vers un état que je reconnais trop bien pour prétendre y être étranger.

Chaque geste gagne en précision et en netteté. Ses appuis sont stables, ancrés ; son centre de gravité ne vacille jamais. Elle ne perd pas une fraction de seconde à réparer après coup : *tout se joue en amont.*

Les micro-hésitations ont disparu et ces ajustements qui trahissaient encore une pensée morale, un reste d'humanité, ont cessé d'exister.

Elle n'attend plus de validation, ne me cherche plus du regard, n'écoute plus pour être rassurée. Elle se corrige seule, ajuste l'angle de son poignet, la position de ses épaules, la trajectoire de la lame, comme si le corps avait définitivement pris le relais. Désormais, il obéit sans la moindre place laissée à l'émotion.

Le sabre fend l'air dans un rythme sec et régulier. Le mannequin encaisse sans offrir de résistance : *la matière ploie sous les impacts répétés, jusqu'au point où l'exercice ne sert plus à apprendre, mais simplement à constater.*

Je la laisse faire. Trop conscient de ce que je verrais si je tentais de l'arrêter. *De ce que je réveillerai.*

— Respire, dis-je finalement.

Ma voix est rauque. *Plus que je ne l'aurais voulu.*

Elle ne répond pas, ne ralentit pas, ne détourne même pas son attention. Sa mâchoire se crispe à peine, de façon presque imperceptible, et elle frappe encore.

En cet instant, quelque chose me serre la poitrine. Une pression trop familière pour être confondue avec de la peur ou de l'admiration. *C'est autre chose, plus trouble et intime.*

— Stop.

Elle s'arrête aussitôt. Sans élan superflu, sans mouvement inutile.

La lame vibre à peine entre ses doigts, puis se stabilise. *Elle était prête à s'interrompre depuis le début.*

— Pourquoi ? demande-t-elle sans se retourner.

Sa voix est stable, neutre, dangereusement calme. Elle essuie la sueur sur sa tempe du revers de la main, y laissant une trace sombre.

— Parce que si tu continues comme ça, tu vas y prendre goût.

Elle se tourne lentement.

Son regard est sombre, trop clair pour être rassurant.

— C'est déjà fait.

Je soutiens son regard sans chercher à l'adoucir. Je ne cligne pas des yeux. *Certaines vérités cessent d'avoir un sens dès qu'on tente de les rendre acceptables.*

— Alors regarde-moi.

Elle hésite à peine, une fraction de seconde, le temps d'un battement de cils. Puis elle obéit, redressant légèrement le menton, comme si elle acceptait une confrontation plutôt qu'un ordre.

— Tu n'es pas un monstre, Ella. Pas encore.

— Et toi ?

La question n'a rien d'accusateur. Elle est presque curieuse.

Je prends le temps de répondre, laissant le silence s'installer entre nous.

Puis je dis :

— Moi, j'ai accepté de l'être il y a longtemps.

Elle s'approche doucement, avec une lenteur maîtrisée. Ses pas sont feutrés, mais je les perçois quand même, dans la tension qui s'installe entre nous et ne cesse de monter. Sa peau est encore chaude, marquée par la sueur et le sang déjà sec.

Je ne recule pas. Je le pourrais sans difficulté, mais je reste là.

— Tu me regardes comme si tu voulais me sauver, murmure-t-elle.

Sa voix a baissé.

— Non.

Je m'avance à mon tour, réduisant encore l'espace entre nous sans la toucher.

Assez près pour que je sente sa respiration se caler sur la mienne, sans que l'un ou l'autre ne le décide vraiment.

— Je te regarde comme quelqu'un qui sait exactement ce que ça coûte.

Elle est trop proche maintenant. Suffisamment pour que je perçoive la tension dans son corps, cette rigidité maîtrisée, prête à réagir au moindre mouvement. *Elle ne cherche ni réconfort ni permission.*

— Reste avec moi, Derek.

Ce n'est pas une supplication ni encore moins une demande. *C'est un ordre.*

— Je suis déjà là.

Elle pose son front contre mon torse une seconde à peine, pas davantage.

Son souffle accroche le tissu de mon t-shirt. Le contact n'a rien de tendre. Il est précis, nécessaire, pris sur le moment. Juste le temps de se recentrer, pas de s'adoucir, comme si ce point d'appui servait à stabiliser ce qu'elle est en train de devenir, non à l'arrêter.

Elle recule légèrement, déjà ailleurs.

— Cameron, dit-elle enfin. Sa tête est mise à prix.

Je ne commente pas.

Je hoche à peine la tête, sachant ce que cela signifie. Sa décision est prise et le processus enclenché.

— Pas immédiatement, ajoute-t-elle. Il doit comprendre que le temps joue contre lui.

Elle ajuste la prise sur le sabre, par réflexe.

— Dans quelques semaines, dis-je simplement.

— Oui.

Quand elle s'éloigne, je reste immobile, le regard fixé sur l'endroit qu'elle occupait encore une seconde plus tôt.

Certain désormais d'une chose : *ce qui va mourir dans les semaines à venir ne sera pas seulement Cameron, mais tout ce qui, en elle, aurait encore pu hésiter à aller jusqu'au bout.*

Et, je resterai.

Parce que j'ai compris trop tard que l'aimer ne signifiait pas la retenir, mais marcher à ses côtés pendant qu'elle brûle.

L'ombre de ses sentiments.

CHAPITRE 30

HAROLD STUART

♪ ***Playlist Evanescence – Lithium***

15 NOVEMBRE 2024
Boston – Quartier Dorchester Nord – États-Unis
17 h 13

Le corps est déjà froid.

Non pas au sens strictement médical, *pas encore,* mais dans ce qu'il impose immédiatement à celui qui le regarde, dans la manière dont il neutralise tout réflexe, toute tentative d'émotion spontanée, comme si la scène avait été conçue pour interdire toute lecture alternative, hésitation et échappatoire. *Dès le premier regard, tout est verrouillé.*

Je m'arrête à distance réglementaire avant même que j'en aie pleinement conscience, non par choix délibéré, mais parce que le corps exige sa propre limite, une frontière que l'expérience m'a appris à ne pas franchir sans nécessité.

C'est une jeune femme, début de la vingtaine. Son âge se lit moins dans ses traits que dans ce qu'ils ont déjà perdu.

Lorsque je m'approche, la peau est froide au toucher, rigide par endroits : *nuque, épaules et mâchoires.* Là, où la fixation débute habituellement. La coloration est caractéristique : *grisâtre, mêlée de jaune pâle, irrégulière, sans homogénéité.* Cette conséquence est simplement due à l'arrêt de la circulation sanguine et de sa redistribution, laissant une surface mate, privée de toute vitalité résiduelle.

La lividité cadavérique est visible le long des flancs, à l'arrière des bras et sous les cuisses. Elle n'est pas totalement fixée mais suffisamment marquée pour indiquer plusieurs heures d'immobilité. Rien ne suggère un déplacement récent. L'abdomen est légèrement distendu, sans signe de gonflement avancé, uniquement libéré par la perte de tonicité musculaire. La cage thoracique est immobile, la poitrine figée dans une expiration définitive qui n'a pas été suivie d'une autre.

Je porte ensuite mon attention sur ce visage. Les traits sont tirés, vidés de toute tension vivante. Les lèvres ont perdu leur couleur, fendillées, légèrement entrouvertes, laissant apparaître un alignement irrégulier des dents. Les paupières ne se sont pas entièrement closes, exposant un liseré blanchâtre sur des globes oculaires déjà desséchés. Les cils sont collés par une humidité résiduelle. Le nez paraît plus saillant, les pommettes plus marquées, non par transformation mais par l'affaissement des tissus mous.

Elle est nue, ses bras sont alignés le long du buste, les mains ouvertes et les paumes visibles, positionnées pour exclure toute ambiguïté. Les jambes sont légèrement écartées, juste assez pour empêcher toute interprétation. La tête est tournée sur le côté, calée avec soin, offrant le profil. Il n'y a aucune trace de lutte. *Ce n'est pas une violence incontrôlée, mais l'aboutissement d'une mise en scène parfaitement maîtrisée.*

Ce qui heurte réellement, ce n'est pas la nudité, mais l'absence. *L'abdomen a été ouvert sur toute sa longueur.* La peau a été écartée puis refermée, point par point, avec soin. Quelqu'un a pris le temps. *Ce n'est pas comme eux… Là, c'est le travail d'un médecin.*

Cette personne savait précisément où inciser et refermer. Je reste debout, à distance, les bras le long du corps, le poids légèrement décalé sur une jambe. Je laisse mon regard circuler sans s'arrêter, enregistrant les détails de manière séquentielle, comme on classe des éléments dans un dossier déjà trop dense pour être appréhendé d'un seul regard.

Derrière moi, Serena s'avance. Ses pas sont lents et je perçois la tension avant même qu'elle ne s'agenouille.

Elle observe sans toucher.

— Encore une, murmure-t-elle.

Je baisse à peine la tête.

— Oui.

Elle garde ses mains à distance, suit les sutures du regard, enregistre la régularité, l'angle, la constance de la pression. Son dos est droit, ses épaules rentrées.

Elle adopte toujours cette posture.

— Ça fait combien, maintenant ? demande-t-elle.

— Officiellement ? Une vingtaine.

Elle se redresse lentement.

— Officieusement ?

Je ne réponds pas.

Le silence s'installe entre nous. Je sens son attention se déplacer entièrement vers moi.

Elle se lève et me fait face.

— Tu es ailleurs, Harold.

— Je fais mon travail.

Ma voix est bien trop plate.

— Non ! Tu décroches et réponds à côté.

Je serre la mâchoire.

Mon regard glisse un instant vers le corps vidé.

— On parle d'un individu, Serena. Pas de moi.

Elle réduit la distance, baisse la voix.

— Justement. Tu sais quelque chose. Et, si tu me caches des éléments, tu ne mets pas seulement l'enquête en danger. Tu me mets aussi dans ta merde.

Je la regarde enfin pleinement.

Mon visage est fermé, tiré par une fatigue qui n'a rien de physique.

— Tu veux la vérité ?

Elle hoche la tête.

— Ce dossier est profondément malsain. Plus on creuse, plus on tombe sur des éléments que quelqu'un a tout fait pour rendre invisibles.

— Tu te prends pour qui ? Un justicier isolé ?

Un rire bref m'échappe, sans amusement.

— J'en ai assez.

— Assez de quoi ?

— D'appliquer des procédures qui contournent systématiquement le cœur du problème. De prétendre que tout est rationnel, compartimenté, maîtrisable, alors que ça ne l'est plus depuis longtemps.

Elle se fige.

— Fais attention à ce que tu dis.

Je me détache déjà mentalement de la scène.

— Transmets au labo. Qu'ils fassent leur travail. Moi, j'ai terminé ici.

— Harold…

Je me détourne avant la fin de sa phrase.

Je quitte la scène sans me retourner. Je sens son regard et sa colère dans mon dos. Elle ne me suit pas cette fois-ci. Quelque chose vient de se fissurer entre nous.

Et, je le sais déjà : *cette fissure-là ne se refermera pas.*

L'ombre de sa fracture mentale.

HAROLD STUART

♪ ***Playlist The Killers – Somebody Told Me***

15 NOVEMBRE 2024
Boston – 201 Maple Street Chelsea – États-Unis
Fief FBI
19 h 23

Le bureau est déjà plongé dans la pénombre quand j'entre, et ce n'est pas une obscurité ordinaire : *elle est compacte, figée, presque attentive, comme si la pièce retenait son souffle avant moi.* Le silence est total, sans le moindre bourdonnement électrique, sans circulation au-dehors, rien qui puisse accrocher l'oreille ou rassurer l'instinct. Je referme la porte doucement derrière moi en contrôlant le geste. Cependant, le cliquetis du verrou résonne malgré tout plus fort qu'il ne devrait. *Je ne voulais pas être repéré…*

Je reste immobile une seconde, les épaules légèrement voûtées, la nuque tendue, la main encore posée sur la poignée, comme si une part de moi envisageait déjà de faire demi-tour.

Puis j'avance, j'allume la lampe du bureau. La lumière découpe brutalement l'espace, tranche les ombres sans les dissiper vraiment. Je pose mon arme sur le plateau. Mes doigts remontent vers ma cravate, que je desserre d'un coup sec, le nœud glissant mal, accrochant un instant, et je la laisse pendre comme si elle m'avait tenu la gorge serrée pendant des heures.

— Assez !

Je lâche, sans hausser la voix, mais avec une fatigue râpeuse qui n'a plus rien de maîtrisée.

Les mots se perdent dans la pièce, puis l'écran s'allume tout seul.

Je me fige. Le poids de mon corps bascule légèrement vers l'arrière. Le logo apparaît lentement : *noir sur fond blanc.*

LE SANCTUAIRE.

Ma mâchoire se serre avant même que la voix ne retentisse.

— Tu reviens toujours, Harold.

La colère remonte d'un coup, et je frappe du poing sur le bureau sans réfléchir, assez fort pour faire vibrer le plateau sous mes avant-bras.

— TA GUEULE.

Les dossiers empilés frémissent, la lampe vacille une fraction de seconde.

Je sens le choc jusque dans l'épaule, jusque dans la clavicule, mais la douleur est secondaire, presque bienvenue.

— Tu n'es pas obligé de crier.

Je me redresse, les mains à plat sur le bois, penché en avant, le dos raide, le visage trop proche de l'écran.

— Si. Je suis énervé !

Je frappe encore, laissant la rage prendre le dessus.

— Tu me balances des corps, des indices tronqués, des demi-vérités calibrées, et tu me regardes me débattre comme un abruti pendant que tu ajustes le décor. Je ne suis plus ton pantin.

Il y a une pause.

Trop longue pour être innocente et calculée pour me laisser bouillir.

— Tu veux savoir qui tue.

Un rire m'échappe.

— Je veux savoir qui tire les ficelles.

Les lettres s'affichent lentement, lettre après lettre, avec une cruauté qui me retourne l'estomac.

— *LA SENTINELLE.*

Je serre les dents à m'en faire mal.

— Nom.

— Connor Rodriguez.

Mon poing s'abat de nouveau, réflexe, presque désespéré.

— Le chef.

— Le chef visible, oui.

Un froid me traverse le ventre.

— Il y a quelqu'un au-dessus.

Le silence s'étire, épais, quasiment suffocant.

Puis les lettres apparaissent.

— *YOLANDA RODRIGUEZ.*

Mon souffle se coupe.

Je reste figé, la poitrine bloquée, les épaules rigides comme si mon corps refusait d'intégrer l'information.

— Sa mère, poursuit l'écran. Elle a créé la Sentinelle il y a plus de cinquante ans. Ils contrôlaient le Mexique, les routes, les hommes et les morts.

Je passe une main sur mon visage, appuyant fort contre mes yeux, comme si le geste pouvait remettre de l'ordre dans ce qui vient de s'effondrer.

— Et maintenant Boston… Et ce n'est qu'une extension pour eux.

Je me redresse brusquement, le poids basculant vers l'avant, prêt à attaquer quelque chose.

— Pourquoi moi ?

— Parce que tu doutes, et tu es fissuré. Et, parce que tu n'obéis plus aveuglément.

Je frappe encore, la colère me brûle les tempes.

— TU M'AS UTILISÉ.

— Non, nous t'avons réveillé.

Je fixe l'écran sans cligner des yeux.

— Et la mafia italienne…

Les lettres apparaissent plus vite :

— *LA SENTINELLE A TUÉ LE PARRAIN, IL Y A VINGT-NEUF ANS.*

Je recule d'un pas, malgré moi, comme si l'air venait de se raréfier.

— Ils ont déclaré la guerre. Depuis, nous nous traquons.

Je ferme les yeux une seconde, le poids de l'histoire m'écrasant les épaules.

— Tu es mon ennemi, dis-je enfin.

— Non.

La réponse est immédiate :

— La Sentinelle l'est.

Quand je rouvre les yeux, mes mains tremblent légèrement.

— Alors, pourquoi je devrais te croire ?

Un dernier message s'affiche.

— *PARCE QUE TU ES DÉJÀ DANS LA GUERRE. ILS ONT TUÉ TA FEMME ET VOLÉ TON BÉBÉ.*

L'écran s'éteint.

Le noir revient d'un seul bloc. Je reste immobile, le souffle bloqué trop haut dans la poitrine, le corps figé dans une tension qui n'a rien d'un réflexe : *comme si quelque chose en moi résistait encore à l'idée d'admettre une vérité pourtant déjà installée.*

Ce que je ressens n'a rien d'un choc ni d'une révélation. Mais elle confirme ce que je savais déjà, sans jamais l'avoir formulé.

La douleur ne surgit pas avec violence ; elle s'installe lentement, sans larmes et sans rien réclamer, sauf une seule chose : *que je tienne.* Ma mâchoire se referme, mes poings se crispent, et son visage s'impose à moi : *ma femme et ma fille que je n'ai jamais connue.*

Quelque chose se met alors en ordre.

La rage ne déborde pas, ne cherche pas à s'exprimer ; elle se structure en devenant claire, stable et définitive. Tout ce qui n'est pas essentiel disparaît dans le même mouvement : *les règles, les nuances, l'illusion d'une justice impeccable.* Ils ne m'ont pas seulement menti. *Ils ont tracé une frontière et désigné ce qui se trouve de l'autre côté.*

Je rouvre les yeux.

Mon regard s'est resserré, déjà projeté vers ce qui vient après. Il n'y a plus rien à comprendre, à réparer et encore moins à sauver.

Il ne reste qu'une seule action possible : *venger ma femme et retrouver ma fille.*

Je récupère mon arme et la range sans précipitation. Ce n'est plus une enquête. *Mais une guerre.*

L'ombre de sa haine.

INTERLUDE

YOLANDA RODRIGUEZ

♪ ***Playlist Muse – Supermassive Black Hole***

Il y a cinquante-deux ans
Sinaloa – Mexico

La première chose comprise, bien avant toute doctrine ou toute ambition géopolitique, était que la peur ne devait jamais rester un concept abstrait, mais devenir une expérience corporelle inscrite dans les tissus en déréglant les organes, et contaminer les sens jusqu'à transformer la simple idée de désobéissance en rejet physiologique, comparable à une nausée violente ou à une défaillance nerveuse. *Et, ça, Yolanda Rodriguez l'avait parfaitement compris.*

Dans la cour de *la hacienda,* les hommes étaient maintenus à genoux depuis trop longtemps, les cuisses brûlantes, les ligaments en feu, la circulation sanguine coupée au point que certains ne sentaient déjà plus leurs jambes, tandis que d'autres subissaient des décharges incontrôlables qui les faisaient convulser par à-coups. Le sol, saturé de sang, d'urine, de bile et de matières fécales, formait une boue sombre et tiède qui s'infiltrait dans les plaies ouvertes, entretenant une odeur infâme, telle de la chair abîmée qui commence à tourner sans encore pourrir complètement.

La femme s'était avancée pieds nus, écrasant parfois sous sa plante des caillots encore mous ou des fragments de peau arrachée, consciente que ce contact avec la matière organique faisait partie du message, que l'autorité ne pouvait être crédible que si elle acceptait la souillure.

Son regard parcourait les corps comme on inspecte une cargaison : *ce qui pouvait encore servir, et ce qui devait être éliminé.*

— Regardez bien, avait-elle dit calmement. Ici, rien n'est symbolique.

Elle avait expliqué que *la Sentinelle* n'était pas une famille. En revanche, un filtre destiné à trier, à extraire et à recycler ce qui pouvait encore produire de la valeur.

— Une famille protège les faibles, avait-elle ajouté. Un filtre les élimine.

Le premier mec n'avait pas eu besoin d'être désigné longtemps : *son corps s'était dénoncé seul.* Les tremblements violents, la mousse à la commissure des lèvres, puis le relâchement des sphincters avaient libéré une odeur fécale. Lorsqu'il avait tenté de parler, aucun mot n'était sorti, seulement un gargouillis humide, déjà encombré de sang.

Elle s'était arrêtée devant lui.

— Tu as volé.

Il avait essayé de lever la tête.

— Pitié… j'ai juste…

— Non, avait-elle coupé. Le vol n'est pas une faute morale. C'est un symptôme.

La sentence avait été immédiate : *le vol était la preuve d'une défaillance structurelle, l'indicateur qu'un individu ne comprenait pas sa fonction.*

— Ce qui ne comprend pas sa fonction devient instable. Et, ce qui est instable met tout en danger.

Lorsqu'il avait été relevé violemment, ses genoux collés s'étaient arrachés du sol dans un bruit de craquement, et le premier impact avait ouvert l'abdomen sans précision, laissant les intestins se répandre sous la pression interne. L'odeur avait changé instantanément, devenant plus chaude, plus acide, presque suffocante, provoquant des vomissements parmi les témoins. Le cri s'était prolongé jusqu'à se briser, tandis que l'air cessait progressivement de circuler correctement.

— Voilà ce que fait l'erreur, avait-elle repris sans hausser la voix. Elle ouvre, salit, et contamine.

Lorsqu'elle avait repris pour expliquer que *la Sentinelle* corrigeait, le corps continuait de bouger par réflexes, les doigts se crispant encore, les organes exposés perdant déjà leur éclat.

Connor était là et immobile.

Il observait la manière dont la chaleur quittait lentement le corps et comment la mort n'arrivait jamais d'un coup, mais par désagrégation progressive. *C'était précisément pour cela qu'il avait été amené.*

Elle avait tourné le regard vers son fils et lui avait demandé :

— Tu vois ?

Il restait droit, sans peur dans son visage malgré son jeune âge.

Puis il avait répondu :

— Oui.

Ella avait souri.

Lui seul avait le droit à ce semblant d'humanité.

Puis, elle avait continué :

— Ce n'est pas la mort que tu dois regarder. C'est ce qui reste quand tout lâche.

Plus loin, d'autres corps attendaient, attachés, entaillés avec soin.

Ceux-là n'étaient pas là pour l'exemple, mais pour la suite. La paroi abdominale avait été ouverte proprement, les organes maintenus et protégés du soleil. *Le sang avait été contenu autant que possible.*

— Ces types ne sont pas des avertissements, avait-elle expliqué. Ce sont des stocks.

Elle avait poursuivi, toujours sur le même ton, expliquant que *la Sentinelle* ne se contentait pas d'éliminer, mais qu'elle transformait et alimentait des circuits, bien au-delà de cette cour et des frontières.

— Les corps inutiles deviennent des ressources et les organes propres voyagent.

Un murmure avait traversé l'assemblée.

— Des cliniques privées, des laboratoires discrets, des hôpitaux avec lesquels les rideaux sont épais et les consciences inexistantes.

Elle avait marqué une pause.

— Les dirigeants tombent malades comme tout le monde, les chefs d'État vieillissent, et les hommes puissants craignent de mourir.

Elle avait souri.

— Nous vendons du temps, et ils paient très cher pour ne pas savoir d'où il vient.

Elle s'était penchée, lentement, et avait glissé l'arme dans la main de l'enfant, refermant ses doigts autour de la crosse.

La lame était tiède et la poignée poisseuse.

— Pas ici, avait-elle dit en désignant le haut de l'abdomen. Tu abîmerais ce qui vaut de l'argent.

Le geste avait été guidé non pour tuer immédiatement, mais pour apprendre où ouvrir sans endommager ce qui devait être prélevé.

Quand la lame avait pénétré plus profondément, traversant les tissus dans un bruit humide, un cri avait jailli, aussitôt brisé par un hoquet d'air et des paroles confuses.

— Putain, bande de malades, pourquoi vous faites ça ?

Elle continuait à guider son fils sans rien dire.

Une odeur s'était répandue, faite de sang, de bile et des premiers signes de dégradation organique. Les intestins s'étaient partiellement vidés, et des mouches s'étaient déjà posées, attirées par la chaleur du corps.

— Lentement, avait-elle murmuré. Tant que ça respire, ça se vend.

Le corps avait continué à vivre quelques instants.

Assez longtemps pour crier encore, d'une voix de plus en plus faible, qui s'était progressivement réduite à des sons irréguliers, puis à une respiration difficile. *Suffisamment pour que les organes restent exploitables.*

Lorsque tout s'était arrêté, il ne restait plus un homme, mais un corps ouvert, vidé de ce qui avait de la valeur, laissé là pour servir d'exemple.

Plusieurs heures plus tard, la nuit avait recouvert la cour. L'air y était devenu irrespirable, saturé d'odeurs de mort installée et de chairs laissées ouvertes trop longtemps. Lorsque les autres chefs étaient arrivés, ils avaient compris sans qu'on leur explique : *les traces encore humides sous leurs pas et les corps disposés ne laissaient aucune place à l'improvisation.*

— Vous ne travaillez plus pour des routes, avait-elle dit. Vous travaillez pour un système.

L'un d'eux avait tenté de protester, la voix déjà fragile.

— Et si quelqu'un parle ?

Elle avait levé les yeux vers lui, sans élever la voix.

— Il ne parlera pas longtemps. Et, ce qu'il aura à dire sera déjà en train de se décomposer.

Elle avait ensuite précisé que ce système bénéficiait d'une protection directe, assurée par ceux qui dirigeaient le monde à distance, depuis des bureaux.

— En échange de votre obéissance, vous resterez en vie. En échange de votre silence, vous deviendrez riches. Et, si vous oubliez… vous remplacerez celui d'avant.

À cet instant précis, la peur avait cessé d'être une émotion. *Elle était devenue un mode de fonctionnement.*

Et, dans le regard de l'enfant, désormais conscient de la valeur réelle d'un corps humain, *la Sentinell*e cessait d'être une idée. *Elle devenait une fonction, une pièce essentielle d'un système qui se maintenait en consommant ceux qu'il jugeait superflus.*

L'ombre de la corruption.

CHAPITRE 32

LUCY SHEFFIELD

♪ Playlist Franz Ferdinand – Take Me Out

20 NOVEMBRE 2024
Boston – Quartier Hyde Park – États-Unis
16 h 17
De nos jours

Andrew parle, et je l'entends sans vraiment l'écouter. Ses mots n'arrivent plus à m'atteindre. Ils n'ont plus aucune surface d'accroche. Ils glissent, ricochent, se brisent contre quelque chose d'opaque, comme de l'eau sale projetée sur une vitre trop terne pour laisser passer la lumière. Même quand je reconnais le timbre de sa voix, même lorsque je perçois l'effort qu'il fait pour rester calme et juste, rien ne s'ancre. *Tout cogne, puis disparaît aussitôt, sans laisser de trace.*

— Lucy, regarde-moi quand je te parle.

Je reste debout, immobile.

Mes bras sont croisés trop fort contre ma poitrine, comme si je devais retenir quelque chose à l'intérieur avant que ça ne déborde. Mon dos est appuyé contre la fenêtre. Derrière moi, la nuit tombe lentement, pendant que la ville s'allume étage après étage, rue après rue. Une continuité obscène. *Comme si rien n'avait été arraché et qu'aucune absence ne creusait un vide au milieu de tout ça.*

Je tourne légèrement la tête vers lui, juste assez pour lui donner l'illusion d'un effort.

— Je te regarde, dis-je enfin, d'une voix que je m'efforce de garder stable. Je te vois très bien.

C'est faux.

Je vois son inquiétude, oui. Je vois la fatigue dans la ligne de ses épaules, dans les plis de son front. Je vois cette patience qu'il tente encore de maintenir à flot, mais qui s'effiloche jour après jour. Pourtant, je ne le vois plus vraiment. Pas comme avant. Pas comme quelqu'un capable de me rejoindre là où je suis. Il est devenu une barrière. Une présence trop rationnelle. Une voix de plus qui cherche à m'expliquer ce que je devrais ressentir, comment je devrais aller mieux, à quel moment je devrais accepter.

Il inspire profondément avant de reprendre, comme s'il pesait chaque mot.

— Tu ne dors plus.

Il fait un pas vers moi puis s'arrête et hésite.

— Tu ne manges plus. Tu parles toute seule, Lucy. Tu pars sans prévenir. Tu vas chez ses parents comme une… comme une…

Il se coupe, cherche une formulation qui ne m'exploserait pas en pleine gueule.

Cette hésitation m'irrite plus que le reste.

— Comme quelqu'un qui cherche la vérité.

Je tranche sans lui laisser le temps de finir.

Il passe une main sur son visage.

Le geste est nerveux, usé jusqu'à la corde, comme s'il le répétait depuis des semaines pour empêcher quelque chose de céder.

— Ella est morte.

Le mot tombe sans ménagement.

Morte.

Ma poitrine se contracte violemment. L'air refuse de circuler et mon corps rejette physiquement ce qu'il vient d'entendre.

Je secoue la tête.

— Non.

Il se fige, surpris par la netteté de ma réponse.

— Lucy…

— Non.

Ma voix tremble, mais je continue, portée par une certitude qui refuse de plier.

— Ils mentent tous. La police, les médecins et ses parents.

Je décroise enfin les bras.

— Ils savent. Tu ne vois pas ? C'est pour ça qu'ils vendent la maison. Qu'ils rangent tout, qu'ils effacent et nettoient. Et, surtout, qu'ils fuient.

Il explose et me répond :

— Personne ne fuit, bon sang ! Ils ont perdu leur fille !

Je ris.

C'est tellement mauvais et sans joie.

— Tu appelles ça perdre ?

Je désigne l'espace vide autour de nous.

— Ils ont effacé, classé et repeint. Tout est propre. On ne fait pas ça quand on perd quelqu'un.

Il s'approche d'un pas hésitant, comme s'il craignait que le moindre mouvement ne me fasse éclater.

— Tu délires.

Le mot me frappe de plein fouet.

Je recule d'un demi-pas, comme sous l'impact.

— Je sais ce que je dis. Ella n'est pas morte.

— Lucy…

— Arrête.

Je m'avance vers lui, j'envahis son espace, inversant brutalement les rôles.

Je sens son corps se raidir.

— Le corps que les légistes ont présenté n'est pas le sien. Ses poings se serrent et sa mâchoire se crispe.

— Tu dois te calmer.

— Ne me dis pas de me calmer.

Sa voix se fissure enfin sous la pression qu'il retient depuis trop longtemps.

— J'en peux plus, Lucy. J'ai essayé d'être là, de comprendre, de te laisser du temps, mais tu te détruis.

Il secoue la tête.

— Et tu m'embarques avec toi.

Les larmes brûlent derrière mes yeux.

Je détourne le regard une seconde en ravalant tout.

— Tu ne comprends rien.

— J'ai perdu ma sœur.

Ces mots sont lâchés. Et, pourtant, ça ne me fait rien.

Je lui réponds :

— Moi aussi.

Le silence tombe.

Il me regarde droit dans les yeux.

— Tu n'es pas la seule à faire un deuil.

Quelque chose explose en moi.

— Sauf que toi, tu l'as vue morte !

Ma voix monte trop haut.

— Tu as vu son corps, Andrew ! Tu as vu son visage ! Tu as pu lui dire adieu !

Je m'approche encore et mes mains tremblent.

— Moi, je n'ai jamais vu le corps d'Ella. Jamais.

Il ouvre la bouche, mais je l'écrase aussitôt.

— Comme celui de Duncan. Jamais vu non plus.

Un rire nerveux m'échappe.

— Tu trouves ça normal ? Deux disparitions. Zéro corps. Et, tout le monde me demande d'accepter.

Ma voix se brise.

— Accepter quoi ? Une version prête à l'emploi pour que je me taise ?

Il recule d'un pas, comme s'il venait de recevoir un coup.

— Tu vas trop loin.

— Non.

Je murmure presque.

— Je vais enfin assez loin.

Il secoue la tête, vidé.

— Si tu continues comme ça… je vais devoir me séparer de toi.

Les mots tombent lentement.

Je le regarde longtemps, sans ciller.

— Alors fais-le.

Il hésite. Une seconde à peine. Peut-être la dernière.

— Je t'aime, Lucy.

Il attrape sa veste et ses clés.

— Mais je ne peux pas te suivre là-dedans.

Je ne bouge pas.

— Tu choisis de rester aveugle, dis-je.

Il s'arrête à la porte, sans se retourner.

— Et toi, tu choisis de te perdre.

La porte claque.

Le bruit résonne et la maison est soudainement privée de sa chaleur.

Je glisse doucement contre le mur jusqu'au sol. Mes jambes cèdent sans résistance. Les larmes arrivent d'un coup, violentes, incontrôlables. Je serre Teddy contre moi comme une bouée dérisoire, le souffle haché par les sanglots.

Puis, je murmure dans le silence :

— Tu n'es pas morte. Je le sais.

La pièce ne répond pas. Andrew est parti. Et, moi, je reste avec cette certitude, ancrée au plus profond de moi : *Ella n'a pas disparu et a été cachée.*

L'ombre de sa détermination.

CHAPITRE 33

HAROLD STUART

♪ Playlist Mowg – I Saw the Devil

24 NOVEMBRE 2024
Boston – 201 Maple Street Chelsea – États-Unis
Fief FBI
15 h 44

Depuis mon échange avec le *Sanctuaire,* je ne réfléchis plus. *Je fonctionne.*

Rien ne s'est fait d'un coup. Il n'y a pas eu d'instant décisif, pas de choix réellement posé. Ça s'est installé progressivement, presque à mon insu, à force de revenir toujours aux mêmes questions, de creuser là où il n'y avait déjà plus rien à comprendre. Avec le temps, réfléchir a cessé de mener quelque part. Cela ne produisait plus que de l'attente, de l'usure, et cette fatigue qui s'installe quand on a l'impression de tourner en rond à l'intérieur, sans avancer. J'ai fini par voir que cette rumination m'avait amené exactement là où je ne devais pas être. Alors, j'ai arrêté. Les questions ont laissé place à une méthode, les scrupules à une organisation plus stricte, et ce que j'appelais encore *« réfléchir »* s'est révélé pour ce que c'était devenu, une faiblesse.

Je me lève sans me presser, mais mon genou droit proteste légèrement quand je prends appui. Je reste une fraction de seconde immobile, la main posée sur le dossier de la chaise, le temps que le vertige passe, puis je traverse la pièce et commence à fermer les rideaux, un à un. Passant la main le long des bords, et vérifie les angles, recommençant là où je viens déjà de passer. Mes épaules restent légèrement relevées, comme si mon corps refusait d'admettre que la pièce est réellement sécurisée.

Quand l'obscurité s'installe, j'éteins les lampes secondaires. Le clic des interrupteurs rythme mes gestes, et je m'y accroche, à cette régularité. Je ne garde qu'un éclairage sans ombres profondes et de zones ambiguës. *Rien où la pensée pourrait s'attarder trop longtemps.* L'espace se resserre autour de moi et, malgré la tension persistante dans mes trapèzes, ma respiration ralentit enfin.

Je rejoins le bureau. La chaise recule en grinçant lorsque je la tire, je m'arrête, ferme brièvement les yeux, puis je m'assieds en ajustant ma position à deux reprises avant de trouver quelque chose d'à peu près stable. Je pose les avant-bras sur le bureau, les paumes bien à plat, et je reste ainsi une seconde, à sentir la surface sous mes mains, à vérifier que rien ne tremble. Ensuite seulement, j'ouvre mon ordinateur personnel. Oh oui, pas celui du bureau, qui enregistre et transmet en archivant toutes les données. *Je le garde isolé et lui fais davantage confiance, plus qu'à moi-même.*

Les écrans s'allument, l'un après l'autre, et je redresse légèrement la nuque tandis que les systèmes se déverrouillent. Mes yeux piquent un instant, je cligne plus lentement, puis les dossiers apparaissent : *noms tronqués, identités volontairement incomplètes, photographies dégradées jusqu'à perdre leur valeur probante, rapports médicaux enfouis là où personne ne pense à chercher.* Mes doigts se déplacent avec aisance, mais je dois m'y reprendre à deux fois pour cliquer sur des dossiers précis :

Amanda Howard

Duncan Black

Ella Alvarez

La Sentinelle.

Le sanctuaire.

Connor Rodriguez.

Yolanda Rodriguez.

Je me redresse légèrement, sans que j'en aie conscience, et une vieille tension remonte le long de ma nuque.

Le Mexique ne s'impose pas d'un bloc. Il affleure par fragments : *des routes secondaires étouffées par la poussière, des zones anormalement calmes, trop calmes pour être honnêtes, et des morts classées comme banales, presque propres. C'est précisément ce qui m'inquiète.*

Les corps sont bien là, apparemment intacts, mais quelque chose fait défaut à chaque fois. Aucun déferlement de violence, aucune mise en scène chaotique. Rien qui saute aux yeux au premier regard. Des thorax refermés avec un soin déplacé et des sutures légèrement décentrées, discrètes, quasiment soignées, mais qui deviennent flagrantes dès qu'on sait où poser le regard.

À partir de là, tout prend un sens. *Et, tout se révèle infiniment plus trouble.*

Je serre les dents sans m'en apercevoir. Quand j'en prends conscience, ma mâchoire est déjà douloureuse.

Rien n'est jamais formulé réellement. Tout se cache dans les anomalies : *autopsies écourtées, causes de décès validées avant la fin des examens, rapports clos avec une hâte administrative qui n'a rien d'innocent.* Ce n'est pas une suite d'erreurs ni du désordre. *C'est une organisation qui sait exactement ce qu'elle fait.*

Je remonte les flux financiers en faisant le lien entre des cliniques privées, des fondations présentées comme humanitaires et des structures médicales secondaires. Les mêmes noms reviennent sans cesse, disparaissent, puis réapparaissent sous d'autres appellations. À chaque nouvelle correspondance, je m'enfonce un peu plus dans le fauteuil, comme si mon corps comprenait avant moi ce que ces recoupements signifient. Mon pied frappe le sol une fois, sans que je m'en aperçoive. Je l'immobilise aussitôt, mais la tension ne retombe pas. *Elle s'installe, lentement, dans mon corps.*

Dans certaines bases de données, des greffes apparaissent. Trop rapides, trop propres. Les délais n'ont rien de réaliste, les résultats sont parfaits, sans complications, sans zones grises. Les compatibilités sont idéales, au point de devenir suspectes, comme si les corps avaient été choisis à l'avance, bien avant d'exister officiellement.

Les donneurs, eux, ne font que passer. Un nom, parfois un âge, une ligne à peine, puis plus rien. Ils disparaissent des registres comme s'ils n'avaient jamais compté. Ce qu'il reste, ce n'est pas une piste, mais un vide, organisé, et impossible à ignorer une fois qu'on l'a remarqué.

Et, au milieu de tout ça, un élément revient sans cesse. Toujours le même : *Boston.*

Ce n'est ni un point de départ ni une destination affichée. *C'est un carrefour.* Un endroit qui apparaît trop souvent pour être un hasard, trop propre pour être honnête, là où les flux passent, se croisent, puis disparaissent, comme si tout était fait pour qu'on n'y regarde pas de trop près.

Je n'entends pas immédiatement frapper. Quand le son me parvient enfin, il est déjà trop tard pour que ce soit une surprise : *trois coups nets, espacés, parfaitement contrôlés.* Mon cœur accélère avant que je puisse le maîtriser.

Mon corps réagit avant que la pensée n'ait le temps de s'organiser. Ma main quitte le clavier, glisse le long de mon flanc et trouve la crosse. Je me lève, mais ma hanche accroche légèrement le bord du bureau ; je me fige une fraction de seconde, puis j'avance, ajuste l'angle au judas et ouvre juste assez.

L'homme est inconnu. Costume sombre parfaitement ajusté. Posture droite. Visage banal, lisse, au point d'en devenir suspect. Mon regard descend aussitôt vers ses mains, puis remonte vers son visage et revient aux mains.

— Agent Stuart.

Il me tend une enveloppe cartonnée.

— Vous êtes attendu.

— Par qui ?

— Vous le saurez en lisant.

Je referme la porte sans un mot et verrouille.

Une fois, puis une seconde. Le cliquetis du métal résonne plus longtemps que prévu, et je reste immobile après, la main encore posée sur la serrure.

J'avance et pose l'enveloppe sur le bureau en m'asseyant de nouveau. *Je prends le temps de décoller le rabat avec une lenteur presque excessive, comme si ce geste pouvait retarder ce que je sais déjà.*

À l'intérieur, un rapport. Je reconnais la méthode avant même de lire : *Le Sanctuaire.*

Je parcours : *Ella Alvarez.*

Les photographies sont floues volontairement, mais je n'ai pas besoin de netteté : *elle est debout, vêtue de noir, le corps droit et maîtrisé. Et, irrévocablement vivante.*

Ma respiration se bloque un instant, puis repart de travers. Je dois avaler ma salive avant de continuer.

Elle ne subit plus. Mais a choisi et agi.

Entre les pages, des annotations manuscrites, des lieux, des dates, des sites identifiés comme zones de récupération, des chaînes de prélèvement interrompues, des structures médicales sabotées sans mise en scène ni revendication.

Je ferme les yeux un instant, la tête légèrement inclinée en arrière, et une fatigue remonte, mêlée à quelque chose de plus coupant.

Elle n’est pas perdue, mais devenue autre chose.

La dernière page est écrite sans image :

Harold,

La Sentinelle exploite des corps, des silences et des circuits médicaux. Ta femme en a subi les conséquences, d’un ordre venu d’en haut.

Mon cœur s’emballe brutalement, et les images s’imposent sans transition : la voiture broyée, l’odeur de métal, le rapport refermé trop vite, les phrases administratives conçues pour clore sans expliquer. Mes doigts se crispent sur le papier au point de le froisser légèrement.

Aide-nous à déclarer la guerre et tu pourras détruire ce système.

La feuille glisse de mes doigts et tombe sur le bureau.

Je reste immobile, les mains à plat, incapable de bouger immédiatement, comme si mon corps avait besoin de quelques secondes pour accepter ce que mon esprit avait déjà compris.

Je sais exactement ce que je devrais faire : appeler, signaler ces merdes, en refusant.

Mais je ne fais rien.

Je regarde encore la photo d’Ella, vivante, changée, qui démantèle ce que je n’ai jamais su nommer, puis je rouvre l’ordinateur. Mes doigts se posent sur le clavier. Ils hésitent, mais pas assez pour reculer.

Je tape :

— D’accord.

Cette nuit-là, je ne trahis pas et accepte une guerre que je menais déjà.

L’ombre de sa révélation.

CHAPITRE 34

ELLA ALVAREZ

♪ ***Playlist Limp Bizkit – Behind Blue Eyes***

28 NOVEMBRE 2024
Boston – Quartier Roxbury – États-Unis
23 h 03

La salle des serpents ne pardonne rien, non pas parce qu'elle serait hostile, mais parce qu'elle exige une cohérence absolue entre le corps, l'intention et ce qui circule à l'intérieur de la chair. Elle n'est pas vaste : *elle n'a pas besoin de l'être.* Elle est compacte, resserrée, comme si les murs avaient été rapprochés volontairement pour réduire toute possibilité de fuite mentale. La pierre est entièrement gravée de symboles anciens, incisés sans souci d'esthétique : *des lignes sèches, anguleuses, qui ne cherchent ni à séduire ni à impressionner, mais à transmettre une logique, une structure et une loi.*

L'air y est plus lourd qu'ailleurs, chargé d'une humidité pesante. Chaque inspiration descend lentement dans les poumons, comme si respirer ici demandait le consentement de ceux qui y sont propriétaires.

Et moi ? C'est simple, je me tiens au centre.

Droite, les épaules basses, les pieds ancrés dans le sol, consciente de chacun de mes appuis, de la répartition exacte de mon poids qui traverse ma colonne vertébrale. Autour de moi, les serpents se déplacent sans hâte. Au loin, de longues silhouettes écailleuses glissent sur la pierre, s'enroulant autour, se croisent et se frôlent. Certains glissent près de mes chevilles, frôlent ma peau nue sans jamais attaquer et sans jamais se presser. Leurs langues vibrent à un rythme lent, comme si elles prenaient le temps d'évaluer, de sentir et de mémoriser ma présence. *Ils ne me reconnaissent pas comme une proie.*

Concernant Graziella, elle tourne autour de moi depuis plusieurs minutes, marchant lentement, ses pas à peine audibles, décrivant un cercle imparfait qui se resserre et s'élargit selon ce qu'elle observe. Son regard ne s'attarde pas sur mon visage. Il descend, remonte, s'arrête sur mes mains, sur l'angle de mes poignets, sur la manière dont mes doigts se referment autour du sabre. Elle observe mes genoux, la souplesse de mes chevilles, la stabilité de mon bassin. Elle ne regarde pas ce que je suis, mais ce qui fonctionne.

Un serpent massif glisse près de son pied. *Elle ne le remarque même pas.*

— Recommence, dit-elle enfin, d'une voix basse, parfaitement neutre.

Je m'exécute sans répondre.

Le mouvement part de mes hanches avant même d'atteindre mes épaules. Le sabre suit une trajectoire précise, continue, comme s'il n'était que le prolongement logique de mon axe corporel. Les serpents ne fuient pas. L'un d'eux se redresse légèrement, suivant la lame du regard.

Quand je m'arrête, le silence n'est pas rompu. *Il s'est simplement déplacé de reptiles qui se sont cachés.*

Elle s'immobilise, incline légèrement la tête, puis la hoche lentement.

— Tu as tout intégré.

Je relève les yeux vers elle.

— Je n'ai rien mémorisé.

Un fin sourire traverse son visage.

— C'est encore mieux. Ça signifie que ce n'est plus un apprentissage.

Un calme lourd s'installe en moi.

Ce n'est pas de la paix, encore moins un apaisement. C'est quelque chose de stable et de dense, qui s'ancre. *Un état solide, qui ne plie pas lorsque la pression monte.*

— Tu sais ce que tu fais, Ella ?

— Oui.

Elle s'arrête face à moi.

— Dis-le.

Je soutiens son regard sans effort.

— Je sais comment immobiliser un corps. Où frapper pour arrêter sans détruire. Quand attendre et reprendre. Je sais comment prolonger une agonie sans qu'elle devienne incontrôlable et comment empêcher le corps de lâcher avant que l'esprit ne cède.

Ma voix est calme et stable.

Graziella ne détourne pas les yeux.

— Et ça te fait quoi ?

Je laisse passer une fraction de seconde.

Ce n'est pas pour calculer, mais pour être juste.

Puis je réponds :

— Rien.

Elle sourit à peine.

— C'est ce que je voulais entendre.

Je baisse le sabre, mais mes doigts ne s'ouvrent pas complètement.

— Il reste quelque chose, dis-je.

— Quoi ?

Je relève la tête, tandis qu'un serpent s'enroule lentement autour de mon mollet.

— Je n'ai encore tué personne.

Le silence qui suit m'enveloppe.

Puis elle souffle :

— Tu es impatiente.

— Non.

Je fais un pas vers elle. Les serpents ne bougent pas.

— Je suis prête.

Elle m'observe longuement. Pas mon visage seulement, mais ce qui pourrait affleurer derrière : *un acte délibéré avec une colère qui aurait fermenté trop vite et cette envie de réparer quelque chose par excès.*

Elle n'a pas tort…

Cependant, elle ne voit rien. *Quelle blague…*

Et, elle me demande :

— Pourquoi maintenant ?

Je souris légèrement et lui réponds :

— Parce que je ne crains plus ce que ça fera de moi.

Elle s'approche encore.

La distance se réduit jusqu'à devenir sensible.

— La première fois laisse toujours une trace.

— Je le sais.

— Et après, on ne revient jamais vraiment en arrière.

Je pouffe et rétorque :

— Il n'y a déjà plus rien derrière.

Elle penche légèrement la tête, comme pour ajuster son regard.

— Tu ne viens pas demander la permission.

— Non.

— Alors quoi ?

Je claque ma langue en caressant un serpent qui était venu dormir contre moi.

— Je veux une cible.

Un sourire lent glisse sur ses lèvres.

— Tu as faim.

— J'ai appris à attendre.

— Ce n'est pas un jeu, Ella.

J'attrape la bête et l'autorise à s'enrouler autour de mon bras.

— Je sais.

Un silence s'installe.

Puis je brise la glace en disant :

— C'est nécessaire.

Graziella se détourne sans ajouter un mot et traverse la salle.

Les serpents se déplacent d'eux-mêmes sur son passage, ouvrant l'espace. Elle s'arrête devant le mur du fond, pose la main sur un symbole plus profondément gravé que les autres.

— Très bien. Tu veux ta première victime ?

Mon cœur reste calme.

— Oui.

— Alors écoute-moi bien. Tu ne frapperas pas pour te soulager. Tu frapperas pour inscrire.

— Je veux qu'il comprenne.

— Il comprendra.

Elle revient vers moi, pose deux doigts sous mon menton et soulève mon visage.

— Regarde-toi, Ella. Tu n'es plus une survivante.

— Je suis ce qui vient après.

Elle retire sa main.

— Bienvenue dans ta nouvelle vie.

Je serre le sabre un peu plus fort. Autour de moi, les corps écailleux se rapprochent imperceptiblement, non pour m'encercler, mais pour m'accompagner.

Pour la première fois depuis longtemps, je ne choisis plus d'attendre.

La porte s'ouvre.

La lumière entre dans la salle et s'étale sur la pierre. Elle accroche les symboles, fait apparaître la poussière qui flotte encore dans l'air.

Puis je le sens.

Derek.

Il est dans l'embrasure, immobile. Sa silhouette bloque presque toute l'ouverture. Il ne dit rien. Il regarde. Son attention est entière, concentrée, comme s'il évaluait quelque chose sans se presser.

Graziella se tourne vers lui sans sursaut.

— Tu arrives plus tôt que prévu.

Il ne répond pas immédiatement.

Il reste à sa place, les épaules détendues, le regard toujours fixé sur moi.

— J'avais besoin de voir.

Il entre enfin de façon.

Ses pas sont mesurés et réguliers. Il ne détourne pas les yeux. Je sens son regard suivre chacun de mes mouvements, ma posture, la manière dont je tiens encore le sabre.

— La Méduse est presque prête, dit Graziella.

Il secoue légèrement la tête, un geste bref, quasiment imperceptible.

— Pas encore.

Il s'avance d'un pas supplémentaire, puis s'arrête.

— Elle vient avec moi, maintenant.

Je baisse le sabre et le pose au sol.

Le métal touche la pierre sans bruit excessif tout en redressant les épaules. Je ne regarde ni Graziella, ni les murs autour. *Seulement lui.*

Il s'approche encore, jusqu'à réduire la distance.

Sa voix descend d'un ton.

— Tu n'as rien à prouver ici.

Je ne réponds pas immédiatement. Ma respiration est calme, régulière.

— Je suis prête.

Il me fixe quelques secondes, comme pour vérifier que ce n’est pas une impulsion.

— Je sais.

Il tend la main.

Le geste est simple, direct, sans hésitation.

— Viens.

Je glisse ma main dans la sienne.

Sa prise est ferme, stable. Il se tourne déjà vers la sortie, sans me tirer, certain que je le suis.

La lumière nous atteint ensemble. Derrière nous, la salle se referme. Et, pour la première fois depuis longtemps, je sais exactement ce que je fais.

L’ombre de sa renaissance.

DUNCAN BLACK

♪ ***Playlist Nirvana – Heart***

19 AOÛT 2024
Boston – Quartier Roxbury – États-Unis
22 h 03

Derek m’avait attendu dans la pièce du fond, debout, les bras croisés, le dos droit et les épaules légèrement projetées vers l’avant, dans cette posture rigide qu’il adoptait quand il n’avait plus envie de ramasser mes conneries derrière moi, lorsque la patience avait cessé d’être une option et que la lassitude prenait le relais.

— Tu pars complètement en vrille, Duncan.

Sa voix était calme, trop calme même, parfaitement contrôlée, et ce contraste avec ce que je portais à l’intérieur a suffi à me mettre en tension avant même que je réalise pourquoi.

Je n’ai pas répondu immédiatement. J’ai traversé la pièce d’un pas trop rapide, trop heurté, mes doigts se crispant puis se libérant sans raison apparente, comme si rester immobile risquait ma nuque sans m'arrêter, incapable de fixer un point précis, et surtout, incapable de me poser.

— Tu crois que je ne le sais pas ? ai-je fini par lâcher, la voix plus rauque que je ne l'aurais voulu.

— Non, a-t-il répondu sans hésiter. Je crois plutôt que tu t'en fous.

La phrase m'a percuté de plein fouet, comme un coup porté trop juste, provoquant un battement de trop dans ma poitrine.

— Fais pas ça, Derek. Pas toi s'il te plait. J'en ai déjà assez avec Federico.

Il a fermé les yeux une fraction de seconde, juste assez pour laisser transparaître l'usure, puis, quand il les a rouverts, son regard était plus dur, même si ses traits trahissaient une fatigue qu'il ne cherchait plus vraiment à masquer.

— Federico t'a poussé, d'accord, je ne nie pas ça, a-t-il commencé avant de décroiser les bras et de les laisser retomber le long de son corps. Mais, là, tu ne contrôles plus rien en te dispersant. Tu réagis au lieu de réfléchir. Ressaisis-toi, bordel !

Un rire m'a échappé, bref, tandis que je secouais la tête, incrédule, comme s'il venait de prononcer la chose la plus absurde au monde.

— Me ressaisir ? Sérieusement ?

— Oui. Et, penser à Ella.

Son nom a claqué entre nous.

Ma mâchoire s'est contractée malgré moi et j'ai senti cette pression monter dans ma poitrine, ce mélange malsain d'envie de fuir et de frapper qui ne m'avait jamais réellement quitté.

— Tu l'as cherchée pendant cinq ans, Duncan, a-t-il poursuivi. Elle est enfin là ! Tu ne vas quand même pas tout foutre en l'air maintenant ?

Quelque chose s'est tordu en moi.

— Tu crois que je sais ce que je ressens, hein ? ai-je craché, la voix tremblant à peine, juste assez pour que la douleur me rende fou. Tu penses que c'est simple ?

— Je réalise surtout que tu t'es laissé happer par le côté le plus sombre de toi-même.

J'ai fait un pas vers lui, un seul, mais suffisant pour réduire l'espace et alourdir l'air entre nous, pour rendre la confrontation inévitable.

— Parce que Federico m'a laissé le choix, peut-être ? Mes mains se sont serrées en poings sans que je m'en aperçoive. Il m'a mis dos au mur, en me forçant la main. Et, désormais, tu voudrais que je fasse quoi ? Est-ce que je joue au mec équilibré ?

Derek n'a pas reculé.

Il m'a trop longtemps soutenu du regard, sans ciller, sa respiration devenant plus lente, plus profonde, comme s'il se préparait à encaisser ce qui allait suivre.

— Ella est là dorénavant, a-t-il répété. C'est ce qui compte.

Et, c'est à cet instant précis que je l'ai vu.

Pas de façon évidente ni frontale, mais dans un détail presque imperceptible : *une tension fugace au fond de ses yeux, un éclat mal maîtrisé qui n'avait rien à voir avec de la pitié ou de l'inquiétude.* Non, c'était autre chose.

Mon estomac s'est noué aussitôt.

— Ne me regarde pas de cette manière.

— Comme quoi ? a-t-il demandé, sincèrement surpris.

Je me suis encore avancé, trop près, au point de sentir sa chaleur et son souffle.

— Comme si tu avais le droit.

Ses sourcils se sont lentement froncés.

— Le droit à quoi, Duncan ?

La colère m'a submergé d'un coup.

— Même si tu l'as vue complètement nue dans ce vestiaire du collège, ai-je lancé d'une voix vibrante de rage, ça ne te donne aucun droit. Tu as compris, aucun droit ?

Un silence est tombé entre nous, si dense qu'on aurait presque pu entendre le bourdonnement électrique qui nous traversait.

— Tu n'as pas le droit de la désirer, ai-je ajouté plus bas et plus dangereusement. Elle est à moi.

Les mâchoires de Derek se sont serrées, un muscle tressautant le long de sa tempe.

— Tu déraillles.

— Essaye pour voir, ai-je grogné en me penchant légèrement vers lui. Tente, et je t'écrase.

Il m'a regardé une dernière fois, et cette fois il n'y avait plus ni colère ni défi dans ses yeux, seulement une fatigue profonde, une lassitude qui faisait bien plus mal que n'importe quelle insulte.

— J'en ai assez.

Il a attrapé sa veste lentement, comme s'il se forçait à ne pas céder à autre chose, puis s'est dirigé vers la porte sans se retourner.

— Quand tu décideras de redevenir quelqu'un qui mérite ce qu'il a, tu sauras où me trouver.

La porte claqua, me laissant seul avec un cœur battant trop vite.

Bordel, je n'arrivais plus à rien contrôler. *Même la jalousie débile avait pris le dessus.*

CHAPITRE 35

DEREK UNDERWOOD

♪ ***Playlist Limp Bizkit – Rollin***

28 NOVEMBRE 2024
Boston – Quartier Roxbury – États-Unis
23 h 58

Je l'emmène sans un mot, sans vérifier qu'elle me suit, parce que je sais qu'elle est là, que ses pas épousent les miens à distance régulière, et que son silence n'est pas de l'hésitation, mais une décision. Le couloir est long, étroit, noyé sous des néons trop blancs qui écrasent les couleurs et rendent chaque mouvement tendu. Chaque pas résonne contre les murs comme un compte à rebours que je déclenche moi-même, sans savoir exactement ce qui arrivera à zéro.

Ella marche derrière moi.

Je ne me retourne pas.

Je la sens. Sa présence n'est plus une simple proximité, c'est une pression constante, presque physique, comme si l'air se densifiait autour d'elle, comme si le couloir se contractait à mesure qu'elle avance. Cette sensation me suit jusque dans les épaules, jusque dans la nuque, m'obligeant à rester droit et en alerte.

La pièce est au fond.

Je pousse la porte sans ralentir. Elle s'ouvre sur cette odeur familière qui me prend immédiatement à la gorge : acier huilé, vieux bois, métal froid, et, malgré les nettoyages, cette trace persistante : *le sang séché qui ne disparaît jamais complètement*. Les murs sont couverts de supports où reposent des sabres, des katanas japonaises, certaines anciennes, marquées par le temps, d'autres plus récentes, entretenues avec une rigueur quasiment obsessionnelle. Aucune d'entre elles n'est décorative, elles ont toutes servi.

Je referme derrière nous.

— Nous y sommes, dis-je.

Ma voix est plus grave que je ne l'aurais voulu, plus sombre, chargée d'une tension que je n'essaie même plus de dissimuler.

Ella observe la pièce sans rien laisser transparaître. Ni émerveillement, ni crainte. Son regard glisse le long des murs, s'attarde sur les lames, revient aux distances, aux angles, avec cette précision instinctive qui n'a rien de scolaire. Elle ne découvre pas le lieu, puisqu'elle le connaît déjà. Mais cette fois-ci, elle le regarde autrement, comme si quelque chose avait changé en elle, comme si cet espace familier s'était soudain chargé d'un nouveau sens.

— Tu n'es pas d'accord avec Graziella, dit-elle.

Ce n'est pas une question.

Son ton est calme, mais son corps s'est légèrement redressé, ses appuis se sont ancrés davantage dans le sol.

— Non.

Je m'avance, décroche un katana du mur. Le geste est fluide, précis, presque automatique. J'ai passé trop de temps ici pour qu'il en soit autrement.

— Elle voit une Méduse quasiment formée, dis-je en testant

Ella croise les bras.

Puis, me demande :

— Quoi ?

Je me tourne vers elle volontairement, laissant le silence s'installer entre nous.

— Quelqu'un qui pourrait brûler trop vite.

Ses yeux se plissent.

— Tu crois que je vais me briser ?

Je m'avance sans hésiter, volontairement trop près, jusqu'à sentir la chaleur de son corps se mêler à la mienne, puis percevoir son souffle, et cette immobilité provocante : *ce refus instinctif de reculer qui m'exaspère autant qu'il m'attire.*

— Je pense que tu pourrais tuer pour les mauvaises raisons si on te lâche maintenant.

Elle relève le menton.

— Et toi ?

— Moi, je tue depuis longtemps.

Je vois la manière dont elle encaisse la phrase, sans détourner le regard, sans se crisper.

Elle la reconnaît et la sent.

Je décroche une lame plus courte et la lui tends.

— Montre-moi.

Elle la prend sans hésiter.

Ses doigts se referment naturellement autour de la poignée, puis nous nous faisons face. Il n'y a pas de signal et l'entraînement commence.

Elle attaque la première. Je pare, recule et observe. Elle a intégré les techniques, mais surtout l'intention. Chaque mouvement est chargé, sans colère apparente, seulement d'une volonté hors du commun.

— Tu frappes trop propre, dis-je en esquivant.

Elle pouffe et me rétorque :

— Tu parles beaucoup.

Elle enchaîne sans me laisser respirer.

Je bloque, puis nos lames se frôlent, les étincelles claquent brièvement.

— Tu cherches à dominer, pas à comprendre.

— Et toi, tu cherches à me contenir.

Elle pivote, me force à reculer d'un pas.

Un sourire mauvais me traverse malgré moi.

— Tu n'aimes pas qu'on te résiste.

— Toi non plus.

Plus elle bouge, plus je sens quelque chose s'éveiller en moi, lentement mais sûrement, comme une tension qui n'a rien de doux ni de rassurant, rien qui ressemble à de la tendresse ou à un désir maîtrisé, mais plutôt une attraction presque primitive, qui se mêle à une curiosité dangereuse, celle de vouloir éprouver ses limites, de les frôler, de les pousser, juste pour voir jusqu'où elle est capable d'aller avant de céder ou de se briser.

Je reprends cependant mes esprits et j'attaque à mon tour, cette fois-ci plus fort et plus rapide.

Elle ne recule pas.

— Tu veux quoi, Derek ? crache-t-elle en bloquant un coup.

— Que tu survives.

— Mensonge.

Elle profite d'une ouverture.

La lame m'effleure le visage, puis du sang coule aussitôt le long de ma joue

Je m'arrête, puis elle aussi.

— Tu saignes.

— Pas assez.

Nous reprenons.

Cette fois, il n'y a plus de retenue. Les corps se heurtent presque autant que les lames. Ensuite, elle frappe. Je n'évite pas entièrement, mais la lame entaille mon torse, déchirant mon t-shirt. Le sang coule aussitôt.

Nous restons figés.

Ella baisse les yeux. Puis, sans prévenir, elle tend la main. Ses doigts effleurent la plaie, suivent la trace du sang.

Je ferme les yeux. Mon souffle se fait rauque.

— Ne fais pas ça.

— Pourquoi ?

— Parce que je ne sais pas ce que je te ferai ensuite.

— Tu n'es pas le seul monstre ici.

Je la pousse contre le mur.

Son dos se heurte violemment, et moi, je suis déjà contre elle. Ma main remonte et se referme autour de sa gorge, juste assez pour que je sente son pouls battre sous mes doigts et pour qu'elle comprenne que je pourrais serrer pour l'étrangler mais que je ne le fais pas.

Elle ne recule pas.

Au contraire.

Ses yeux glissent vers mon torse, vers le sang qui coule encore. Elle y plonge les doigts, les imprègne, puis les étale lentement sur ma peau.

Je grogne :

— Arrête !

— C'est ça que j'aime, murmure-t-elle. La vue du sang. Je jouirai le jour où je tuerai.

La façon dont elle dit ça si naturellement me percute.

Ma main se resserre légèrement sur sa gorge, juste assez pour couper son souffle une fraction de seconde.

— Si je te prends maintenant… si je te baise… je ne pourrai pas m'arrêter.

— Pour ça, Derek… il faudrait déjà que tu aies les couilles de m'embrasser.

Quelque chose lâche.

Je frappe le mur à côté de sa tête, assez fort pour que la pierre vibre, assez près pour qu'elle sente la menace passer contre sa peau.

— Tu joues avec quelque chose que tu ne contrôles pas.

Elle ne recule pas.

Et, surtout, ne détourne pas le regard. Son sourire, malicieux, comme s'il suivait déjà le rythme de mon cœur, me rend fou.

Et, elle me répond :

— Moi si. C'est toi qui perds pied.

Puis, elle m'attrape, me tire contre elle, m'embrassant sans douceur. *C'est une attaque frontale de deux âmes brisées.*

À ce moment-là, je grogne contre sa bouche tandis que mes doigts quittent sa gorge pour s'enfoncer dans ses cheveux, afin de les saisir et les tirer. Le goût du sang se mêle à sa chaleur, à son souffle, à cette proximité trop étroite qui brouille les repères et fait vaciller tout le reste.

Je la plaque contre le mur d'un mouvement sec. Le choc est brutal et je sens l'air quitter ses poumons comme si je l'avais arraché moi-même, sans lui laisser le temps d'anticiper. Le mien se fige aussitôt, coincé dans ma poitrine, avant de repartir lentement, plus bas, plus lourd, chargé d'une tension que je ne cherche même plus à contenir. Mon corps se cale contre le sien, et s'impose par pur instinct, lui imposant un rythme qui n'est déjà plus le sien. Le froid de la pierre mord son dos et je perçois la tension courir le long de sa colonne vertébrale. Elle se raidit, faisant naître ce frisson qu'elle tente de maîtriser mais qui finit toujours par la trahir.

Je m'approche encore, incapable de mesurer la limite, et surtout incapable de m'y tenir, comme si reculer n'était plus une option envisageable.

Mes hanches s'alignent aux siennes, mon torse écrase sa poitrine, et mon souffle se glisse dans le sien, trop proche et présent pour qu'elle puisse l'ignorer ou s'en abstraire. La chaleur entre nous s'épaissit, devenant presque suffocante, accentuée par le mur qui la maintient prisonnière derrière elle, sans échappatoire possible. Je ne la serre pas. *Je n'en ai pas besoin.* Mon corps occupe tout l'espace, ferme chaque issue, impose sa présence jusqu'à faire disparaître le reste du monde, ne laissant subsister que cet espace réduit à l'extrême où le moindre déplacement, la moindre inspiration, peuvent tout faire basculer.

Je respire lentement, profondément, comme une bête qui prend possession de son territoire et en marque les contours. Elle, non.

Sous mes mains, son corps réagit avant même qu'elle ne décide quoi que ce soit. Ses épaules se tendent, se soulèvent lorsque son souffle se bloque, puis redescendent avec effort dans une tentative de vouloir reprendre le contrôle. Elle ne fuit pas mais encaisse. *Sa respiration revient difficile et ce rythme désordonné la trahit bien plus que n'importe quel mot aurait pu le faire.*

Je sens son cœur cogner contre moi, venant frapper ma poitrine avant de remonter jusque dans mes tempes. Cette pulsation éveille quelque chose de brut en moi, une attention aiguë, presque prédatrice, entièrement focalisée sur elle. Elle inspire profondément, une fois, puis encore, comme si elle testait ses propres limites, comme si elle cherchait à savoir jusqu'où elle peut tenir. Ses doigts se crispent contre le mur, à la recherche d'un point fixe. Elle accroche la pierre, la griffe quasiment, puis glisse lentement sur la surface. Elle relève le menton, non pour reculer, mais pour me faire face, et dans son regard, je perçois quelque chose de sombre. *C'est bien trop lucide et dangereux, comme un défi assumé mêlé à une forme d'acceptation qui me serre le ventre.*

Sa respiration ralentit maintenant. Elle ne supplie pas et ne se dérobe pas. À cet instant, il ne reste plus rien de tempéré en moi et aucune retenue. Oui, j'ai une envie irrésistible de la baiser violemment dans cette salle. Je ne mesure plus et ne respire plus. *Et, elle respire avec moi.*

Ses mains s'agrippent à mon t-shirt, le déchirant davantage pendant qu'elle caresse ma plaie et étale mon sang. Au même moment, je la soulève, la coince, et ses cuisses se referment autour de moi. Elle bouge lentement, avec précision, consciente que chaque réaction qu'elle déclenche me rend dingue.

Je suis à un pas de baisser son pantalon pour la posséder. Et, soudain, ça me frappe.

Duncan.

Son visage.

Sa confiance.

Je la lâche d'un coup, comme si elle était une flamme qui me brulait.

Et, lui lance, sèchement :

— Je ne peux pas, bordel !

Je recule, cours vers la porte et l'ouvre à la volée, quittant la pièce sans me retourner.

Le métal claque derrière moi, me laissant comme une œuvre inachevée.

Et, pourtant, pour la première fois, *je ne fuis pas un ennemi, mais je fuis moi-même.*

L'ombre de sa désillusion.

CHAPITRE 36

ELLA ALVAREZ

♪ *Playlist Everybody Loves an Outlaw – Give Em Hell*

29 NOVEMBRE 2024
Boston – Quartier Roxbury – États-Unis
00 h 44

Il part.

La porte claque avec violence derrière lui. C'est presque définitif, et le bruit traverse la pièce pour venir me heurter de plein fouet. Je sens l'impact descendre jusque dans ma poitrine, m'arracher l'air d'un coup, me laissant haletante, incapable de réagir. Je reste immobile une seconde de trop, figée dans l'élan, avec les poumons qui me brûlent et le corps encore tendu vers ce qui n'existe déjà plus, comme si un pas de plus pouvait encore le retenir, incapable de remettre de l'ordre dans mes pensées tandis que mes mains demeurent ouvertes devant moi, tremblantes, légèrement engourdies, encore imprégnées de son sang là où il se tenait un instant plus tôt, une trace dérisoire, quasiment indécente, de ce que j'ai accepté de lâcher sans comprendre jusqu'où cela me mènerait.

J'ai baissé les armes, *toutes, oui,* sans réfléchir, sans même m'en apercevoir, en croyant naïvement que céder m'apaiserait, que lâcher prise suffirait à calmer ce feu qui me ronge depuis trop longtemps.

J'ai laissé tomber ce qui me maintenait droite, cet équilibre que je confondais avec du contrôle, alors qu'il n'était rien d'autre qu'une façade prête à s'effondrer.

J'ai cédé à ce désir qui me dévore depuis trop longtemps pour que je puisse encore prétendre le maîtriser, et je le sens maintenant battre sous ma peau.

Et, il m'abandonne ainsi. Sans un mot ni même un regard en arrière.

L'injustice s'installe lentement dans ma poitrine. Elle est brûlante, presque suffocante, bien au-delà d'une frustration ordinaire. C'est plus intime, plus profond, quasiment viscéral, une pression qui me serre de l'intérieur et refuse de se dissiper. Une sensation d'arrachement progressif, comme si l'on m'avait conduite sciemment au bord du vide pour m'y maintenir assez longtemps, juste assez pour que je comprenne ce que je voulais vraiment, pour que je l'accepte pleinement, avant de me lâcher sans avertissement. Je ne suis pas faite pour être laissée ainsi. *Pas après avoir été ouverte et encore moins désarmée.*

Je sors.

Les couloirs s'étirent devant moi, et mes pas y résonnent trop fort, désordonnés, portés par une rage qui n'essaie même plus d'être discrète. Ma respiration est courte, irrégulière, chaque inspiration me brûle la gorge. *Je le trouverai.* Je ne lui laisserai pas cette fuite, pas cette sortie facile.

Ursula apparaît à l'angle d'un couloir, appuyée contre une colonne, le sourire trop large et les yeux accrochés aux miens comme si elle savait exactement ce qui vient de se jouer, et qu'elle attendait déjà la suite.

— Il est allé dans sa chambre.

Je ne réponds pas.

Je passe, sans ralentir, sans même la regarder vraiment.

Je cours.

L'air m'arrache les poumons à chaque inspiration, mes pas martèlent le sol sans que je sente réellement le contact, et mon cœur cogne trop fort contre mes côtes tandis que les portes défilent, de façon floue et privée de toute réalité. Je m'arrête net devant la sienne, le souffle haché, la poitrine en feu, et j'entre sans frapper, sans réfléchir, poussée par l'envie qui me dévore de l'intérieur et ne me laisse pas reculer.

Quand je rentre, un bruit d'eau provient de la salle de bain. Ce simple détail suffit à faire céder ce qu'il me restait à retenir et mon ventre se serre. *Il fuit.* Il se cache derrière la chaleur, derrière l'eau, et ce geste banal que je comprends que trop bien et qui lui donne le temps de se reprendre. Je traverse la pièce, les doigts crispés, et pousse la porte de la salle de bain.

La vapeur m'enveloppe aussitôt, me collant à la peau et embuant mes pensées. Son odeur est partout mêlée au savon et à l'acte qu'il fait actuellement pour se vider. Il est là, sous le jet, le dos tendu, la nuque rigide, les épaules dures et marquées. Son sexe extrêmement imposant est maintenu par sa main gauche. Des tatouages couvrent son corps, et sur son dos, un immense corbeau déploie ses ailes.

Il ouvre les yeux et me fixe avec stupeur

— Qu'est-ce que tu fais ici ?

Sa voix est basse, dure, tendue, et son corps l'est plus encore. *Je soutiens son regard, même si ma respiration vacille.*

— Nous n'avons pas terminé.

Je m'avance lentement, sentant la chaleur s'accrocher à mes vêtements.

L'humidité alourdit l'air, et l'espace se resserre autour de nous. Il me regarde comme on perçoit une menace qui ne cède pas. Sa mâchoire est crispée, son torse se soulève doucement, porté par une respiration qu'il s'efforce de garder sous contrôle, puis, il coupe l'eau. *Le silence tombe d'un coup.*

Il s'approche, un pas, puis un autre, réduisant l'espace sans m'effleurer, et je sens son corps m'envahir sans même me toucher.

— Tu crois que tu peux entrer ici et imposer quoi que ce soit ?

J'incline légèrement la tête vers la droite et lui réponds d'un air sournois :

— Je suis déjà là. Et, tu n'as pas réussi à m'arrêter.

Sa main se referme sur mon poignet et il me tire contre lui sans ménagement.

Le contact est immédiat. L'air quitte mes poumons d'un coup. Sa peau est vivante, dangereuse, et l'eau s'égoutte encore de lui entre nous. Sans attendre, je m'accroche, mes doigts se crispent contre lui, je le tire vers moi, et nos bouches se heurtent sans douceur. Ce n'est pas un baiser, mais un choc. Sa main se pose sur ma gorge, pas pour serrer, mais pour marquer, et rappeler ce qui se joue.

Ma respiration se bloque une fraction de seconde et il murmure :

— Putain, Ella… tu me rends fou.

Je le repousse en respirant fort contre lui.

Puis, il me plaque contre le mur carrelé, le froid mord aussitôt mon dos et m'arrache un souffle rauque. Son corps s'impose au mien, bloquant toute fuite. Ses mains dures et possessives se referment sur mes hanches.

— Tu joues avec quelque chose qui va te détruire.

Je pouffe et lui réponds :

— Regarde-nous. Nous sommes déjà détruits et prêts à tuer ensemble.

Il se penche, sa respiration glissant contre ma peau de façon irrégulière malgré lui.

— Tu veux vraiment aller jusque-là ?

Il ne bouge pas.

Son corps reste plaqué contre le mien. Je sens sa respiration se ralentir volontairement puis inspirer profondément et expirer lentement, comme s'il reprenait le contrôle de la situation. Sa main droite demeure sur ma hanche. *Cette attente est faite exprès, il cache quelque chose.* Puis, d'un coup, ses doigts s'accrochent au tissu de ma chemise et il tire. Le tissu cède, se déchire, et un frisson me traverse de la nuque jusqu'au ventre. Il ne m'a demandé aucun consentement, puisque c'est ce qu'il avait décidé. *Et, bizarrement, j'aime ça, venant de lui.*

Il s'arrête aussitôt, paumes ouvertes contre mes seins mis à nu, me laissant ressentir pleinement ce qu'il vient d'arracher. Son regard glisse doucement sur moi, sans hâte.

— Tu aimes ça.

Ce n'est pas une question.

Je ne nie rien. Ma respiration suffit à répondre.

Il descend brusquement, afin de me retirer mon pantalon, afin que je sois au même niveau de nudité que lui.

Il lèche faiblement mon ventre jusqu'à ce que le métal sur sa langue capte la lumière lorsqu'il relève légèrement la tête. Quelque chose se resserre en moi. Il le voit et attend mon ordre.

Sans attendre, je lui dis :

— Lèche-moi !

Il ne se fait pas prier et sa langue vient caresser mes lèvres intimes.

Je m'agrippe instantanément à ses cheveux pendant qu'il enfonce deux doigts à l'intérieur de moi. Son piercing roule simultanément sur mon clitoris et je craque.

Je le repousse assez fort pour le déséquilibrer, le tire hors de la douche avec moi.

Le sol est glissant, nos corps s'entrechoquent et quelque chose tombe. Le miroir explose, faisant voler des éclats de verre. *Du sang surgit.* J'ignore lequel de nous saigne et lui non plus et on s'en fiche.

Il me plaque contre le meuble et j'écarte mes jambes pour l'inviter à prendre place. Il me regarde avec cet air sombre de désir qui n'amplifie que mon souhait qu'il me pénètre sans ménagement.

Il fait ramener ses cheveux en arrière en prenant sa verge de l'autre main et me demande :

— Tu es sûre que c'est ce que tu veux ?

Je lui réponds en mordant ma lèvre et en rentrant un doigt dans mon vagin tout en caressant mon clitoris avec mon pouce.

Il sait instinctivement qu'il a le champ libre pour me pénétrer à sa guise.

— Hum, d'accord, je comprends le message.

Glissant son gland entre mes parois sans me pénétrer, il fait monter l'excitation à son extrême.

Là, je n'en peux plus et je lui balance :

— Bordel, baise-moi, Derek !

Il hésite encore et me répond :

— Je n'ai pas de protection, putain !

Je pouffe de rire et l'informe :

— On s'en fout ! Et, ne t'inquiète pas, Ursula a fait le nécessaire concernant la contraception.

Il souffle et, sans attendre, il s'enfonce en moi.

Je sens sa masculinité me prendre de l'intérieur et cette fois, il n'y a plus de retenue. Les gestes sont durs, précis et portés par des respirations hachées. *Du sang se mêle sur nos peaux. Est-ce le sien ? Où le mien. Peu importe.* La pièce n'est plus qu'un chaos de verre brisé, de vapeur résiduelle et de souffles mêlés.

Des traces rouges maculent le carrelage, nos doigts, mais plus aucun de nous n'y prête attention.

Puis il s'arrête.

Pas parce que le désir retombe, bien au contraire, mais parce qu'il choisit le moment. Sa main se referme dans mes cheveux, m'obligeant à lever le visage. Son regard se plante dans le mien.

— Tu bouges quand je te le dis.

Il ne parle plus.

Le seul bruit, d'abord, c'est sa respiration, lente, maîtrisée, trop calme par contraste avec la mienne qui se brise, s'accélère, s'échappe de ma gorge par à-coups incontrôlés. Sa prise dans mes cheveux se resserre encore, juste assez pour m'arracher un souffle aigu qui ne m'appartient déjà plus.

— Elle est grosse, je le sais. Mais ne fais pas de son inutile

Le meuble grince quand il me soulève brutalement en me positionnant sur le sol à quatre pattes.

Il y a le bruit sec de sa main qui s'abat contre la surface derrière moi, non pas pour me frapper, mais pour bloquer. Le carrelage contre mes jambes me fait légèrement glisser, mais aussitôt il corrige cette mésaventure, me maintenant, et m'obligeant à rester exactement là où il veut. Il me pénètre de nouveau avec brutalité cette fois-ci. Je serre les dents et l'entends bouger derrière moi, faisant claquer nos peaux.

Un bruit plus grave quitte sa poitrine.

— Oh putain, comme c'est bon.

Sa main quitte mes cheveux pour descendre le long de ma colonne vertébrale de façon possessive, me forçant à me cambrer davantage. Le bruit que je fais alors m'échappe malgré moi et il me demande :

— Tu aimes ça ?

— Ça change de ce que je vis depuis plusieurs semaines. Alors oui, continue.

Je n'ai pas le temps d'ajouter quoi que ce soit.

Il s'arrête et m'impose de le regarder en attrapant mon visage. Son visage change, s'assombrit, comme s'il venait de prendre une décision qu'il n'avait plus l'intention de discuter. Sa main se referme sur mon poignet, et m'attire contre lui avant même que je puisse reprendre un souffle.

— Viens.

Ce n'est pas une demande.

Il m'entraîne hors de la pièce, sans me laisser le choix. Je le suis pourtant, le cœur battant trop vite, le corps déjà en tension. *Je ne résiste pas quand il me jette sur son lit, puisque je le veux autant que lui.*

— Je vais te baiser, comme tu le mérites.

L'ombre de son désir.

GRAZIELLA MORDOR

♪ Playlist Everybody Loves an Outlaw – Blood On A Rose

29 NOVEMBRE 2024
Boston – Quartier Roxbury – États-Unis
01 h 53

Je suis derrière la porte quand tout s'éclaire.

Pas comme une révélation apaisante, mais comme un impact intérieur, brutal, sans retour possible. *Je ne bouge pas.* Je reste coincée dans cet instant instable où il est déjà trop tard pour faire semblant de ne rien avoir compris, trop tard pour reculer sans y laisser une part de moi, ma main, positionnée sur le métal.

D'abord, il n'y a rien de vraiment compréhensible. Seulement des sons imparfaits, mal découpés. Puis, un froissement étouffé. Un souffle qui s'étire au-delà de ce qui serait innocent. Quelque chose qui ne s'impose pas encore, mais qui insiste, qui s'infiltre. Puis le rythme apparaît, sans annonce, irrégulier mais tenu, maîtrisé, et ma main vient se poser contre mon cœur avant même que mon esprit ne l'ait décidé. Mes doigts s'écartent légèrement, comme pour chercher mon âme.

Je reconnais Derek sans le voir. À cette manière qu'il a de contraindre le silence, de le charger, de le plier à sa volonté. Il ne comble jamais le vide, il l'utilise. Sa présence est compacte, orientée, presque stratégique, même dans l'abandon. Et, puis, il y a Ella. Sa voix basse, parfois fendue, jamais offerte, jamais douce. Un ton qui ne cherche pas à séduire, mais à ouvrir une faille, une brèche qu'on exploite sans ménagement et sans illusion.

Ce n'est pas de l'amour, ce qu'il y a entre les deux. Je le sais immédiatement, avec une certitude qui ne laisse aucune place au doute.

Ils ne s'aiment pas au sens habituel. Ce qu'ils partagent est d'une autre nature, plus rude, plus forgée dans la perte et le sang, dans ce qui ne se répare pas : *Duncan et Ruby.*

Des noms qui ne sont pas des souvenirs mais des points d'ancrage. La vengeance comme langue commune, comme unique manière de rester debout quand tout le reste s'est déjà effondré autour d'eux. Je devrais m'éloigner, mais mes pieds restent pourtant cloués au sol.

Chaque son traverse la porte et vient lentement me heurter. Pas parce qu'ils s'aiment, justement, mais parce que ce que j'entends dépasse largement le désir. C'est une entente, comme une alliance tacite. Une façon de tenir ensemble quand il n'y a plus rien à sauver. Et je comprends alors, avec une lucidité qui me serre la gorge, que cet espace-là ne m'a jamais été destiné.

Je l'ai voulu trop longtemps en silence. Avec cette patience absurde qui vous maintient toujours un pas en retrait, à regarder se jouer ce qui ne vous appartiendra jamais.

Puis, un meuble heurte doucement le mur. Mon estomac se noue aussitôt. Derek ne fait jamais rien sans le choisir. Pas même maintenant. *Surtout pas ce jour-ci.*

Ma gorge se resserre, une salive acide me monte à la bouche. Ce n'est pas une jalousie. C'est plus profond que ça. *Plus humiliant.* C'est la certitude de ne pas être seulement exclue d'un corps, mais d'un pacte, et d'un camp.

— Graziella.

Je sursaute malgré moi quand une main ferme se pose sur mon épaule.

Une décharge brève me traverse, et j'inspire trop vite. *Ursula,* bien évidemment. Elle est toujours là quand les vérités deviennent trop lourdes pour être portées seule.

Je me dégage légèrement, sans violence, sans chercher réellement à la repousser. Mes épaules restent tendues, prêtes à se refermer sur elles-mêmes.

— Tu écoutes, dit-elle doucement.

Ce n'est pas un reproche. Juste un constat, posé avec ce calme qui me donne presque envie de hurler.

Puis, je réponds :

— Finalement… cette fille du collège aura tout eu.

Ma voix sort plus basse que prévu. *Je suis usée.*

Ursula ne répond pas immédiatement. Elle a déjà compris où je vais. Je sens son regard sur moi.

Je précise en déglutissant :

— Pas son amour, mais sa place. Son rôle, même dans la vengeance.

Je laisse échapper un souffle lent, comme si l'air pesait trop lourd dans mes poumons.

— J'aurais dû lui dire. À Derek, dès le début. Avant que tout cela ne devienne… stratégique.

Ma voix ne tremble pas, elle est plate. *Et, c'est sans doute ce qu'il y a de plus violent dans ce que je viens d'avouer.*

Ursula s'appuie contre le mur à côté de moi. Elle détourne légèrement la tête, respectant au moins cette frontière.

— Tu savais que c'était inévitable.

Je ferme les yeux un instant.

Derrière la porte, les sons continuent, coordonnés, tendus, presque disciplinés, comme si leur rage avait enfin trouvé une forme stable en un langage commun.

Je murmure :

— Je sais. Mais le savoir n'aide pas à avaler.

Elle me regarde alors vraiment.

— Tu l'as aimé comme une promesse. Ella l'a rejoint comme une arme.

La phrase tombe sans intention de blesser ou de consoler.

Elle est simplement exacte. *Trop exacte.*

La nausée monte. Une chaleur désagréable me gagne le ventre, mes mains deviennent moites.

— Je crois que je vais vomir.

— Pars.

Je n'argumente pas.

Mon corps a déjà choisi. Je m'éloigne trop vite, mes pas résonnent faiblement dans le couloir, laissant derrière moi la porte, les bruits, cette alliance qui ne m'était pas destinée.

Je marche sans réfléchir jusqu'à la chambre d'Ezra. La porte est entrouverte. Une odeur de tabac froid flotte dans l'air, mêlée à quelque chose de plus rassurant et de stable. Il est assis près de la fenêtre, une cigarette entre les doigts, le regard perdu ailleurs et le dos légèrement voûté.

Quand il me voit entrer, il relève la tête. Son regard s'attarde une fraction de seconde sur mon visage, sur ma respiration trop rapide, sur mes mains crispées.

Je ne cherche pas de détour.

— J'ai envie de baiser.

Les mots sortent sans émotion apparente, mais mon corps, lui, trahit tout : *la tension dans mes épaules, la fatigue dans mes jambes, cette envie presque désespérée de ne plus penser.*

Il ne sourit pas, ne posant aucune question. Il écrase sa cigarette avec soin, se lève, et referme la porte derrière moi.

Puis, il me répond :

— Viens.

L'ombre de son chagrin d'amour.

ELLA ALVAREZ

♪ Playlist Everybody Loves an Outlaw – Rebels & Outlaws

29 NOVEMBRE 2024
Boston – Quartier Roxbury – États-Unis
07 h 14

Je me réveille avant lui, le corps nu. Derek dort à moitié, captif d'un sommeil qui n'est jamais un abandon total, puisque sa respiration est lente et contrôlée. Je détourne les yeux aussitôt, consciente qu'il n'y a rien à chercher dans ce visage-là. Je saisis le peignoir posé sur le dossier de la chaise, le tissu glisse sur ma peau avec douceur, dissimulant mon corps sans réellement le couvrir, et je le ferme sans aucun soin mais plutôt par obligation.

Quand j'ouvre la porte, le couloir me frappe par son froid aseptisé, son silence trop lisse, cette propreté presque obscène dès qu'on sait ce qu'elle dissimule derrière ses murs, et mes pas s'y perdent sans bruit, absorbés par l'ordre artificiel des lieux.

J'en fais à peine trois avant de la voir.

Graziella est là, appuyée contre le mur, les bras croisés, campée dans cette détente factice qu'elle maîtrise trop bien pour être honnête, et elle ne feint ni la surprise ni l'ignorance. Son regard me parcourt lentement, sans détour, du peignoir mal ajusté jusqu'à mon visage encore marqué par la nuit, comme si elle évaluait un terrain devenu instable, ou mesurait une faille.

— Quinze minutes, dit-elle. On reprend ta formation.

Sa voix est posée, parfaitement contrôlée, et c'est précisément ce calme-là qui la rend dangereuse.

Puis ses lèvres se soulèvent à peine, esquissant un sourire amer, mal ajusté, presque sale.

— Évite de trop t'égarer dans les parties de jambes en l'air. T'as autre chose à devenir. La Méduse, tu te rappelles ?

Quelque chose lâche en moi, sans éclat, sans montée de rage identifiable, simplement un verrou qui saute.

Je suis contre elle avant même que j'aie pensé le mouvement, mon avant-bras se plante contre sa gorge et ma main la plaque au mur dans un choc qui claque dans le couloir, son dos heurtant la pierre tandis que je sens l'air quitter brutalement ses poumons. Son corps se tend par réflexe, un souffle avorté, une panique brève qu'elle n'a pas le temps de dissimuler, et ses doigts se crispent contre le mur dans une tentative maladroite de stabilité.

— Tu reparles de mon cul, et je t'arrache la langue.

Ma voix sort basse, râpeuse et étonnamment stable.

Elle ne hurle pas, ne se débat pas, mais son regard vacille, perd cette assurance qu'elle portait comme une armure depuis trop longtemps.

Je me rapproche encore, réduisant l'espace jusqu'à l'étouffement.

Elle accroche mon œil blanc dans la lumière crue du couloir, et la cicatrice qui tire ma peau, durcit mes traits, m'altère juste assez pour me rendre étrangère, et sa respiration se suspend une fraction de seconde. Elle ne me regarde plus comme avant : *plus comme une femme ni vraiment comme une alliée. Mais comme un serpent prêt à frapper.*

Je lui balance, mon souffle frôlant sa joue :

— Tu crois que je baise pour oublier ? Je couche pour aiguiser et tenir debout quand tout menace de s'effondrer. Et, surtout, pour survivre là où d'autres s'écroulent.

Ma main se resserre imperceptiblement, juste assez pour lui faire sentir la frontière, la vraie, celle qui existe et qui se trouve exactement entre mes doigts, cette limite que je pourrais franchir, mais que je choisis, pour l'instant, de respecter.

— Reste à ta place, Graziella. Reste mon alliée.

Je penche légèrement la tête, mes lèvres presque contre son oreille.

— Sinon tu finiras comme eux.

Aucune explication n'est nécessaire. *Elle sait.* Et, cette certitude la traverse sans appel.

Je la relâche brusquement. Elle vacille, en manquant de tomber, puis se rattrape au mur, la gorge marquée et les yeux brillants.

Je recule doucement, m'enfonçant dans l'ombre.

— Quinze minutes, dis-je calmement. Et, choisis mieux tes mots à l'avenir.

Je tourne les talons sans me retourner, le peignoir flottant autour de moi à chacun de mes pas, mes mains à peine tremblantes, juste assez pour me rappeler qu'une sensation bat encore en moi.

Lorsque je referme la porte de ma chambre, je prends le temps de le faire lentement.

Et, cette fois, la question ne se pose plus : *je ne me demande plus si je suis prête à devenir la Méduse, puisque je le suis déjà.*

L'ombre de sa transformation.

PARTIE 5

À L'OMBRE DU SANG

« Le sang appelle le sang comme une mémoire qu'on croyait enfouie. Il ne crie pas : il s'infiltre, revient par vagues lentes, jusqu'à mêler la peur au désir et nous laisser comprendre, trop tard, que rien n'a jamais vraiment été un choix. »

CHAPITRE 39

PEDRO RODRIGUEZ

♪ ***Playlist Evanescence – Going Under***

02 DÉCEMBRE 2024
Boston – Quartier Dorchester Nord – États-Unis
22 h 42

Elle court mal.

Pas la course de ceux qui savent disparaître, mais une fuite désordonnée, précipitée, mal répartie. C'est trop vite au départ, puis déjà brisée et hachée à la suivante, comme si son corps avait compris le danger avant son esprit. Ses semelles glissent sur une couche infâme de détritus détrempés : *cartons gorgés d'eau, sacs éventrés et restes de nourriture écrasés.* Elle manque de s'étaler sur le bitume noirci par des années de pluie, de crasse et ce putain de gel qui s'installe progressivement.

Elle se retourne une première fois, par réflexe. *Ce besoin maladif que les femmes ont de vérifier que l'horreur est réelle me débecte.*

Sauf que, mauvais calcul pour cette grognasse, je suis toujours là.

Elle accélère encore, brûle ses poumons, arrache ce qu'il lui reste d'air. La ruelle se referme sur elle avec ses boyaux étroits, de briques sombres, rongées par l'humidité, où l'eau suinte en filets visqueux le long des murs. L'odeur est épaisse : graisse de viande gelée, friture rance et vieille urine incrustée dans la pierre.

Ici, le pire quartier de *Boston* n'a rien à montrer. *C'est un endroit qu'on traverse sans s'y attarder, elle abandonne ce que personne ne veut pas voir.*

Autour de cette pute qui pleure pour sa vie, la fin d'automne alourdit l'air. Les feuilles mortes, collées au sol par la pluie, forment une pâte sombre qui étouffe les pas. Le vent s'engouffre par rafales brèves, traînant une humidité glaciale qui s'infiltre sous les vêtements et la peau. Oui, ça pue. Et, pendant ce temps-là, les lampadaires se font rares. Leur lumière jaunâtre n'éclaire rien, laissant de larges pans de la ruelle noyés dans l'ombre. Ce qui laisse la possibilité de violer n'importe quelle nana qui ose s'aventurer. Ici, personne ne regarde et nous apprenons très tôt à détourner les yeux.

— À l'aide !

Le mot sort mal. Il est étranglé, brisé avant d'avoir pris forme.

Elle essaie encore en tentant de monter sur le grillage pour escalader de l'autre côté. Pauvre conne, elle serait éventrée avant même que je puisse récupérer l'un de ses organes. Sa gorge râpe et sa voix s'éteint déjà. Les fenêtres restent noires. Derrière certaines vitres, des silhouettes bougent, ralentissent parfois, puis s'éloignent. Personne ne veut être celui qui a entendu ni encore moins qui s'implique. Dans ce quartier, survivre passe avant tout.

Je souris.

À cet instant précis, c'est mon territoire et mon périmètre. Je sens cette certitude familière s'installer lentement dans mes muscles, dans ma poitrine. Je contrôle la trajectoire. Elle fuit, mais je décide quand ça s'arrête.

Elle est prise.

Je crie, presque amusé :

— Continue ! Personne ne viendra.

Elle se retourne encore. Les yeux dilatés, brillants de panique et les vêtements à moitié arrachés.

Je suis trop proche désormais, à une distance à laquelle chaque mouvement pèse, où sa peur me frappe sans filtre. Le sol résonne sous mes pas pendant qu'elle continue à pleurer en tentant de grimper sur ce foutu grillage.

La distance se réduit à quelques mètres. Puis le contact survient sans transition: *quelque chose explose contre mon front.* Une douleur me coupe le souffle et efface mes pensées. Je n'ai pas le temps de comprendre, puisque le décor bascule. Je percute le mur et mon crâne résonne, saturé d'un bourdonnement dans mes oreilles.

La brique m'échappe avant même que je réalise qu'elle était dans ma main. Le sang coule déjà. Il glisse le long de mon front, se mêle à la pluie, me brûlant les yeux.

Je relève la tête juste assez pour voir une silhouette s'éloigner, avalée par l'obscurité. Aucun visage et détail. Non, rien. Cette présence, ou même cette ombre, est rapide et bien trop silencieuse.

J'ai juste la certitude que ce n'était pas la fille puisqu'elle est déjà loin.

Je crache pendant ce temps-là du sang et ma vision revient par saccades. Mais il est trop tard. Elle a fui et c'est un véritable problème parce qu'elle a vu mon visage. *Et, qu'elle respire encore.*

Je me redresse en jurant:

— BORDEL DE MERDE !!!

La rage cogne contre mes tempes, au même rythme que la douleur. *Je la retrouverai.*

Cette ombre qui a frappé et qui a osé interrompre une chasse. Je lui ferai payer cette erreur. Je quitte la ruelle sans me presser.

Mon crâne pulse encore, mais la douleur est secondaire. Elle passera. Ce qui demeure, c'est cette sensation désagréable. Quelque chose a dévié… *Elle m'a vu.*

De retour au cartel, l'odeur me percute avant même que la porte ne claque derrière moi : *fer chaud, graisse et moisissure.* Une puanteur épaisse qui s'accroche au fond de la gorge. *Le genre d'endroit qu'on utilise quand il faut se cacher.* Je referme la porte sans allumer. *L'obscurité est ma meilleure alliée depuis l'enfance.*

La douleur bat sous la peau, mais pas suffisamment pour m'arrêter. Juste ce qu'il faut pour signaler une faille : *un instant durant lequel le corps n'a pas suivi, encaissant de travers.* Un avertissement impossible à ignorer. *Et, ça n'aurait jamais dû arriver.*

Cette rue est à moi. Je connais ce quartier comme on connaît une vieille cicatrice : *par la douleur, et par la certitude qu'elle ne surprend plus.* Ici, j'ai toujours su quand ça accélère, lorsque ça s'étouffe, et à quel moment ça meurt.

Pourtant.

Cette ombre… Ce n'était pas une attaque, *non,* c'était pire que ça. C'était comme une intrusion et une présence dans mon espace. Une simple putain de faille… « *Comme si Amanda était toujours présente.* »

Je serre les dents.

Puis je pense à cette fille qui m'a échappé. Elle a vu le vrai visage du monstre et de son intention. *Cette même tête qui ne devrait jamais être reconnue.* Elle s'est tirée. Pas parce qu'elle était plus rapide, mais parce que mon corps avait exigé une pause.

Je m'adosse sur le sofa et constate que le sang a durci sur ma manche, tirant la peau à chaque mouvement. Je la déchire sans réfléchir.

Et, au même moment, Katarina me vient à l'esprit.

Son absence s'infiltre lentement, comme un poison qu'on aurait pris trop tard au sérieux. Des semaines d'absence. On ne quitte pas la Sentinelle sans ordre ni sans laisser quelque chose derrière soi.

Elle disparaît au moment exact où la mort de cette foutue Ella Alvarez est annoncée. Il y a quelque chose qui cloche. J'en suis certain. *Elle est encore en vie.* Mon père me l'a déjà dit.

Je me frotte le visage en expirant longuement. Je suis épuisé par toute cette merde. Par moments, j'ai juste envie de me tirer une balle pour tout faire taire : *Amanda, ma génitrice, ma putain de sœur.* Que des femmes. Et, ce goût amer qui ne me quitte pas.

Et, là, quelque chose me redonne de l'énergie. Oui. Parce que ce Lucas ne posera plus jamais de problème. Oh oui, l'image s'impose sans effort : *son corps suspendu, maintenu dans une posture qui nie toute dignité restante.* Le fil barbelé entaillant ses hanches, son poids travaillant sur ses couilles, et la douleur s'étire, jusqu'à ce que la fin ne soit trop rapide. Rien n'a été laissé au hasard. Il est exactement là où il devait être : *assez visible, mais pas trop.* Ils le retrouveront dans quelques semaines, et avec la baisse des températures, ce ne sera pas aussi dégueulasse.

Personne n'a jamais quitté la Sentinelle sans en payer le prix. Duncan en a fait les frais… *même s'il n'était pas la cible.*

L'ombre de la vérité.

CHAPITRE 40

ELLA ALVAREZ

♪ ***Playlist Stromper, Lucy Tops – Wishing Well***

5 DÉCEMBRE 2024
Boston – Quartier Roxbury – États-Unis
11 h 21

Je ne tremble pas.

À genoux, torse nu, le dos offert et la peau tendue sous la lumière crue de l'atelier. Ma nuque est droite, peut-être un peu trop, comme si je corrigeais inconsciemment la moindre faiblesse possible. Je suis parfaitement consciente de chaque détail autour de moi : *le bourdonnement de la machine derrière, la présence d'Orlando et la cadence précise de sa main.* L'aiguille entre et ressort régulièrement, traçant ligne après ligne sans hésitation. Je perçois la pression, la vibration continue qui traverse la chair ; ma mâchoire se contracte brièvement, puis se relâche. La douleur ne s'impose plus comme une donnée centrale. *Elle existe sans doute encore, quelque part, mais elle n'a plus d'emprise ici.*

Sur mon dos, le serpent prend forme lentement. Il est noir et étendu sur toute la longueur de ma colonne vertébrale. Je sens parfois une crispation brève, quand l'aiguille insiste, puis tout revient à l'équilibre. Ses courbes épousent les omoplates avant de descendre plus bas. Orlando ne parle pas puisqu'il n'en a pas besoin. Il sait que ce moment n'a rien d'anodin et qu'il ne s'agit pas d'un caprice de gamine, mais d'un point de bascule.

Je contrôle ma respiration, doucement et régulièrement. Puis, une inspiration plus profonde que les autres trahit un instant. Chaque souffle semble ancrer davantage ce que je deviens actuellement. Ce que j'ai été n'existe plus. La peur ne se manifeste plus et encore moins le doute.

La porte s'ouvre.

Je ne tourne pas la tête. Je n'en ressens même pas l'envie. Pourtant, quelque chose change immédiatement : *l'air devient plus dense puisque Graziella est là*. Je le sais à la manière dont mes épaules se figent à peine.

Elle s'approche, s'arrête près de moi, sans un mot. Je garde les yeux fixés devant, le regard stable, volontairement vide de toute question.

— C'est presque fini, annonce Orlando.

Sa voix est neutre.

Elle ne répond pas et me tend simplement une boîte. Je la prends aussitôt, sans hésiter. Mes doigts ne tremblent pas, mais je sens la pulpe de mon pouce appuyer un peu plus fort que nécessaire contre le carton.

Je l'ouvre.

À l'intérieur, un demi-masque noir, mat et sobre volontairement. Une ligne de dentelle fine en épouse exactement la forme, sans excès. Je le saisis lentement. Mes doigts glissent sur la surface ; un léger froncement traverse mon regard quand la texture froide rencontre la chaleur de ma peau. Il n'y a rien de spectaculaire mais il est parfait.

— J'ai ajouté un peu de dentelle pour le côté féminin, précise Graziella.

Je ne la regarde toujours pas.

Mon attention reste fixée sur l'objet, sur ses contours et sur ce qu'il impose sans avoir besoin d'être justifié.

— Il est impeccable, dis-je calmement.

Ma voix est stable.

— Il cachera ma cicatrice, mais pas mon œil.

Un silence s'installe

Je relève le menton, comme si cette précision avait scellé quelque chose de définitif.

L'aiguille s'arrête et le bourdonnement cesse puis Orlando recule.

Je sens la fraîcheur de l'air sur ma peau marquée. Le tatouage est enfin achevé. Je me redresse lentement, puis je porte le masque contre mon visage sans encore le fixer. J'anticipe la manière dont il filtrera le monde, pour détruire ces vermines

Il n'y a plus de retour possible. Je ne suis plus celle qui attendait, ni celle qu'on a laissée en arrière. Ce que je suis désormais est plus sombre, plus lucide et dangereux. La Médusa ne pétrifie pas par excès mais parce qu'elle voit.

Et, moi, maintenant, je vois avec une clarté totale.

L'ombre de sa transformation totale.

INTERLUDE

ELLA ALVAREZ

♪ *Playlist Stromper, Lucy Tops – Snake at the Window*

22 JUILLET 2012
Boston – Quartier Hyde Park – États-Unis
12 ans auparavant

L'herbe était trop haute pour nous, assez dense pour frôler la peau à chaque pas, s'accrocher aux mollets et freiner la course, humide par endroits, encore fraîche malgré la chaleur. Je riais sans parvenir à me retenir en voyant Lucy peiner derrière moi, moins rapide, moins assurée, déjà à bout de souffle. Elle levait les genoux de manière exagérée, comme si elle craignait que le sol ne l'engloutisse, et ses bras s'agitaient sans coordination, cherchant un équilibre qu'elle n'avait jamais vraiment possédé. Contre toute attente, elle avait réussi à me rattraper.

Cependant, elle avait manqué de trébucher, s'était rattrapée au dernier moment, puis s'était retournée vers moi pour me tirer la langue, un sourire éclatant sur le visage, les cheveux collés à son front par la sueur et la chaleur.

— Tricheuse !

— Même pas ! Tu cours comme une mamie !

Elle avait lancé ça sans la moindre agressivité, la voix déjà brisée par le rire, avant d'éclater franchement, bien trop fort, sans se soucier de rien, comme si rien ne pouvait venir troubler cet instant. Le soleil tapait sur nos épaules nues, le ciel s'étendait au-dessus de nous dans un bleu presque excessif, et tout semblait facile, accessible, débarrassé de toute complication.

Je l'avais rattrapée rapidement, et lui avais sauté dessus, la faisant basculer dans l'herbe.

Elle était tombée sur le dos avec un:

— Oh non ! les bras écartés de façon exagérée.

Elle acceptait sa défaite, comme si elle jouait un rôle qu'elle connaissait par cœur.

Je m'étais installée sur son ventre sans exercer de pression pour ne pas lui faire de mal en posant mes mains avec précaution, pour la chatouiller. Je savais exactement où poser les doigts, comment les déplacer, à quel rythme, parce que je la connaissais par cœur.

— Arrête ! Arrête ! avait-elle supplié en se tortillant déjà, l'air manquant, la voix brisée.

Je n'avais pas obéi.

Mes doigts s'étaient déplacés sur ses côtes, sur son ventre, et son rire avait pris le dessus, trop fort, trop incontrôlable pour laisser passer des mots. Sa bouche s'ouvrait sans produire de son, ses jambes frappaient l'herbe de manière désordonnée, et ses mains tentaient de me repousser sans y parvenir, affaiblies par les spasmes. De mon côté, je riais aussi, incapable de m'arrêter, pliée en deux, le ventre douloureux, les joues échauffées.

— Pitiééé ! avait-elle lâché dans un souffle étranglé.

— Jamais ! avais-je répondu entre deux éclats.

Puis je m'étais arrêtée brusquement.

Le silence s'était imposé d'un coup, sans transition, seulement traversé par nos respirations rapides, encore irrégulières. Je l'avais regardée sans parler.

Ses cheveux partaient dans tous les sens, parsemés de brindilles, son visage était rougi par l'effort et le rire, ses lèvres restaient entrouvertes tandis qu'elle reprenait son souffle. Ses yeux brillaient encore, humides, attentifs, fixés sur moi avec une intensité inhabituelle, comme si tout ce qui nous entourait s'était effacé.

Sa poitrine se soulevait vivement, et dans son regard, il n'y avait plus rien d'autre que moi.

— Ella…

— Quoi ?

En hésitant, un instant, ce qui ne lui ressemblait pas. Elle avait passé le revers de sa main sur le bout de son nez, détourné les yeux un bref instant, puis m'avait regardée de nouveau.

— Tu es ma meilleure amie.

Mon cœur avait réagi sans que je comprenne pourquoi, par un mouvement, presque brutal, comme si quelque chose venait de se déplacer à l'intérieur. Ce n'était pas une phrase lancée à la légère. *Il y avait dans sa voix une gravité inhabituelle, quelque chose de posé et de réfléchi.*

— Je t'aime, avait-elle ajouté plus bas, avec une pudeur. Tu promets d'être toujours là pour moi ?

Je l'avais regardée attentivement, sans sourire cette fois.

— Toujours.

Elle avait froncé les sourcils, comme si ce mot avait besoin d'être précisé.

— Même s'il nous arrivait malheur à l'une de nous deux ?

Je n'avais pas hésité.

La réponse s'était imposée d'elle-même comme une évidence.

— Je serai toujours là pour toi, Lucy. Même s'il arrivait quelque chose de grave, et que tout changeait.

Elle avait hoché la tête, enfin apaisée, et son visage s'était détendu.

Puis, s'était redressée et m'avait serrée fortement contre elle, de manière bien trop excessive pour un simple câlin. J'avais répondu instinctivement, l'enlaçant pareil. Nos joues s'étaient touchées, nos respirations s'étaient mêlées, et nous étions restées ainsi longtemps, serrées l'une contre l'autre, sans parler, comme si nous venions de sceller une promesse dont nous ne mesurions pas encore la portée.

— Promis ? avait-elle murmuré contre mon épaule.

J'avais souri et lui avais répondu :

— Promis.

À cet instant précis, j'ignorais encore ce que le mot *malheur* disait réellement.

Je ne savais pas ce que le monde pouvait prendre. Ni ce qu'il pouvait détruire. Je savais seulement une chose. *J'aurais toujours été là pour elle.*

L'ombre de son amitié éternelle.

CHAPITRE 41

LUCY SHEFFIELD

♪ ***Playlist Stromper, Lucy Tops – Crazy***

17 DÉCEMBRE 2024
Boston – Quartier Hyde Park – États-Unis

Ma chambre n'en est plus une.

Les murs ont disparu sous une cartographie maladive faite de feuilles scotchées à la va-vite, de photos imprimées, de noms griffonnés au feutre noir, de dates encerclées avec rage. Des fils rouges courent d'un point à l'autre, relient des visages à des lieux, des mots-clés à des morts, dessinant comme un réseau. *Exactement comme dans l'atelier d'Ella.* Comme si, sans m'en apercevoir, j'avais fini par marcher dans ses traces, à reproduire ses gestes, ses méthodes et surtout, *sa folie.*

Je reste immobile devant le tableau, incapable de détourner le regard.

Les victimes semblent me fixer : Amanda, Duncan et *Ella*...

Même son nom est là, encerclé, barré, réécrit par-dessus, comme si aucune version ne suffisait. Mes mains se portent à mes cheveux, s'y enfoncent trop fort, mes doigts tirent presque jusqu'à la douleur, comme si une pression physique pouvait faire taire le chaos qui cogne à l'intérieur de mon crâne.

— Putain…

Olivia et Miguel sont partis. La maison est vide maintenant. Vendue, nettoyée, vidée de toute trace de leur passage, de toute mémoire. Ils ont tout emporté : *les dossiers, les classeurs et les documents accumulés au fil des années*. Son carnet noir aussi. Celui où elle consignait tout, sans exception. Ils ont disparu avant que je puisse poser la main dessus, et y trouver la moindre réponse.

Alors, seule, j'ai dû reconstruire. Avec patience et les indices que j'avais en mains à partir de rien. Cependant, il y a un leurre. Rien ne s'emboîte parfaitement et certaines pièces refusent de trouver leur place, laissant des silences trop bien rangés pour être honnêtes. Et, au milieu de tout ça, il y a toujours lui : *Pedro.*

Aucune photo pour identifier son visage. *Seulement un nom qui revient trop souvent pour être anodin.* Une présence maléfique et une ombre qui glisse entre les lignes, qui se faufile là où le regard hésite. Je le sens, instinctivement. *Il est au cœur d'un réseau profondément vicié.*

Mon poing s'abat contre le mur sans que je m'en aperçoive. La douleur explose.

— BORDEL !

Puis, la sonnette retentit.

Je sursaute violemment, le cœur s'emballe, rate un battement, puis s'embourbe dans un rythme affolé. Je dévale les escaliers presque en chute libre, ouvre la porte d'un geste brutal.

Personne.

Le porche est désert. Le froid s'engouffre aussitôt dans la maison. Et, là, posée bien en évidence sur le seuil, une enveloppe blanche sans timbre ni adresse. Mais mon prénom est écrit dessus.

Lucy.

— C'est quoi ce bordel…

Je murmure, la voix cassée.

Je la ramasse, referme la porte d'un coup sec, puis remonte quasiment en courant. Mes mains tremblent lorsque je déchire le papier. Je ne prends pas le temps d'hésiter. Je ne crains plus ce que je lirai. *La peur est déjà là, installée depuis trop longtemps.*

Les mots me frappent de plein fouet :

Lucy,

Quand on avait huit ans, je t'avais promis que je serais toujours là pour toi. Et c'est le cas.

Sache que tu avais raison. Je suis bel et bien vivante. Cependant, je te demande de cesser toute recherche. Ce que je suis devenue, tu ne peux pas être à mes côtés. Sache simplement d'une chose : je vais me venger. Je vais énormément devoir voyager, puisque la guerre va être déclarée. Je t'enverrai une lettre à chaque étape, pour que tu saches que je suis toujours là. Mais le jour où tu n'auras plus rien... tu sauras que j'aurai définitivement quitté ce monde. Je t'aime, mon amie. Ma Lucy. La seule et l'unique. Cesse de te prendre la tête avec Andrew. Il est fait pour toi. Il a perdu sa sœur... et je vais également la venger avec Derek.

Ella.

Je relis plusieurs fois ce texte, puis les lignes se brouillent, laissant les lettres se déformer, et soudain mes jambes cèdent. Je glisse jusqu'au sol, m'adosse au mur, incapable de rester debout plus longtemps. Un rire m'échappe, incontrôlable, presque hystérique, aussitôt étouffé par des sanglots qui montent sans prévenir. Mon cœur cogne trop fort, trop vite, comme s'il cherchait à s'échapper de ma poitrine.

Elle est vivante. Je le savais bordel ! Je l'ai toujours su.

Cette certitude me brûle la gorge lorsque je comprends ce que cela implique vraiment. Elle est loin. Mais ailleurs. Et, ce qu'elle est devenue… je n'ai pas le droit de m'en approcher.

— Tu es toujours là…

Je souffle, la voix brisée.

Je serre le papier contre moi, exactement comme si je serrais Teddy, et que ce simple morceau de papier pouvait me servir d'ancrage.

La peur ne disparaît pas, mais elle n'est plus seule.

Il y a désormais de l'espoir. Ensuite, quelque chose de plus sombre, aussi : *une guerre.*

Je relève les yeux vers le ciel et quelques flocons commencent à tomber.

Puis, je chuchote :

— Reviens vivante, Ella… même si je dois attendre toute une vie.

Et, pour la première fois depuis des mois, je respire enfin.

L'ombre de sa résilience.

CHAPITRE 42

ELLA ALVAREZ

♪ Playlist Everybody Loves An Outlaw – I see Red

19 DÉCEMBRE 2024
Boston – Quartier Roxbury – États-Unis
17 h 18

Je fais les cent pas sans parvenir à instaurer un rythme capable de produire le moindre apaisement, et chaque déplacement dans cette pièce trop étroite ne fait qu'amplifier la sensation d'enfermement mental qui s'est installée. Ma chambre est saturée de tout ce qu'ils m'ont infligé dans mon esprit depuis de nombreuses semaines. Le sol encaisse mes pas sans prendre de plaisir. Et, pourtant, un seul objectif : *demain.*

Le mot s'impose de lui-même et prend une forme définitive, sans possibilité de retour. Ce vingt décembre deux mille vingt-quatre, je cesserai d'être la femme que j'étais avant. Je serai la justicière pour toutes ces pauvres victimes. *Et, pour Duncan.*

Soudain, je m'immobilise dès que l'on frappe à la porte.

— ENTREZ.

Ma voix sort plus sèche que je ne l'aurais voulu.

Ursula apparaît dans l'embrasure de la porte avec une posture parfaitement maîtrisée, droite, soignée, sans le moindre désordre visible, et elle pénètre dans la pièce avec une aisance qui donne l'impression qu'aucun élément de l'environnement ne peut la contraindre ou la perturber. Rien, dans son attitude, trahit la moindre tension ou incertitude, et ce calme intact provoque en moi une envie de vomir.

— Bonsoir, Ella.

Elle s'interrompt brièvement, puis me dit :

— C'est demain. Tu le sais.

Un rire bref me traverse, avant de s'éteindre aussitôt.

— Oui. Il était temps.

Elle s'approche lentement, mais je sais que chez cette femme, tout est calculé. Elle soutient mon regard, puis me tend un paquet de forme rectangulaire enveloppé dans un papier sombre, avec un geste précis, sans hésitation, comme si chaque mouvement avait été décidé à l'avance.

Je fronce légèrement les sourcils, sans reculer.

— C'est quoi encore ?

Un sourire mesquin longe son visage.

Elle me répond :

— Ouvre.

Je laisse échapper un soupir et déchire l'emballage.

La fleur de lys apparaît immédiatement. Je me fige sur place, et ma respiration se bloque.

Ils l'ont conservé tout ce temps, de façon minutieuse... Les bâtards ! Les pétales sont entiers, d'un blanc encore stable, sans jaunissement marqué ni signe récent de dessèchement, tandis que des traces de sang sont visibles à leur surface.

La coloration n'a plus rien de vif ni de liquide, ayant évolué vers des teintes foncées, brun sombre par endroits presque noires, et ces marques irrégulières suivent les nervures naturelles des pétales, incrustées profondément dans la matière, comme si le liquide avait pénétré lentement avant de sécher sur une longue durée.

Je referme mes doigts autour de la tige avec une force excessive, au point de froisser légèrement les pétales sans toutefois les briser. C'est alors que je remarque le second élément : *mon carnet noir.*

Quelque chose cède intérieurement en moi, et je laisse tomber la boîte à mes pieds, où elle heurte le sol sans que je n'accompagne d'aucune réaction.

Je reste immobile, tenant la fleur dans une main et le carnet dans l'autre, consciente que mes doigts ne tremblent quasiment pas.

Je relève doucement les yeux.

— Vous avez gardé ça tout ce temps.

Ursula se tient déjà près de la fenêtre, tire le rideau et observe l'extérieur sans se presser.

— Tu n'étais pas prête avant.

Puis, sur le même ton neutre :

— Maintenant que tu vas exécuter ton premier membre de la Sentinelle, il est nécessaire que tu te rappelles avec exactitude ce qui motive cet acte.

Je baisse le regard vers la fleur et le carnet, et si le nom de Duncan ne se forme pas explicitement dans mon esprit, sa présence est néanmoins immédiate.

La fleur pèse dans ma main, et le sang continue d'accrocher la lumière sans la refléter.

Ursula se tourne légèrement vers moi.

— Ton carnet était très instructif.

Un silence s'installe brièvement.

— Il va désormais te servir à consigner chacune de tes victimes.

Elle ouvre la porte sans attendre de réponse et quitte la pièce, laissant derrière elle un claquement sec lorsque le battant se referme.

Je demeure seule.

Je dépose le carnet sur le lit, tout en gardant la fleur de lys serrée dans ma main, pleinement consciente du sang qui marque encore ses pétales et de ce qu'il signifie. Je sais qu'il est celui de Duncan, je n'ai pas besoin de le vérifier, et cette certitude m'incite à fermer les yeux un court instant, juste assez pour empêcher ce qui monte en moi de prendre le dessus. Puis mon cœur se resserre brutalement, sans prévenir, et quand j'ouvre de nouveau les yeux, ce n'est plus à lui que je pense, mais à Derek. À son absence, devenue trop présente, trop insistante, depuis cette nuit où tout a changé entre nous sans qu'aucun mot ne soit prononcé, sans qu'aucune chose ne soit réellement réglée, et depuis laquelle je ne l'ai plus revu.

Cette pensée s'impose sans détour : *je dois le voir, lui faire face, ne serait-ce que pour soutenir son regard et affronter ce qui est resté en suspens.* La décision ne demande aucun effort, elle s'ordonne d'elle-même, en quittant la pièce.

Je traverse le couloir presque en courant, et quand j'arrive devant sa porte, j'entre sans frapper.

La pièce est envahie par une odeur mêlée de tabac froid et de quelque chose de plus âcre. Derek est là, adossé à la table, torse nu, une cigarette coincée entre les lèvres. Devant lui, les cartes sont étalées, comme si la partie n'avait de sens que pour occuper ses mains, et juste à côté, parfaitement visible, une ligne de cocaïne tracée avec soin. *Il est seul.*

Je m'arrête, le cœur battant trop vite, la vision trop claire pour être niée. Il continue à jouer quelques secondes, sans se presser, puis tourne lentement la tête vers moi, le regard calme.

— Personne ne t'a jamais appris à frapper avant d'entrer ?

Je claque la porte derrière moi en même temps que les mots me sortent de la bouche :

— Ta gueule, il faut qu'on parle.

Il crache au sol avec un geste las, écrase sa cigarette dans le cendrier sans même la regarder, puis se lève brusquement, comme mû par une impulsion qu'il ne cherche plus à contenir, et avance vers moi avec cette démarche qui annonce toujours le pire.

— Tu n'as pas besoin d'être vulgaire quand tu viens violer mon intimité, lâche-t-il d'une voix sèche. Qu'est-ce que tu veux ?

Je détourne légèrement le regard, le pose sur la table, et la vérité me frappe sans douceur : *il n'a jamais arrêté de se droguer.*

Un rire m'échappe malgré moi, comme si mon corps cherchait à évacuer quelque chose avant que ça ne m'atteigne trop profondément.

— Je vois que tu n'as jamais perdu tes habitudes, dis-je, avec ironie.

Je fais un pas en arrière, prête à partir, déjà mentalement ailleurs, mais il m'en empêche aussitôt, me plaquant brutalement contre la porte, son avant-bras verrouillant toute fuite, son corps trop proche, trop massif, m'écrasant l'air dans les poumons.

— Pourquoi tu pars sans me dire ce pour quoi tu es venue foutre ici ? murmure-t-il, trop près.

Je tente de le repousser, mes mains glissent inutilement contre lui, et je sens aussitôt l'inutilité du geste.

Alors je relève le menton, refusant de baisser les yeux, et je lui lance, sans détour :

— Ce qu'il s'est passé entre nous ne doit jamais se reproduire. Nous ne sommes pas là pour le plaisir. Il n'y a qu'un objectif. Un seul, et c'est éliminer ces vermines.

Il plonge son regard dans le mien, et quelque chose se fissure.

Ce que j'y vois n'obéit plus à aucune logique, plus à aucune règle, et pendant une fraction de seconde, tout devient instable et dangereux.

Puis, sans prévenir, il sort un couteau de sa poche et le presse sous ma gorge.

— Tu veux du sang, souffle-t-il. Je vais t'en donner.

La douleur est brève, presque insignifiante, juste derrière l'oreille, mais je sens immédiatement la chaleur du sang qui s'écoule, glisse le long de ma peau et tache ma chemise

Ses gestes deviennent bien trop lents, lorsqu'il défait un à un les boutons, la lame toujours présente. Le froid se propage sur ma peau nue, me faisant frissonner, mais je ne dis rien.

— Mais tu veux aussi baiser, ajoute-t-il d'une voix basse. Et, ça aussi, je peux te le donner.

Il fait glisser le couteau le long de mes seins, puis sur mon ventre, jusqu'à ce que je le sente contre mes lèvres intimes. À cet instant précis, je comprends quelque chose qui me trouble profondément : *je n'ai pas peur.* La réalité s'impose, dérangement. N'importe quelle femme serait effrayée, face à une figure comme *Jack l'Éventreur.* Cette réaction devrait être la mienne et pourtant, elle ne vient pas. Au contraire, ce geste réveille une envie incontrôlable.

Ma respiration se dérègle sans que je puisse l'en empêcher. Mon corps répond avant que mon esprit ne tente d'intervenir.

Je lui lèche l'oreille et murmure :

— Enfonce-moi le manche.

Les mots sortent sans hésitation.

C'est sans doute ce qui me troublerait le plus, si je prenais le temps d'y penser.

Il me fixe, les yeux brûlants, puis fait exactement ce que je viens de lui demander. Je ne détourne pas le regard. Comme si le faire revenait à reconnaître une faute que je refuse encore de nommer.

Un cri m'échappe.

Il me surprend autant que lui.

— Alors, c'est ça que tu aimes ? murmure-t-il contre mon cou.

Sa voix me traverse de part en part. Mon dos se tend, mon bassin se soulève presque malgré moi.

Je me cambre davantage et lui réponds, sans chercher à atténuer mes mots :

— Oui. Et encore plus quand c'est ta bite.

À peine la phrase prononcée, une certitude me heurte de plein fouet : *après ça, il n'y aura pas de retour en arrière.*

Il retire l'objet, le laisse tomber au sol, puis porte ses doigts à sa bouche. Je regarde ce geste sans parvenir à m'en détacher. Une tension me serre le ventre et un frisson violent me parcourt. Mon cœur s'emballe, cogne trop fort, trop vite.

Il me soulève ensuite, écarte mes jambes et s'enfonce en moi. Mes mains se crispent sur ses épaules, cherchant un appui pendant que tout vacille autour de nous.

— Respire bien. Cette fois-ci, tu vas morfler.

Ses mots continuent de résonner en moi bien après qu'il les a prononcés.

Je l'ai regardé une dernière fois. Je sais exactement où je mets les pieds. Je sais ce que je piétine, ce que je sacrifie peut-être à jamais. Une image tente de remonter, un souvenir précis, mais je le repousse aussitôt. Si je lui laisse de la place, je m'effondre.

Alors, j'avance ni sans attendre ni sans reculer : *je m'offre de nouveau à celui qui incarne tout ce que je devrais fuir. Je couche avec le meilleur ami de l'homme que j'aime.*

J'ai l'impression de trahir un mort. Cette culpabilité a une texture particulière et pourtant, dans ce mélange confus de désir, de colère et de loyauté déformée, c'est la seule façon que je connaisse d'aller jusqu'au bout de ce que j'ai commencé.

L'ombre de sa fracture.

PEDRO RODRIGUEZ

♪ ***Playlist Stromper, Jules Terea – Heavy Roller***

19 DÉCEMBRE 2024
Boston – Quartier Dorchester Nord – États-Unis
19 h 42

Le sofa s'affaisse sous mon poids, comme un corps fatigué qu'on force encore. L'odeur me prend aussitôt : *humidité incrustée, vieille poussière et relents de cadavre.* Je porte le verre à mes lèvres et avale le whisky sans attendre. Il est tiède et me racle la gorge, me brûlant de l'intérieur.

La domestique traverse le salon sans bruit. Son dos est plié comme si les années avaient fini par décider pour elle. Elle dresse la table, comme si ce lieu pouvait encore prétendre à une normalité quelconque. Ses mains tremblent lorsqu'elle pose les assiettes. Elle évite mon regard avec soin. *Elle a raison.* Il m'est arrivé plus d'une fois d'imaginer mes doigts autour de son cou. *Pas par envie mais par automatisme.*

Puis, mes pensées reviennent à ce soir-là. Je n'ai jamais retrouvé la fille. L'échec reste logé en moi. J'aurais dû être plus rapide et ne pas me faire avoir par cette ombre. Maintenant, elle est dehors. *Vivante.* Et, surtout, elle m'a vu. Mon visage est quelque part dans sa mémoire, incrusté, impossible à effacer.

Je serre le verre plus fort et il proteste légèrement sous la pression de mes doigts.

À l'étage, les bruits filtrent sans pudeur *: soupirs, mouvements répétitifs, le lit qui cogne contre le mur avec régularité.* Je n'ai pas besoin d'imaginer, mon père baisant ma belle-mère sans se cacher.

Il prend son temps, l'enculé, puis un rire m'échappe. À quelques mètres, ma petite sœur est assise sur le tapis. Elle joue à la poupée, parle toute seule, change de voix sans cesse, absorbée par son monde et ça m'irrite. *À son âge, j'avais déjà compris que la violence, l'absence et le fait que personne ne venait sauver qui que ce soit quand tout dérapait.* Ma mère était déjà partie.

Je vide mon verre sans ralentir.

Soudain, les pas lourds et satisfaits de mon père résonnent dans l'escalier. Lorsqu'il apparaît, sa chemise est mal remise, sa braguette encore ouverte. *Il transpire.* Il a cet air comblé qui me donne envie de sourire et de frapper en même temps. Je reste immobile, incapable de libérer quoi que ce soit.

Il me regarde.

— Alors, Katarina ?

Je prends le temps d'avaler une gorgée avant de répondre.

Le silence s'étire juste assez.

— Rien de concret.

Je marque une pause, puis ajoute :

— Mais j'ai un doute.

Il s'approche, plisse les yeux.

— Lequel ?

— Cette fille ressemble trop à Ella. Et, je ne crois pas à sa mort.

Je hausse légèrement les épaules, comme une évidence.

Il ne réagit pas immédiatement. Puis il s'assit brusquement et claqua des doigts. La domestique apparaît aussitôt, lui tend un verre qu'il attrape sans un mot.

Elle disparaît déjà.

— Qu'est-ce que tu insinues ? demande-t-il enfin.

Je frotte lentement mon menton.

— Federico Mencini.

Il se lève d'un bond.

La chaise bascule et s'écrase au sol. Ma sœur sursaute, lâche sa poupée et détale vers l'escalier sans se retourner.

— Qu'est-ce que ça veut dire ? hurle-t-il.

Je ris.

— Que tu as tué son père. Et, que tu lui as pris sa compagne.

Son visage se contracte.

Il hurle, lance son verre contre le mur. Le whisky éclate, coule en traînées sombres sur la surface.

— Tais-toi ! Tu te fous de moi ! J'ai été là pour toi ! Ta mère est partie enceinte et je suis resté !

Il ne me regarde plus et tourne les talons en remontant l'escalier en rage.

Je reste assis, le regard fixé sur le liquide au sol. Je sais ce qui se passera plus tard : *il passera sa frustration sur elle.* Je termine ce qui reste de mon whisky et pose le verre vide sur la petite table.

Puis, la sonnette retentit.

Je ne bouge pas immédiatement. Je reconnais ce rythme et fais un signe à la domestique. Elle obéit. Des voix montent depuis l'entrée : *celles d'un homme, posé, puis d'une femme, plus basse et maîtrisée, qui contient une inflexion que je n'oublie jamais.*

Ils entrent dans le salon.

Alec en premier. Il est grand et sec. Le regard calculateur, marqué de tatouages. L'odeur du dehors encore sur lui. Derrière,

Dolores, droite et élégante, les mains jointes avec ces yeux qui enregistrent tout sans jamais s'attarder.

— Pedro.

Il ne demande pas si c'est le moment. Sa voix est basse.

— On ne devrait pas être vus ici, ajoute Dolores en refermant doucement la porte. Tu sais que nous agissons dans l'ombre, à travers les enterrements et les cimetières.

Je pouffe légèrement.

— Vous avez choisi un camp, dis-je sans bouger. La Sentinelle ne protège pas les indécis.

Un rictus bref traverse le visage d'Alec. Il disparaît aussitôt, remplacé par quelque chose de plus dur.

— Justement. Je ne le suis plus.

Il s'approche de quelques pas, ralentit, observe le sol encore humide. Sa mâchoire se crispe.

— Je suis le frère de Graziella. Et, le neveu d'un homme qui a fait trop de dégâts.

Dolores reprend, posée, mais ses doigts se referment légèrement sur le dossier d'une chaise :

— Federico Mencini a menti depuis le début.

Je me redresse à peine. Juste assez pour montrer que j'écoute.

— Continue.

— Katarina est morte.

Le mot tombe. Personne ne le commente. L'air devient plus lourd, comme si chacun retenait instinctivement sa respiration.

— Mencini l'a fait tuer, pour une seule raison.

Alec croise mon regard.

Il ne cligne pas des yeux.

— Ella Alvarez est vivante.

Un truc se verrouille en moi.

— Katarina était une substitution, poursuit-il.

— Ella a disparu volontairement, ajoute Dolores.

Sa voix reste stable, mais son regard se détourne une fraction de seconde.

Je laisse échapper un rire sec, sans amusement.

— Il a remplacé un symbole. Puis effacé l'erreur.

Le couple se rapproche et Alec m'annonce :

— Il pensait que le nom suffirait. Il s'est trompé.

Un bruit à l'étage.

Je fais un geste pour qu'ils se taisent.

Un pas, peut-être. Puis plus rien. Je tends l'oreille. Heureusement, mon père n'est pas encore redescendu.

Puis, je me lève brusquement.

— Nous avons merdé en blessant accidentellement Duncan, alors que c'était cette pétasse qui aurait dû mourir.

Dolores me fixe.

Elle ne recule pas.

— C'est exact.

Alec inspire lentement avant de conclure :

— Et Federico ne tue jamais sans laisser une dette.

J'avance vers eux.

Ma vision se resserre.

— Alors il est temps de lui faire payer. Et, de reprendre Ella.

Le silence qui suit n'est plus vide.

Il est plein, chargé à l'extrême, prêt à mordre au moindre faux pas, comme si tout ce qu'il contenait depuis trop longtemps n'attendait plus qu'une seconde d'abandon pour se libérer.

L'ombre de toutes vos questions.

ELLA ALVAREZ

♪ *Playlist Chuck Billy of Testament – Thriller*

20 DÉCEMBRE 2024
Boston – Quartier Roxbury – États-Unis
17 h 18

Je termine mon déjeuner sans me presser, avec une application presque indécente. J'ai faim, mais pas comme un humain, mais plutôt comme une prédatrice qui va éliminer une vie en demandant réparation.

Il reste quelques minutes avant qu'on ne vienne me chercher, donc je savoure mon croissant et mes œufs . Le temps ne glisse plus, il se dilate et devient naturel.

Je suis vêtue de noir. Le tissu englobe mon corps sans le souligner, absorbe la lumière, efface toute trace de douceur ou d'humanité que j'avais avant. Le demi-masque épouse mon visage, dissimule la cicatrice en ne laissant visible qu'un œil, blanc, grand ouvert. Mes cheveux, teints d'un noir profond, ont effacé les derniers vestiges de ce que j'étais autrefois. Je ne ressemble plus à une femme, mais à une décision prise depuis longtemps et exécutée sans retour possible.

Une ombre apparaît, sans bruit. C'est Graziella. Elle ne parle presque pas, elle n'en a pas besoin. Un simple regard suffit : *c'est l'heure.*

Je me lève, enfile la longue veste noire à capuche, sentant son poids se poser sur mes épaules, et le sabre est déjà accroché dans mon dos. Dans le couloir, mes bottines claquent sur le sol. Il n'y a plus d'hésitation et de bifurcation possible. Seulement une trajectoire irréversible.

Puis, la porte s'ouvre. *Il est là.*

Attaché par les poignets, les bras étirés vers l'arrière, les épaules déjà tendues par la contrainte, le corps affaissé sur lui-même, la tête lourde, et le visage marqué par une fatigue qui n'a rien de réparateur. *Cameron.* Il est endormi d'un sommeil trompeur. Ma première victime. *Une simple crapule qui respire encore par erreur.* Je claque la langue. Son corps réagit avant son esprit. Il sursaute violemment, ses épaules se contractent, ses bras tirent inutilement sur les attaches. Ses paupières tremblent, puis s'ouvrent d'un coup. *Son regard se pose sur moi.*

La peur s'y installe immédiatement. Sa mâchoire se raidit et ses pupilles se dilatent.

— Bonjour, Cameron.

Ma voix est calme, stable, et pourtant j'aimerais lui arracher la colonne vertébrale en une seule fois.

— Nous y voilà, le jour de ta mort.

Il lui faut une seconde.

Une seule, pour que son visage se défasse, ses traits cherchent désespérément une issue qui n'existe pas.

— Ella… c'est toi ?

Il y a encore cet espoir grotesque dans sa voix.

— Ella est morte.

Il tente de reprendre le contrôle.

L'insulte arrive, mal articulée.

Puis la menace, mal assurée :

— Espèce de salope, je vais te tuer !

Le vieux réflexe d'un homme qui n'a jamais compris quand le pouvoir lui avait échappé.

Je le coupe immédiatement.

— Chut.

Un seul mot, puis il se fige.

Je commence à tourner autour de lui lentement, sans bruit inutile, prenant le temps d'observer chaque détail de son corps contraint, chaque tension musculaire, chaque tentative inconsciente de se préparer à un choc qu'il ne peut pas éviter.

Et, je commence à parler, calmement, posément, pour que chaque nom que je prononce s'imprime en lui :

— Amanda.

Ses yeux se détournent malgré lui.

Je m'arrête, pose ma main sous son menton, l'obligeant à me regarder.

— Killian.

Son souffle se raccourcit.

Il déglutit avec difficulté.

— Ruby.

Ses épaules se mettent à trembler, d'abord légèrement, puis de façon incontrôlable.

Ce n'est pas du remords, jamais avec ces connards. Mais, c'est la panique, celle qui saisit le corps avant même que l'esprit n'ait le temps de suivre.

Je m'arrête devant lui et laisse un silence s'installer puis s'accrocher à sa respiration déjà instable.

Ensuite, je dis le dernier nom.

— Duncan.

Quelque chose cède immédiatement.

Il ne s'agit pas d'une émotion d'un salaud, toutefois cette compréhension, mise à nu, que personne ne viendra le sauver.

Je me penche vers lui.

— Tu sais ce qui est le pire, Cameron ?

Il secoue la tête, incapable de parler correctement tout en bavant.

— Ce n'est pas que tu vas mourir. C'est que tu vas rester conscient assez longtemps pour le comprendre.

Ses yeux s'écarquillèrent au même moment, où je saisis le sabre, le levant lentement, en prenant soin qu'il suive le mouvement, qu'il ait le temps de voir, de comprendre, de mesurer chaque seconde.

— Regarde-moi.

Il essaie de détourner les yeux.

J'appuie le plat de la lame contre lui. La pression suffit à provoquer une réaction immédiate. Son corps se tend violemment. *Il se fige.* Sa respiration se fragmente, devient bruyante, saccadée.

— Respire. Tu vas en avoir besoin.

Et, je le lui enfonce directement dans son rectum.

La douleur s'impose brutalement, et traverse son corps. Son cri ne sort pas immédiatement. Il reste bloqué, coincé dans sa gorge, puis jaillit d'un coup. Son dos se cambre violemment, ses jambes se tendent, ses bras tirent sur les attaches qui commencent à sectionner ses tendons, avant que tout son corps ne retombe lourdement, secoué de spasmes.

Le sang jaillit sur mon visage et contre ses vêtements, coulant le long de sa peau.

— Ça, c'est pour Amanda.

Je parle calmement, sans haussement de voix.

Il halète violemment. Sa bouche s'ouvre et se referme sans rythme. Ses yeux me cherchent, affolés, implorants, comme s'ils pouvaient encore trouver une issue dans mon regard.

— S'il te plaît… attends… je…

— Non.

Je poursuis en lui ouvrant l'abdomen et ses organes sont à la vue de tous.

Ses boyaux commencent à tomber. C'est un véritable carnage et il en reste parfaitement conscient. Son cri revient par vagues, plus rauque, plus brisé, sa voix se déforme, se casse, glisse vers des sons inhumains et du suc gastrique mêlé à du sang ressort de sa gorge. Au même moment, ses organes et son sang continuent de couler, au sol, et maculent mes bottes.

— Pour Killian.

Sa mâchoire tremble violemment et son corps se met à vibrer par vagues désordonnées, secoué de convulsions incontrôlables. Ses poignets se meurtrissent contre les attaches. Une odeur âcre s'installe autour de nous.

Je me penche vers lui.

— Ce n'est pas la douleur qui te terrifie, Cameron.

Je marque une pause, il va bientôt crever

— C'est le temps.

Je tourne lentement autour de lui.

Il me suit des yeux avec difficulté, incapable de tourner la tête correctement. Sa respiration devient chaotique. Son corps lutte pour rester présent et des spasmes le secouent sans qu'il puisse les contrôler.

— Pour Ruby.

Il secoue faiblement la tête.

Je saisis le couteau que j'avais dans ma poche, abaisse son pantalon, puis lui sectionne le sexe : *le sang jaillit de nouveau et m'éclabousse le visage.*

Il hurle encore plus, et je lui enfonce sa bite dans la gorge pour le faire taire.

Ses yeux se révulsent.

— Regarde-toi, dis-je doucement. Tu es exactement là où tu les as laissés.

Il n'y a plus de mots, seulement des cris disloqués, des sons incohérents arrachés à sa gorge, pendant que son corps se débat sans coordination, emporté par une peur immédiate et une douleur qu'il ne parvient plus à maîtriser.

Ses gestes perdent toute précision, deviennent trop amples ou trop faibles, les muscles réagissent avec retard, et sa respiration se réduit à une alternance heurtée d'inspirations et d'expirations violentes qui l'épuisent à chaque instant.

Les forces l'abandonnent par à-coups, les membres cessent progressivement de répondre, tandis que la conscience demeure intacte, fermée dans ce corps défaillant, contrainte d'endurer chaque seconde sans échappatoire possible.

Je me redresse.

— Et pour Duncan…

Il ne réagit pas. *Il sait que c'est la fin.*

— Tu aurais dû t'arrêter là.

J'empoigne sa tête d'une seule main et la redresse pour l'immobiliser.

Tout son poids bascule aussitôt. Je place la lame à la base de son cou et j'appuie sans hésiter, concentrant toute ma force. Un bruit de gargouillis se fait entendre dans cette pièce et le craquement des os éclate lorsque tout cède. La chaleur de son sang jaillit et vient éclabousser encore mon visage, se mêlant à mes cheveux. Je lâche ce qu'il reste de lui en me relevant ; sa tête heurte le sol, tandis que son corps s'affaisse enfin, vidé de toute tension.

Je reste immobile, les yeux fixés sur ce morceau qui roule jusqu'au mur. Autour de moi, les applaudissements éclatent. *Je ne réagis pas.*

Graziella s'avance la première.

— Elle est enfin prête.

Federico acquiesce, son regard posé.

— Elle est prête.

Je ne ressens ni joie ni horreur, pas même une satisfaction. Je voulais ce sale type en premier. *Voilà, chose faite.*

Le silence qui suit ne m'écrase pas. Il confirme simplement que tout est terminé en moi. Et, je comprends, sans exaltation ni regret, que ce qui vient de s'ouvrir devant moi ne laissera plus aucune place à la pitié. *Pour que la justice soit faite pour Duncan et les autres.*

La Médusa a réalisé son ascension.

L'ombre de sa vengeance.

ELLA ALVAREZ

♪ Playlist Rammstein – Du hast

21 DÉCEMBRE 2024
Boston – Quartier Dorchester Nord – États-Unis
15 h 34

Nous sommes au lendemain où quelque chose en moi s'est rompu de manière définitive. Il n'y a pas eu de douleur identifiable, seulement la certitude immédiate qu'aucune réparation n'était possible.

Cameron est mort. Son nom traverse ma pensée sans provoquer la moindre réaction. Il n'y a ni choc ni résistance. Il passe, simplement, comme une donnée déjà classée. Je n'ai ressenti aucune culpabilité ni de morale à cet acte. *Il a été le premier.* Après lui, tout s'est organisé avec logique : *les prochains seront Connor Ashton, Pedro et tous les autres.*

Ella Alvarez est officiellement morte.

Le corps enfermé dans ce cercueil n'est qu'un substitut : *Katarina.* Un membre de la *Sentinelle* qui était parfaitement utile et remplaçable. *Pour qu'aux yeux du monde, je n'existe plus.*

Cette disparition n'est pas une fuite, mais un instrument. Elle m'offre une liberté totale, l'absence de visage et j'agis désormais hors champ, sans identité à rattacher à mes actes.

Avec Derek et Graziella, nous travaillons dorénavant dans l'ombre. Il ne reste qu'une solution : *la destruction complète de la Sentinelle.*

La ruelle est étroite et humide, l'air lourd est chargé d'une odeur stagnante que rien ne dissipe vraiment, tandis qu'une gouttière laisse tomber une eau sale à intervalles réguliers, un bruit creux et répétitif qui finit par s'imposer comme un rythme stable sur lequel je me cale presque instinctivement. Je suis vêtue de noir, le manteau long pesant sur mes épaules et freinant légèrement mes mouvements, la capuche rabattue assez bas pour masquer mon visage, le masque effaçant toute expression identifiable, ne laissant visible qu'un seul œil, ouvert.

Des talons résonnent à l'entrée de la ruelle, suivis par un rire d'enfant. Je les vois apparaître, une femme marchant sans tension apparente, tenant la main de sa fille. Elles se dirigent vers une voiture garée un peu à l'écart. Pour moi, il n'y a rien à observer ni à interpréter : la situation est déjà définie, les cibles sont identifiées, intégrées depuis longtemps dans une suite d'actions prévues : *l'épouse de Connor Rodriguez et leur gamine.*

La petite tourne la tête. Son regard croise le mien et son corps se fige une fraction de seconde. Ses traits se crispent et tirent sur le bras de sa mère. La femme suit le mouvement, lève les yeux et me voit.

La compréhension s'inscrit sur son visage sans transition, puis ses muscles se tendent et sa respiration se coupe. *Elle a compris avant de pouvoir formuler quoi que ce soit.* Une peur primitive s'installe. Et, moi, je ressens cette sensation dense dans la poitrine. Une satisfaction lourde, envahissante, qui neutralise toute autre perception.

Je lève lentement la main. Mon bras bouge sans précipitation et mon index oscille légèrement. Un geste simple, derrière le masque, et mes mâchoires se contractent. Les coins de ma bouche se relèvent sans que je le décide vraiment.

Elles courent.

L'enfant pleure, crispée sur son doudou. Leurs pas sont désordonnés. La femme glisse légèrement sur le béton, se rattrape sans s'arrêter. Je reste immobile et j'évalue le temps avec exactitude.

La portière s'ouvre brutalement. Elle installe sa fille sur le siège arrière. Ses gestes manquent de précision, parasités par les tremblements. Elle relève la tête plusieurs fois, son regard revient vers moi par réflexe. Puis elle contourne la voiture en courant, s'effondre presque sur le siège conducteur et démarre. Le moteur vibre et le véhicule avance de quelques mètres à peine.

Puis, l'explosion survient sans transition.

L'air devient immédiatement hostile. Le bruit percute après la déflagration. Le sol transmet le choc jusque dans mes jambes, le métal se plie et le verre éclate. La pression traverse mon corps. La voiture se désagrège par à-coups. Et, quand le calme revient, je m'avance.

Des débris noircis jonchent le sol. La structure du véhicule est ouverte, éventrée de l'intérieur vers l'extérieur. Il n'y a plus de compartiment distinct, plus d'habitacle identifiable.

À mesure que je progresse, les restes apparaissent. Des masses sombres prises dans les débris, s'agissant de chair carbonisée soudée au métal qui est parfaitement reconnaissable. La peau est brûlée jusqu'à l'os par endroits, figée dans une rigidité irréversible. *L'explosion n'a rien épargné.*

Cette femme et cet enfant faisaient partie de l'univers de Connor. J'ai choisi de les détruire dans leur intégralité. Leur mort n'est ni un accident ni une erreur. C'est une action délibérée, pensée, menée jusqu'à son terme.

Il ne reste rien d'humain à préserver en moi.

Et, dans ce détachement, je constate simplement que plus rien ne peut m'atteindre.

L'ombre de la mort.

CONNOR RODRIGUEZ

♪ ***Playlist Rammstein – Feuer Frei!***

21 DÉCEMBRE 2024
Boston – Revere Beach – États-Unis
20 h 33

Je suis allongé sur le divan en cuir noir du salon, le corps enfoncé dans le confort épais de la matière, une bière fraîche posée contre ma paume, tandis que les informations du soir défilent sur l'écran sans vraiment retenir mon attention, avec de simples images de chaos, de faits divers, de drames qui ne me concernent pas, puisque dans cette villa blanche en bord de mer, protégée par des murs hauts, des grilles et des hommes armés, je suis encore persuadé d'être à l'abri du monde.

La sonnerie de l'entrée retentit.

Un son net, presque agressif, tranche brutalement avec le calme feutré du salon, et je fronce les sourcils, agacé, déjà contrarié par cette intrusion imprévue dans un moment qui aurait dû rester parfaitement ordinaire.

Quelques secondes plus tard, j'entends les pas hésitants de la domestique. Ils sont trop lents, prudents, et ce comportement seul suffit à éveiller une colère en moi.

Elle apparaît enfin dans l'encadrement de la porte, le visage pâle, les épaules raides, tenant une enveloppe entre ses doigts crispés, comme si ce simple morceau de papier pouvait déjà la condamner.

— Maître… une valise est devant la porte d'entrée. Il y a aussi une enveloppe.

Je n'ai même pas besoin de lever les yeux vers elle pour sentir sa peur, celle que je connais trop bien et que je cultive depuis que ma mère me l'a donnée et parce qu'elle maintient chacun à sa place.

— Combien de fois t'ai-je dit de ne pas me déranger, espèce de salope.

Ma voix sort grave, chargée de mépris, et avant même qu'elle ait le temps de réagir, je me lève d'un mouvement brusque, la colère me traversant comme une décharge incontrôlable ; je la pousse violemment, sans réfléchir, et elle s'effondre sur le sol dans un bruit sourd, tandis que la bouteille de bière quitte ma main pour s'écraser contre le mur, éclatant en morceaux.

Je marche vers l'entrée.

La valise est là.

Posée bien droite sur le sol, comme si elle avait été déposée avec une intention parfaitement maîtrisée, et ce détail seul suffit à me mettre profondément mal à l'aise.

— C'est quoi ces conneries…

Je me penche, attrape l'enveloppe, et dès le premier contact avec le papier, je comprends que ce n'est pas un message ordinaire, mais quelque chose de plus personnel, de plus dangereux, une signature déguisée.

Je lis.

Chaque phrase s'imprime en moi avec une lenteur insupportable, chaque mot trouvant sa place comme une lame qu'on enfonce dans la chair.

Tu as commencé la guerre en détruisant l'homme de ma vie. Cours rapidement, tu seras le prochain. Pendant ce temps, ta femme et ton enfant pleurent. En cadeau, je te remets le corps de Cameron. Bien cordialement, ta pire ennemie.

Je laisse tomber la lettre.

Elle glisse sur le sol, inoffensive en apparence, mais je sens mon cœur se mettre à battre trop vite, trop fort, ma respiration se bloquer un instant, comme si mon corps refusait d'accepter ce qu'il vient de comprendre.

Je frappe la valise du pied. Je n'ai pas besoin de l'ouvrir, puisque je sais ce qu'il y a dedans et ce que cela signifie.

Ce n'est pas un avertissement, ni une tentative d'intimidation. C'est une déclaration de guerre personnelle, intime et sale, menée par quelqu'un qui n'a plus rien à perdre. Et, qui est mon propre sang… Tout ça, pour un type ! *Bordel Ashton, tu n'aurais pas dû manquer ta cible !*

Puis, un bruit extérieur me tire brutalement de mes pensées.

Des moteurs.

Je relève la tête, juste à temps pour apercevoir, à travers les grandes baies vitrées, deux pickups foncer droit vers la villa, trop vite, trop frontalement pour être les miens, et cette certitude me traverse comme une gifle.

— Putain…

Je n'ai pas le temps de réfléchir davantage.

— Aux armes, la fratrie. Ces petits bâtards déclarent la guerre. L'autre groupe doit garder Mamá en sécurité.

Puis, tout s'accélère.

Les hommes se déplacent, les armes sont saisies, les ordres claquent, et dans le premier pickup, un homme se redresse sur le toit, un arsenal entre les mains, son visage déformé par une rage que je reconnais immédiatement.

— On va tous vous pulvériser la gueule, bande d'enfoirés !

Orlando.

Sa voix est brute, déchirée, portée par quelque chose de plus dangereux que la haine : *la perte, le désespoir, cette folie qui rend un homme capable de tout.*

Les premiers tirs éclatent.

La façade de la villa est criblée d'impacts, le verre explose, les murs tremblent, et le jardin parfaitement entretenu se transforme en champ de bataille, tandis que mes hommes ripostent sans attendre.

Je projette la valise à l'intérieur, comme si la rejeter pouvait effacer ce qu'elle représente, puis je saisis mon arme et rejoins les autres, le bruit des détonations saturant l'air, mêlé aux cris, à l'odeur de poudre et au chaos.

Ce n'est plus une attaque isolée. *C'est le début.*

Je comprends alors que ce qui se joue ici dépasse largement un simple règlement de comptes, que quelqu'un a décidé de m'atteindre là où je suis le plus vulnérable, de me dépouiller, morceau par morceau, jusqu'à ce qu'il ne reste plus rien de l'homme que j'étais.

On sous-estime toujours les femmes.

Et, à cet instant précis, tandis que la violence s'abat sur la maison de ma mère, sur notre nom, et sur tout ce qu'elle a bâti, je comprends que la sentinelle n'est plus un trône. En revanche, une cible, et que je n'ai plus le choix : *je vais devoir fuir, me cacher, me battre autrement.*

Parce que la guerre vient de commencer. Et, désormais, ce n'est plus moi qui chasse.

C'est moi qu'on traque.

L'ombre de la chasse à l'homme.

À suivre…

ÉPILOGUE

EMILY BLACK

♪ Playlist ACDC – Back In Black

23 DÉCEMBRE 2024
Boston Medical Center – États-Unis
17 h 18

Bip.

Bip.

Bip.

Ce son régulier est devenu mon appui respiratoire depuis longtemps, bien avant qu'Aaron ne soit étendu là, immobile, relié à des machines qui respirent à sa place, et il m'arrive de me surprendre à caler inconsciemment ma propre respiration sur ce rythme artificiel, comme si m'en détacher, ne serait-ce qu'un instant, risquait de me faire vaciller et de rompre l'équilibre que je m'efforce de maintenir.

Il fut un temps où je croyais sincèrement que la médecine me donnerait un pouvoir, celui de protéger, d'anticiper, de tenir la mort à distance en comprenant ses mécanismes, en colmatant les failles avant qu'elles ne deviennent irréversibles. Cependant, les heures accumulées dans ces chambres finissent par user cette illusion, et la vérité s'impose sans ménagement *: ces appareils ne sauvent pas, ils négocient, ils achètent du temps à crédit, et pour Aaron, ce battement artificiel n'est pas un simple arrière-plan sonore, c'est le décompte de ce qu'il lui reste, comme une épée de Damoclès.*

Je suis là depuis trop longtemps, assez pour que l'attente s'installe dans mon corps sans que je m'en aperçoive, pour que mes épaules se contractent à chaque pause trop longue, pour que mes mains se referment d'elles-mêmes tandis que mon regard reste fixé sur l'écran, non par devoir ou par habitude professionnelle, mais parce que je crains de détourner les yeux. *Parce que je guette déjà ce qui pourrait changer, ce qui pourrait m'échapper sans prévenir et m'obliger à réagir trop tard.*

Aaron repose devant moi, immobile, excessivement calme, avec ce visage détendu qui ne me rassure pas, qui me met mal à l'aise, comme si une partie de lui avait déjà lâché prise tandis que je refuse encore de l'admettre, et cette idée me serre la poitrine plus que je ne veux l'accepter.

J'ai demandé à Karen de passer quelques minutes plus tôt sous un prétexte inutile, uniquement pour rompre cette immobilité pesante, pour entendre une voix, sentir une présence, me convaincre que le temps continuait de s'écouler normalement. En revanche, maintenant qu'elle est repartie, le silence revient, et il me laisse seule avec cette impression tenace que quelque chose m'échappe.

Je sens une pression se former derrière mes yeux, discrète mais insistante, pas encore de la douleur, plutôt une montée d'émotion que je refuse de nommer, et je cligne des yeux pour la repousser, comme si ce geste pouvait suffire à contenir ce qui menace de fissurer le contrôle que je m'efforce de maintenir.

Si je pouvais revenir en arrière, je prendrais d'autres décisions, j'en suis convaincue, et cette certitude s'impose sans discussion possible, même si je sais parfaitement que le passé ne se corrige pas, qu'il demeure figé, quoi que l'on fasse.

Je l'aime.

Le mot me traverse l'esprit avec une simplicité presque insultante tant il reste insuffisant. Pourtant, c'est le seul qui s'enjoint. Il s'accompagne aussitôt de cette peur qui s'installe, pour lui, pour moi, pour ce que je sais déjà être capable de faire sans plus me poser de questions.

Aaron est dans le coma depuis des semaines. Hier, les examens ont confirmé ce que certains signes laissaient déjà présager : *une cardiopathie congénitale sévère, restée trop longtemps dans l'oubli.* L'attaque n'a rien créé. Il a simplement accéléré ce qui existait déjà, révélant une faiblesse que personne n'avait jamais détectée à temps.

Tout à coup, la porte s'ouvre derrière moi et je n'ai pas besoin de me retourner pour savoir qui entre. Le docteur Philippe s'approche, puis s'arrête à une distance, son visage toujours fermé dans cette neutralité apprise qui n'efface jamais complètement ce qu'il s'apprête à annoncer.

Il se racle la gorge, puis parle :

— Madame Black… je suis désolé.

Mon cœur se contracte brutalement, et pendant une fraction de seconde, j'ai la sensation absurde qu'il s'est arrêté, avant de repartir plus vite et plus fort.

— L'état d'Aaron est critique. L'attaque a aggravé sa pathologie cardiaque et son cœur est très affaibli. Il va lui falloir une greffe, très rapidement.

Je reste silencieuse.

Mes yeux glissent vers Aaron. Sa poitrine se soulève à peine, de façon irrégulière, et je remarque un léger tremblement au bout de ses doigts que je n'avais pas vu jusque-là. Je hoche lentement la tête. *Je comprends chaque mot puisque je les ai prononcés moi-même des dizaines de fois.*

Le médecin baisse la voix, comme s'il craignait de troubler quelque chose.

— Les délais sont incertains et les listes d'attente sont longues. Il faudra envisager toutes les options.

Il se retire sans attendre de réponse.

La porte se referme doucement, et le bip reprend immédiatement, dans mes oreilles.

Je m'approche et prends sa main froide entre la mienne, la frottant faiblement du pouce.

Je lui dis doucement, la gorge légèrement serrée:

— Je te l'avais promis, que je te sauverai quoi qu'il en coûte.

Ce que personne ne sait, c'est que cette phrase n'a rien d'une vague d'espoir.

Depuis des années, je connais l'envers du décor, les circuits parallèles, les décisions qui ne figurent dans aucun protocole, les dossiers qui changent de mains et les signatures qui apparaissent sans explication officielle. Certains appellent ça des cas exceptionnels. *Je connais la vérité.*

J'ai déjà franchi cette limite une fois. Je sais qu'elle existe. Et, ça m'a coûté ma liberté, mais s'il faut recommencer, je le ferai, sans hésiter. Il y a toujours un cœur quelque part. *La seule inconnue, c'est la personne à qui il est destiné.*

Je me redresse, lisse les draps autour de lui.

— Dors encore un peu, je souffle. Je m'occupe du reste.

En quittant la chambre, mon regard accroche mon reflet dans la vitre.

Mon badge pend contre ma poitrine : *Docteur Émily Black.* Je le soutiens une seconde de plus que nécessaire, puis je me détourne.

Le bip continue derrière moi. Mais je sais désormais que ce son n'annonce plus une fin imminente. *Il marque un engagement.*

L'ombre d'un secret.

Soyez prêt pour Dark Autumn tome 3 Résilience

REMERCIEMENTS

Dans une vie, on croise des personnes. Certaines ne font que passer. D'autres s'installent et restent, durablement. Aujourd'hui, j'ai envie d'en remercier une en particulier : ma sœur.

Krystina est ma sœur. Celle qui est là quoi qu'il arrive, sans condition ni détour, présente dans chaque moment, même lorsque tout vacille. Elle est ma Lucy et je suis sa Ella. Un lien évident, solide, qui ne se discute pas et qui tient, quelles que soient les circonstances.

Merci pour tout ce que tu as fait. Pour ta présence lorsque ce roman n'était encore qu'un brouillon, puis lorsqu'il est entré dans sa phase bêta. Merci d'avoir accueilli mes états d'âme, mes doutes, mes hésitations et même mes silences, sans jamais juger. En écrivant ces lignes, j'écoute ton groupe préféré, *Rammstein,* et tout prend encore plus de sens.

J'écris avec le cœur, et j'avais aussi envie de mettre en lumière ton travail. Ma sœur de cœur, lectrice passionnée, a créé une boutique en ligne dédiée aux auteurs en autoédition. Un espace pensé avec exigence et bienveillance, par une lectrice, pour les auteurs.

Son nom : *Book Girl Shop,* que vous pouvez retrouver sur *Instagram, TikTok* et *Facebook.*

Et puis, parmi ces belles rencontres, il y a July. Toujours là. Sans calcul. Sans rien attendre en retour. Tu es une jeune femme incroyable et j'aimerais que tu n'en doutes jamais. Tu portes en toi bien plus de force et de talent que tu ne l'imagines.

Je t'ai rencontrée une seule fois, et pourtant le temps a passé sans que je m'en aperçoive, comme si cette rencontre allait de soi. Elle m'a marquée, sincèrement.

Merci pour ta patience, pour ta douceur, pour tes conseils sur l'écriture. Tu es encore étudiante et, malgré cela, tu prends de ton temps pour lire mes textes, les corriger, les affiner, avec un sérieux et une générosité qui touchent profondément. Ce que tu donnes est précieux, bien plus que tu ne le crois.

Sache que je t'aime comme si tu étais ma fille. Je le dis simplement, avec le cœur. Tu iras loin, July. J'en suis certaine. Ne laisse jamais personne te faire croire le contraire.

Au tour de mes bêta, qui se sont ensuite greffés au projet : *Carine, Lily, Mendy* et *Randy.*

Vos regards attentifs, vos retours et vos mots ont compté bien plus que vous ne pouvez l'imaginer. Je sais que ce tome a parfois bousculé, dérouté, peut-être même fait lever quelques sourcils, mais vous êtes restés présents, avec bienveillance et honnêteté. Merci pour votre patience, votre sincérité et votre soutien tout au long de ce chemin.

Maintenant, je m'adresse à ma communauté Instagram, celle qui fait vivre mes récits à travers chaque chronique et chaque mot posé avec attention. Vous y consacrez du temps, de l'énergie et des émotions, sans rien attendre en retour, sans être rémunérés pour cela. Et pourtant, vous êtes là. Fidèles, investis et sincères. J'avais envie de vous mettre en lumière, simplement parce que je vous respecte profondément. Votre engagement n'a rien d'anodin. Il porte mes histoires et leur donne une existence réelle, bien au-delà des pages. *Vous êtes incroyables.* Ne perdez jamais cette passion de la lecture. Ne laissez pas les dramas vous détourner de ce qui vous anime. Ce que vous faites a de la valeur, et je vous en suis sincèrement reconnaissante.

Et, pour finir, je remercie ma graphiste, Caroline. Nous nous connaissons depuis nos débuts, et je n'ai rien d'autre à ajouter, sinon une certitude : *ton talent ne cessera de grandir.* Je ne te remercierai jamais assez pour tout ce que tu fais pour moi.

Fin de mot : peace and love.

Ella

PRÉSENTATION DE L'AUTEURE

Celles et ceux qui me suivent depuis le début savent qui je suis, d'où je viens et dans quelle réalité je m'inscris : *celle d'une femme qui approche de la quarantaine, mère de trois enfants encore jeunes, ancrée dans un quotidien exigeant, parfois éprouvant, où l'on avance souvent sans repères, en improvisant, en tenant bon, tout en faisant au mieux avec ce que l'on a.*

Ce que l'on perçoit moins, en revanche, c'est ce qui s'est longtemps joué dans l'ombre : *une quête de légitimité, un doute tenace qui ne disparaît jamais tout à fait, et cette sensation de ne jamais se trouver exactement à la place.*

Avec *Dark Autumn*, une sensation s'est stabilisée. Ce deuxième tome n'a pas été simplement écrit pour continuer une histoire, il a agi comme un point d'ancrage, un endroit fixe dans un parcours longtemps instable, et pour la première fois, je n'ai plus cherché à comprendre où je devais me situer, puisque j'y étais déjà. Si cette évidence a pu s'imposer avec autant de clarté, c'est aussi grâce à vous et à votre regard.

Je ne cherche pas à endosser un rôle, ni à représenter quoi que ce soit. Je ne suis ni un modèle ni un étendard. Cependant, une autrice lucide, attentive au monde qui l'entoure et profondément opposée à tout ce qui participe à la destruction morale, sociale ou humaine.

Votre présence, votre fidélité et la confiance que vous m'accordez donnent un sens réel à chaque mot que j'écris. Vous n'êtes pas un public figé, mais des voix, des histoires et des sensibilités différentes qui coexistent sans s'effacer.

Nos origines, nos croyances et nos parcours ne devraient jamais nous opposer. Ils ne nous rendent ni supérieurs ni inférieurs : *ils font simplement de nous des êtres humains différents, mais égaux.*

Alors avançons sans nous fracturer davantage, refusons ce qui divise artificiellement, et même dans l'obscurité la plus dense, gardons cette certitude intacte : *notre capacité à rester debout, ensemble.*

AUTRE OEUVRE

DE L'AUTEURE

JE NE VEUX QUE TOI
TOME 1 : POUR TOUJOURS ET À JAMAIS

Publié en autoédition et disponible sur Amazon, sortie en décembre 2023.

DARK SUMMER
TOME 1 : RÉSISTANCE

Publié en autoédition et disponible sur Amazon, sortie en juillet 2024.

ARRÊTONS

LES VIOLENCES

RESSOURCES ET CONTACTS

Si vous avez subi des violences, ou que vous connaissez quelqu'un ayant subi des violences, voici des ressources et contacts clés vers lesquels vous tourner :

LES NUMÉROS :

→ Numéro national de référence pour les victimes de violence, Violence Femmes Info : **3919**

→ Numéro pour les personnes sourdes, malentendantes, aphasiques, dysphasiques ou dans l'impossibilité de téléphoner (SMS – France) : **114**

→ Numéro d'urgence pour l'aide aux victimes (Europe) : **116006**

→ Info-aide violence sexuelle (Québec) : **1 888 933-9007**

LES RESSOURCES :

→ Site du gouvernement français : arretonslesviolences.gouv.fr

→ Observatoire des Violences Sexistes et Sexuelles dans l'enseignement supérieur : observatoire-vss.com

→ Pour la Belgique : sosviol.be

→ Pour le Luxembourg : violence.lu

→ Pour le Québec : infoaideviolencesexuelle.ca

→ Pour la Suisse : aide-aux-victimes.ch

ASSOCIATIONS FRANÇAISES :

→ Nous toutes : noustoutes.org

→ En avant toutes : enavanttoutes.fr

→ Comment on s'aime : commentonsaime.fr

→ Mémoire traumatique et victimologie : memoiretraumatique.org

→ Fondation des femmes : fondationdesfemmes.org

→ Collectif féministe contre le viol : cfv.asso.fr

→ Solidarité femme : solidaritéfemmes.org

→ Dis bonjour sale pute : disbonjoursalepute.com

Brisons le silence. On vous croit.